源梦记

吴雄志 著

北京时代华文书局

图书在版编目（CIP）数据

源梦记 / 吴雄志著. -- 北京：北京时代华文书局，
2021.8

ISBN 978-7-5699-4263-7

Ⅰ.①源… Ⅱ.①吴… Ⅲ.①长篇小说—中国—当代

Ⅳ.①I247.5

中国版本图书馆CIP数据核字（2021）第141114号

源梦记

Yuanmeng Ji

著　　者｜吴雄志

出 版 人｜陈　涛

选题策划｜高　栋

责任编辑｜李　兵

装帧设计｜何珍妮

责任印刷｜訾　敬

出版发行｜北京时代华文书局　http://www.bjsdsj.com.cn
　　　　　北京市东城区安定门外大街138号皇城国际大厦A座8楼
　　　　　邮编：100011　　电话：010-64267955　　64267677

印　　刷｜天津和萱印刷有限公司　　电话：18611192765
　　　　　（如发现印装质量问题，请与印刷厂联系调换）

开　　本｜880mm×1230mm　　1/32　　印　张｜9　　字数｜209千字

版　　次｜2021年11月第1版　　印　次｜2021年11月第1次印刷

书　　号｜ISBN　978-7-5699-4263-7

定　　价｜68.00元

序

　　余少有头疾，尤多怪梦。一梦再梦，梦中有梦，梦中清醒，醒时若梦。如此荒诞不经，真伪莫辨。余过四十，白发丛生，对镜惶恐，枯坐数载。后闲来无事，将此梦幻泡影，集结成册，名《源梦记》，以供好事者研究此梦幻之症，有何治疗之法。然痴人于此梦中，或可苦中寻乐。悲乎，知幻即离，离幻即觉，众生麻木，几人知觉？

　　注：书中所涉历史人物、事件，因果诸说，均为作者串联、想象，与正史有出入，不足为凭。

云阳子

于海天阁镜心斋

源梦记人物关系图

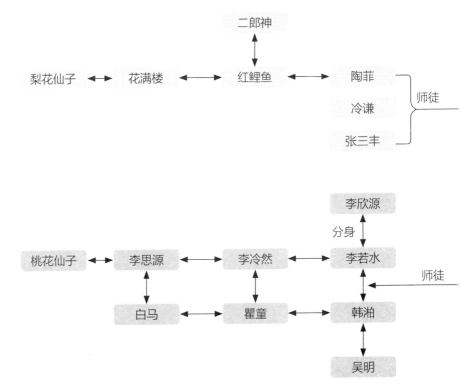

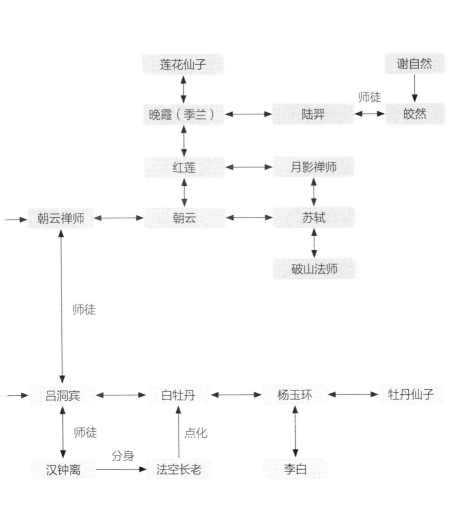

岷江地形图

九洞苗寨

青城山

都江堰

二郎神庙

灌口

成都

张献忠
沉银

江口

三苏祠

眉山

周公山

响水凼

张坎

青衣江

黑龙滩

三江口
凌云大佛

大渡河

岷江

源梦令

云阳子

东山有虎，西山有狼，

谁吃肉来谁喝汤？

敲骨吸髓不尽性，

疯狂，疯狂，真疯狂！

唢呐儿吹，锣鼓儿响，

死人唱歌活出丧。

三千年来如一梦，

荒唐，荒唐，太荒唐！

目录

一　蓝凤凰　　　　　　　　　001

二　难忘的梦　　　　　　　　006

三　第三只眼　　　　　　　　014

四　逐鹿中原　　　　　　　　024

五　白马玄光　　　　　　　　032

六　虎啸龙吟　　　　　　　　045

七　心有千千结　　　　　　　072

八　牡丹花下　　　　　　　　085

九　桃李芳菲　　　　　　　　097

十　湘溪听箫　　　　　　　　106

十一	镜花水月	119
十二	此身如传舍	132
十三	水月空华	147
十四	朝云暮雨	154
十五	治之以兰	182
十六	归去来兮	204
十七	皎然独立	228
十八	如海一沤发	237
十九	移花接木	244
二十	吾心安处	256
二十一	知与谁共	268
附		271
致谢		276

一

蓝凤凰

眼前一片漆黑，伸手不见五指。

一青年女子挺着大肚子，背着个大背篓，用一个竹节手杖小心探路，在周公山上独自行走着。背篓里装满枯枝黄叶，想必是准备白日里生火做饭的柴火。眼下已然到了寅时，夜里三到五点，正当黎明前的黑暗，民间说月陷寅宫，此时日月无辉，天地无明。女子心里寻思着："再走一两里路，穿过周公崖边的小路就下山了，下山就看得见路了。"

周公山下有座清凉寺，寺里的僧人早就都还俗了，留下一个看守破庙的张疯子，一如既往地每天黄昏点一盏灯，高悬在路边的庙门前，然后紧闭庙门。这些年风雨无阻，也不知是自己孤身一人心里害怕需要灯照亮庙门，还是要为偶尔夜间过路的人照亮。只不过每次这女子路过时都看见张疯子面无表情地对着她喊："凤，凤……", 着实吓人。

"丫头啊, 你这是要去哪里?"

冷不丁身边传来一阵说话声, 一只手突然抓紧了女子的脚踝。女子吓得心里直哆嗦, 反而迈不开腿。半晌回过神来再定睛一看, 原来是脚下有一个老婆婆, 躺在路边呻吟着。

"大娘这是要去哪里?"女子小心地问道: "您怎么一个人躺在这里? 山里入夜非常冷, 小心冻坏了身子骨。"女子说着就放下背篓, 脱下外衣给大娘披上。

老人家叹了一口气, 眼里一阵忧伤, 说道: "我着急下山到张家镇, 不想白天刚下过雨, 山上路滑, 不小心扭伤了脚, 走不了了。"

女子环顾左右, 用手中竹杖四处探了探, 发现路边的灌木丛中有一低洼处, 就吃力地蹲下身子, 把背篓塞进灌木丛中, 再扒了扒周围的树枝, 藏了起来。女子不好意思地回头对大娘笑了笑: "我们不能上山拾柴火, 哪怕是一片落叶, 也是地主家的财产。抓到了偷山的, 不论男女都要法办。还好看林的寒山大爷, 每次夜里巡山都装作看不见。有时我发现大爷时, 他身边已堆了一堆的树丫、树叶, 悄悄塞进我的背篓里。我呢, 也不好给人家添麻烦, 怕是被人撞见。不是都说子不出门, 寅不行路嘛, 我也就壮着胆半夜里出来, 回家正好生火做早饭, 只是这刚淋过雨的柴火怕是不好燃了。"

老人家诡异地笑了笑, 说道: "今天可是农历七月初一, 孩子你怕被人撞见, 难道就不怕被鬼撞见吗?"

女子咽了咽口水, 小心说道: "老人家您可不要吓唬我。不都说七月初一午时三刻鬼门关才开吗, 现在还不到卯时, 早着呢。倒是这夜间上山，常常有鬼打墙的时候，不过只要看见这山下庙门口的灯，保准能走下山来。听人说鬼打墙只是胆小的人害怕撞鬼，一时迷惑了心智而已。再说了，人心要是坏了，岂不是比鬼都可怕？白天看见镇里儿子和爹斗，拿了一瓶菜油就往自己亲爹头上浇，说是要点天灯，亏得镇长拦了下来。可惜了这一瓶子菜油，够家里吃一年的了。"

老太婆好奇地问道："一瓶子油如何吃得了一年？"

女子一口撕下自己的袖边，摊成一根窄窄的布条，一边替老太婆包扎伤口，一边说道："老人家真是不好意思，家里就这一件衣服，平时都是晚上洗了白天穿，不敢撕得太宽，您老将就一下，好在离山下不远了。听口音您是外地人，我们这里都是用破布裹上一根木棍，用草绳系好，放在油碗里。炒菜的时候把木棍拿起来，滴干油，将布在锅底抹一圈，用不了几滴油的。"女子说着，一只手扶着肚子，一只手撑着地，费力地在老太婆前边蹲下身子："大娘我背您下山。"

老人家连忙摆手，说："使不得，使不得，山路这么滑，你这么瘦小，如何能背着我下山。看你这身形，只怕用不了许多时日就快要生了，更是动不得胎气啊。"

女子笑了笑："我夫君家虽说不是什么好的出身，但公公是大夫，救过不少人，大家也不为难我们，难得还能有碗饭吃。这上山下山，十多里地，日子久了，我也就练出来了。别看我身材瘦小，力气大着呢。再说了，山里冷，大娘你今晚要是不下山，未必挨得到天亮。虽说我肚里的孩子是条命，可这没见天的孩子哪比得上大娘重要。我只盼孩子长大也能做个大夫，一辈子平平安安，张家镇是个小地方，其他帮不了孩子太多，就为孩子多积点功德吧。"女子说着一把将大娘背起，费力地往山下走去。

老太婆感慨地说："丫头啊，谁家娶了你真是福份。我本是湖南常德人，姓蓝名凤，村里人也就顺着叫蓝凤凰。别看我现在这么丑，年轻时也漂亮着呢。十几岁我就远嫁到四川，我丈夫是苗家村村长，身强力壮，带领全村开垦荒地，养牛养羊。不想黄家村与洪家村眼红，合伙杀了我丈夫，我跑了多日才逃到这里……"

老人家说着老泪纵横，女子感觉肩头有些湿润，知道是老人家的泪水落在了自己的肩膀上，不由得鼻头一酸，忙哽咽着安慰老太婆，说道："朗朗乾坤，怎么会有这种事，大娘为啥不去报官啊？"

老太婆哭着说："我一个老太婆，保命都难，如何斗得过人家？我日夜逃命，边走边哭，就觉得不公平啊！姓黄的、姓洪的都不是我男人的对手，他们就合起伙来对付我男人，还找了一个姓雷的在背后偷袭。我只恨自己一个弱女子，帮不上大忙，眼看着自己的男人就这么被人暗算。我哭坏了双眼，这才扭伤了脚。我男人出门前对我说如果他回不来，让我赶快离开，永远不要报仇。丫头你给个话，我这血海深仇，你说我怎能不报？"

女子边走边哭，说道："杀夫之仇当然该报，可是老人家你手无缚鸡之力，这不是白白送死吗？我们不如报官吧。前面就是周公崖，过了这道崖就下山了，下山我就背你报官去！"女子看了看天，天色渐明，说道："还有半小时就能下到山下，估计下山就快卯时了，我们这里卯时鸡就叫了，天也就亮了，山下又是平路，好走。"

女子说着双手费力地在背后往上托着大娘，叮嘱道："山崖边的小路又窄又滑，大娘你抱紧我了，千万不要松手。"女子小心地沿着山崖攀爬，一时间只觉得身上的大娘越来越重，身体一个踉跄，两人瞬间滚下悬崖……

一阵鸡鸣声把女子惊醒过来，天已大白，只见自己横躺在离地两三米高的地方，被一棵大红松卡在了树丫上。"大娘，大娘！"女子着急地大声喊道，四处环顾，哪里还有大娘的影子？女子心想："定是大娘不知道抓着了什么，定是没有受伤，只怕是觉得连累了我，所以招呼也没有打一声，自己走了。"

女子挣扎着从树上爬了下来，寻思自己丈夫今天要从县里回家，数月不见，分外思念，来不及再上山拿回背篓，急急忙忙地赶回家中，已近晌午。

女子推门进屋，看了看厨房，地上已没有多少柴火。丈夫中午就能到家，女子本想做两个拿手好菜，可惜柴火不够，于是出了后门，看见后院的自留地里还有一根黄瓜与一片朝天椒，准备摘了来凉拌。正值盛夏，烈日高照，女子汗流浃背地摘着辣椒，忽然飘来一片乌云，顿时昏天暗地，电闪雷鸣。女子只觉一阵剧烈的腹痛，晕倒在辣椒地里。朦胧中看见一只蓝色的凤凰朝自己俯冲下来，只见电光闪烁，一道白色光柱从天而降，照得大地白茫茫的一片，空中飘落着几片长长的羽毛，一阵哀鸣声中伴随着"哇"的一声婴儿的啼哭，一个孩子在雷雨中降生，暴雨为他洗去胎血与尘土。女子紧紧抱着孩子，用自己的身体护着婴儿，对着苍天，喜极而泣，泪如雨下，一滴滴掉在孩子柔软的脸蛋上。

甲寅年，七月初一，午时三刻，晴转雷阵雨。那就是我，吴明。

二

难忘的梦

"一——二——三，一起喊，红莲！红莲！红莲……"

一群人围在一个窗户口对着楼下大声起哄。

楼下是一湾清水，满池红莲。一对青年人慌里慌张地松开手，又惊又羞，脸涨得比水里的荷花还红，一群学生则在楼上哄堂大笑。

这就是我念书的地方——苏祠书院，和三苏祠只有一墙之隔。学校是县衙为了招收城关子弟，专门从苏家花园的荷花溪边上分出一块，从而改造而成的县学。

马鞭草飞快地跑进教室，随后教导主任丁老师脸色凝重地走了进来。丁老师大名丁日瘦，四十来岁，瘦高个儿，小眼睛。年纪轻轻，面色微青，还梳着一个中分。别人的五官都往外生，他的五官却往里长，眼睛、鼻子、嘴巴，挤到了一块。眉间还有个深深的皱纹，像一把刀，立在额头上。说话总是偏着头，同学们都叫他"偏要说"。

丁老师郑重其事地对全班宣布，"同学们，我代表学校，正式向大家宣布一个非常严肃的决定：由于某些特殊的原因，今天的西文课，唐老师不能给大家上课了。"

"但是，啊，这个嘛，课呢，该上，还是必须得上的。"丁老师打起官腔来，说的都不是句子，而是一个个孤立的词，你的大脑必须被迫放慢速度，跟着他的声音慢慢地一起一伏。可惜他的声音时断时续，就像被一口痰堵在了喉咙里，就那么上下滑动，让你恨不得立刻冲上去将它抠出来。

丁日瘦扫视了一下全班，严肃地说道："现在，有人向教务处举报，本班作文课，居然有人交出了淫秽的文章。我，作为本校多年的教务处主任，职责重大。今天，我们一定、一定要严格彻查此事。"

丁日瘦掩饰不住得意，清了清嗓子，却并没有咳出什么，也没见他往下咽，只听他继续兴奋地说："这个，我们苏祠书院，自民国九年创校以来，闻名遐迩，这是为什么呢？因为我们只招收城关子弟，生源素质好。当然，个别领导嘛，迷失初心，要仿大清恩科，招收乡生。这些乡下学生，看似成绩好一点，但既非乌衣子弟，哪有救国之心？读再多的书，也是无用的。"

"他娘的有本事直接冲校长去，在这里乘人之危，算个卵啊！"我实在忍无可忍，一拍桌子站了起来。马鞭草用力拉我没有拉住，却被我带得也站了起来。教室里嘘声此起彼伏，乱成一团。

丁日瘦脸涨得通红，用教鞭敲打着讲台："吴明你不要嚣张。作文题目是《难忘的梦》，让大家看看你都写了什么，李静你来念。"说着丁日瘦冲下讲台,把一本作文恶狠狠地扔给了马鞭草,转身昂着头,脚不沾地地回到讲台。

马鞭草拿起作文本,看了我一眼,故意清了清嗓子,鬼灵精怪地大声念了起来。

世上有一种草叫九子龙蜒草,生长在昆仑山西王母的瑶池边,由王母身边的七位花仙子看管。瑶池之上有一巨大的凌云钟乳,五彩斑斓,下方的池水,平静如镜。钟乳吸收天地之间的精气,每一百年凝聚成一滴圣水,滴入瑶池之中。圣水蒸腾成云,弥漫天地之间,成为一重天。花仙子每日用那纯洁无瑕的瑶池圣水浇灌龙蜒草,龙蜒草千年一开花,随即枝枯叶萎而在根部长出一个疙瘩。历经九千年,其根部长出九个疙瘩,人称九子盘结,吃了九子盘结的龙蜒草就可以使人不死。

有一天,四位花仙子闲来无事,偷偷用昊天镜观察凡间,只见镜子里面出现一位英俊的美男子在梨园浇水。梨花仙子对这位美男子一见钟情,于是桃花仙子、莲花仙子与牡丹仙子相约做伴下到凡间,陪芳心萌动的梨花仙子寻找那位美男子。

谁知那美男子是蓝凤凰专门派来诱惑梨花仙子的,蓝凤凰趁四位花仙子私自下凡之际,把剩下的三位仙子打成重伤。蓝凤凰盗得龙蜒草,身负重伤,飞下凡间,蛰伏养伤。玉帝闻讯大怒,将四位仙子打入凡间……

马鞭草边读边咽口水,丁老师得意地操着官腔说:"够了。

什么吴天镜，乱七八糟，不要再念了！有的人，还拿了学校的华英奖。同学们，我认为这里面，嗯，有很大的问题嘛！"

我一脸不屑地说："报告老师，不是吴天，是昊天。作文题目是《难忘的梦》，这就是我的一个梦。你这一生，除了想当校长，难道就没有做过别的梦？"

话音刚落，班里已经炸开了锅，丁日瘦急红了眼，鼻子已经被脸上的肌肉扯到了一边，咬牙切齿地说："你咋证明这是你的一个梦？"

我很不客气地说："你又怎么证明，这不是我的梦？"

全班同学顿时哄堂大笑。我扫视了一下前方，发现刘磊没有来上课，讥讽道："只怕刘磊是举报人吧？他爹是教育局长，他打人、赌博、逃课，次次考试倒数第一，门门不及格，这丁主任不知道？嗯，这里有很大的问题嘛！"

我学着丁日瘦讲话，打起了官腔，只是这一口痰拉着风箱的呼呼声，实在学不来。丁老师发疯似的用教鞭敲打着桌子，声嘶力竭地咆哮道："开除，必须开除！"

"这都民国了，自个嫖妓不给钱，还要求别人为国求学！"一个不大的声音传了出来，却如同一颗炸弹，瞬间引爆了教室。

丁日瘦杀气腾腾地冲到我桌前，拧着鼻涕虫的衣领喊道："你胡说啥？谁嫖妓不给钱了？诽谤，这是诽谤！你站起来说清楚。"

鼻涕虫站得笔直，说道："报告丁老师，我有一天黄昏，看见一个满脸瘀青的女人骂街，说老变态招妓上门不给钱，还打人。学生认为，不会不给钱，肯定给了钱！这是诽谤，就是诽谤。"

鼻涕虫冲我做了一个鬼脸，继续说："不过前几天放学后，有个老师抱着一条长板凳，在自家院里跳交谊舞，不知道这算不算淫秽？我有实锤，有人往院子里扔了一块白鹅卵石。"

丁老师瞪着眼睛，张着下巴，紧张地等着随后而来的哄堂大笑。丁日瘦用力地咳了一声，转过身子，一甩中分头，愤怒地摔门而去，那口黄绿色的脓痰终于恶狠狠地吐在了教室的大门上。

马鞭草的嘴几乎贴着了我的耳垂，深吸了一口长气，对着我的耳门得意地说："知不知道唐老师今天为什么不能来上课？告诉你一个惊天秘密，唐飞被捅了，唐老师在医院忙乎着呢。我就说那是只小妖精嘛，就会迷惑人！"

马鞭草说的那人就是我们的校花李思源。我听得下巴都快惊掉了。李思源的身边围满了追求她的人，可她都嗤之以鼻。第一天看见李思源，我就觉得她好生熟悉。有人说所有的似曾相识，都是前世情未了；还有人说两个人相互吸引，本质上是八字有缺陷，互相弥补。鼻涕虫靠了靠我的肩膀，很不屑地说："他俩决斗没用！听说李思源已经放出风来了，她放了信物在三苏祠，谁找到信物，她就和谁好。"鼻涕虫坏坏地笑着说："放心吧，逃不出你的手掌心。"

话还没有说完，就听见鼻涕虫"哎呀"一声尖叫，全班的人都把头扭了过来。我捂着嘴就知道坏事了，鼻涕虫一定又被马鞭草狠狠地踢了一脚。下手这么重，马鞭草心里对鼻涕虫那得有多恨。

这天放学，我来到三苏祠。荷花溪的旁边有一条林荫小道，林子尽头是一座小桥，小桥对面是假山，上有苏轼的题字"小有洞天"。假山后面是山丘，一到春天，满山桃树，争奇斗艳。山下碧波环绕，红莲映日。半山有个亭，名"不归亭"，出亭不远即是山顶。山顶是个两米见方的小平台，上有一个石桌，四个石墩，四面被桃林包围。这里是苏轼早年读书的地方，可能是年代久远，桌面早已坑坑洼洼。

　　每天放学我就在这里温习功课，看书发呆。我最爱看的闲书就是苏轼的《仇池笔记》，这也是认识李思源的第一天她送我的。陇南有山，名仇池山。难道世上真有如苏轼所说的爱恨情仇，汇聚成池，池水之中，累世姻缘，纠缠不休？那这世界将是怎么样的一张乱网，想必到处是死结。我站起身子伸个懒腰，环顾了一下四周，一阵微风吹来，天光云影，徘徊不定，忽然间脑洞大开——光影中的苏家花园竟然是按照书中仇池的格局修建而成！我兴奋地仔细研究着苏轼的这段文字：

　　余在颖州，梦至一官府，人物与俗间无异，而山水清远，有足乐者。顾视堂上，榜曰"仇池。"觉而念之，仇池武都氏故地。杨难当所保，余何故居之。明日以问客，客曰："公何问此？此乃福地，小有洞天之附庸也。杜子美盖云，万古仇池穴，潜通小有天"。他日工部侍郎至，谓余曰："吾尝奉使过仇池，有九十九泉，万山环之，可以避世如桃源也。"

　　我忽然想起假山上苏轼"小有洞天"的题字。小山下碧波环绕，小山上丛林环抱，坐在石墩上，抬头望青天，岂不如洞中观天？埋头观石桌，小坑居然隐约按照二十八宿排列。这小小机关难不倒我，《禁啸经》里写得很清楚，找到天元就可以打开机关。我

默默地念着：

太虚廖廓，肇基化元。

万物资始，五运终天。

布气真灵，总统坤元。

九星悬朗，七曜周旋。

　　左手掐着天元诀，右手在石桌上从坎位往上摸到第五个小坑，用力一按，桌上的小坑全部旋转起来。欲破结界，先定时空。阳春三月，正东震位，我用手按上去，果然隆起一个小丘；此刻午时，南方离位，我往正南轻轻一按，手指一阵发麻，竟然被弹开。时间定了，再定空间，阴间寻西南坤位死门，阳间寻西北乾位开门。那究竟该选择坤位，还是乾位呢？我还年轻，还没有活够，我不假思索，直接按上了乾位。突然间一个小坑陷了下去，然后又迅速隆起，弹出一张拇指大小的纸团。

　　我小心翼翼地打开纸团，里面有一个棋子，微微发青，光润如玉，宛如一只可爱的小乌龟，一面隆起，一面平坦。隆起的一面中心有一个小眼，对面是很神秘的图案。

　　轻轻抹平纸团，上面写着隽永的蝇头小楷：

前世今生此山中，人面桃花相映红。

人面不知何处去，桃花依旧笑东风。

落款：思源

　　李思源！我的心瞬间蹦出了胸膛，女神也太鬼精了，除了我这种绝顶聪明的人，谁能找到？不过"去年今日此山中"她写成了"前世今生此山中"。我苦苦思索着：前世、今生是时间，山是空间，李思源究竟要告诉我什么呢？

　　我猛地一拍桌子，茅塞顿开：这龟背不就如一座小山吗？莫非透过去可以看到前世今生？时间不就是光阴吗？我拿起小龟，对着阳光，往龟背上的眼里望去。只见一道炫目的光芒穿过龟腹，从龟背射出，顿时天旋地转，晕倒在地。

　　醒来时我发现自己躺在床上，窗外芳草萋萋，落英缤纷。

行香子·述怀
苏轼

清夜无尘，月色如银。

酒斟时、须满十分。

浮名浮利，虚苦劳神。

叹隙中驹，石中火，梦中身。

虽抱文章，开口谁亲。

且陶陶、乐尽天真。

几时归去，作个闲人。

对一张琴，一壶酒，一溪云。

三

第三只眼

　　我动了动身子，正想坐起来，这时进来一个姑娘，瞬间让我惊呆了。姑娘长发及腰，穿着粉色的长裙，腰间系着一条蓝色飘花的带子，轻声对我说道："你终于醒了，一睡好几天，和只猪一样。"

　　我吃惊地问："思源，这是哪里？现在什么时间？"

　　姑娘笑了笑，说道："我叫李欣源，不是李思源。这里是桃花源，这房间的主人是韩湘。桃花源没有时间。"

　　李欣源？韩湘？桃花源？……

　　看我迷惑的样子，李欣源淡定地说道："我知道你一定很好奇为什么会出现在这里，因为你就是我们要找的可以打开第三只眼的人。"

　　"第三只眼？"我突然觉得好熟悉，记忆瞬间把我带回了周公山。

周公山离我家也就几里路，山上有个周公崖，山下有个清凉寺，从小我就爱跑到周公山玩。有一天我坐在周公崖边的大石头上，无聊地用狗尾巴草打着结，等着刚认识不久的蓝婆。蓝婆总是准时出现，给我讲好多神话故事。

"小鬼，等久了吧？"一不留神，蓝婆已出现在我身边。蓝婆神秘地说："今天我们讲咱岷江黑龙的故事好不好？"我兴奋地拍着两只小手说："好哇，婆婆快讲。"蓝婆一本正经地开始了今天的故事。

据说蛇修行五百年化蛟，蛟修行一千年化龙，成为四灵（龙、凤、麒、龟）之一。岷江在上古本归战神蚩龙和他的八个儿子管辖，九龙共同治水。后来蚩龙被人暗害，八骏神龙除了最小的一条小黑龙继续留在黑龙滩看守岷江，其余都被革去龙族，关押了起来。

千里岷江流经川西九洞，奔腾而下，在张家镇分为九条支流，俗称九龙横江。张家镇又称小成都，前临滚滚岷江，后靠周公山崖，是岷江重要的水陆码头。镇上九帮、十八派、三十六堂口，各路豪杰，川流不息。赤松子奉仙界之命在张家镇码头铸造一巨大的真武神像，供过往的人日夜供奉。江湖中人，上岸之后，先拜真武，后拜堂口，乃张家镇数百年不变的规矩。

弥勒佛在定中秘放神通光明，照见十方娑婆世界之中，岷江下游水患不绝，于是托梦张家镇下游一百公里的凌云寺主持海通法师，令其在岷江、大渡河与青衣江三江汇合口的悬崖上耗时九十年开凿大佛，并在大佛胸前开凿凌云窟，供奉《弥勒经》镇守。一旦妖魔作祟，火烧凌云窟，必定水淹大佛膝，生灵涂炭。

三千年后，黑龙渐渐长大，怨恨也在心中不断积累，终于黑龙飞上天空。那日乌云密布，一阵妖风嗖的一声刮进凌云窟，吹倒了烛台，香案前的《弥勒下生经》《弥勒上生经》与《弥勒成佛经》三经顿时被点燃。大佛闭上双眼，流下泪水。大佛胸前的凌云窟燃起冲天烈火，膝下则是恶浪滔天。岷江之上，哭声震天，浮尸满江，鸡在屋顶飞，犬在江心吠。

洪水震惊天庭，众神束手无策，玉帝采纳了太乙天尊的建议：既然岷江上游的灌口方圆三百里都是二郎神的封地，二郎神又对天庭听调不听宣，不如调二郎神在自己的领地上修建都江堰，永绝水患。

二郎神的母亲云华真人本是玉帝的妹妹，下凡生下了二郎神。玉帝依天条将云华真人压在桃都山锁仙峰下思过，同时镇守山峰对面的封魔洞。杨二郎自幼拜玉鼎真人为师，学习道法。都说是真金不怕火炼，常人修仙，安炉置鼎，用的都是金鼎，方不惧那自身的三昧真火，可这真人偏偏用的是那一摔就碎的玉鼎，用彼家之火，炼就八九神丹。这神功本是七损八益、九九还丹的法门，需远离七种犯淫伤身的禁忌，把握八种还精补脑的窍门，如此方能九九还丹。杨二郎深得玉鼎真人的真传，长大后用斩妖剑劈开锁仙峰，救出母亲，就在灌口二郎神庙居住，带领手下一千二百草头神，受下界香火，成为西川神主。

岷江中有一条红鲤鱼，前世本是一绝色女子，爱上了家中前来作画的书生，与书生远走他乡，不曾想被书生卖到张家镇花满楼，当日即被忠义堂十多个弟兄轮奸。女子的哭喊声震天动地，花满楼中竟无一人搭救。当夜女子就裹着一身破布跳进滚滚岷江，自尽前对着花满楼中的九天玄女神像发愿：世间男子均是恶毒丈夫，祈求玄女许我不再投胎做人。果真女子投胎为一尾红鲤。

二郎神容姿出众，人称郎君神，骑白马，持长枪，龙眉凤目，丰神俊雅，飘飘有出尘之姿，冉冉有惊人之貌。前世今生均憎恨男子的红鲤鱼竟然心中燃起了星星之火，每天夜里在江中痴心偷窥。

一日红鲤鱼借着月光，正出神地看着二郎神在江心繁忙修渠，一张大网从天而降，原来是二郎神手下梅山兄弟看见如此大的一只鲤鱼躲在江中，于是撒下捆仙网。梅山兄弟兴致勃勃地将捆仙绳穿过红鲤鱼的嘴，跑去向二郎神邀功："神君，灌口方圆三百里，乃是玉帝赐于神君的地盘，各路神仙，山妖树怪，皆当听我神君号令。此红鲤鱼，私自修行数百年，未曾在我二郎神庙注册，今日终于被我等捉拿，请神君发落！"

二郎神接过梅山兄弟手中的红鲤鱼，替她解开绳索，看见红鲤鱼嘴角流着一滴鲜血，二郎神提一口丹田真气，对着红鲤鱼的嘴吹下去，红鲤鱼只觉一阵醉人的清香，绵软细密，如酥如醉，伤口已不再疼痛。二郎神对梅山兄弟说道："当初天庭容不下我们，我们靠自己的双手打下灌口这片天地，天庭至今对大家仍然是既不缉拿，也不册封。如今我们有了容身之所，如何可以再将别人对我们的不公来对待他人？修行者在我二郎神庙注册，原本是希望得到我们的庇护，我们又岂能以此作为威胁？从今以后，灌口三百里之内，各路神仙，是否听我号令，皆随己愿。山妖树怪，只要不危害我灌口百姓，皆可独自修行，不必每月到我神庙报到。"

二郎神走到江边，在红鲤鱼尾翼上系一丝小小的红线，把红鲤鱼放到水里，对红鲤鱼说道："看你已修行多年，还不能好生看顾自己，我在你尾上系上我的捆仙绳，灌口之内，大小神灵，无人敢伤害于你。你且回去好生休养，许你每日观看我修堰。"

红鲤鱼感激地朝二郎神点点头，以后每夜就在江中看二郎神带着自己的一千二百草头神，迎着疾风暴雨，在岷江上修筑都江堰。每见工程有所进展，二郎神就看见红鲤鱼在江心欢喜跳跃。二郎神看见红鲤鱼在江中凝视着自己，更加不惧艰难，决意要将岷江上游的支流在灌口合流，让岷江从此不再恶浪滔天。

眼看都江堰即将修好，红鲤鱼修行也满五百年，八月十五月圆之夜，跃过龙门，即可修成正果。中秋之夜，皓月当空，照得岷江，水月难分。忽然之间，恶浪翻滚，岷江之水，冲天上涌，高达数十丈。只见黑龙在空中冷笑道："玉帝老儿怕了本尊，派你这油头粉面的私生子来。你若真是怕了，不妨去给玉帝说，将那天庭让与我八位兄弟，或可饶你小命。"

二郎神君冷冷一笑，说道："没爹的孩子，说话如此猖狂。"

黑龙讥讽道："你母亲被玉帝压在锁仙峰，你劈山救母；我兄长七人，都被囚在封魔洞，我替父兄报仇，何过之有？"

二郎神君怒道："你牺牲天下苍生，报你个人私仇，岂可与我相提并论？我二郎神君从不连累他人。我斧劈桃山，双手劈开生死路。而你呢？把自己的仇恨嫁祸于万千百姓，为了泄你一人私愤，害得多少生灵涂炭？"

黑龙跳进水中，不停地翻腾，说道："你是玉鼎真人弟子，却在上界不受待见，待在这小小灌口，岂不是屈才，也辱没了你师父的大名。不如随了我打上天去，也做一做那显赫一时的真神！"

二郎神君冷笑道："我二郎神就是二郎神，何时需要别人认可，又何时需要在人前显摆！我这灌口方圆三百里，地盘虽然不大，我只需保得我三百里众生喜乐，也就落得个逍遥自在。我师父也是那逍遥神仙，不似玉帝老儿，日夜里还得为了你这等妖魔鬼怪劳心费神。"

二郎神君骑上白马，手持长枪，正准备下水迎战，忽然间前方一道金光，从虚空照下，九天玄女飘飘现身于半空之中。玄女说道："二郎神君，这黑龙三千年修行，积怨深重，现魔性大发，非寻常之法可以制服，需得用你师父传你的八九玄功，打开你的第三只眼。"

眼看子时将近，岷江之中，渐渐升起一道金色光圈，红鲤鱼知道龙门已现，五百年修行，到而今一跃成仙。红鲤鱼在江心依依不舍地望了望江边的二郎神君，从水中腾空而起，纵身一跃。

二郎神君眼见得红鲤鱼并没有跨过龙门，大声呼喊道："不要啊"，只见红鲤鱼顷刻之间已化身为一座鱼嘴山，一口咬紧黑龙七寸。二郎神君坐下白马仰天长嘶，奋力向岷江奔去。

这白马说来也大有来头。当日玉鼎真人座下大弟子白衣童子随玉鼎真人修行千年，早已修得不老容颜，一身白衣配上孩儿面，倒也十分俊俏。那日在王母的蟠桃会上，桃花仙子给白衣童子斟酒，白衣童子趁接酒杯之机，将桃花仙子的纤纤玉指轻轻地捏了一下。

桃花仙子心神一动，不觉两腮飞红，低着头退了下去。这二人哪知王母娘娘和玉鼎真人早已看在眼里，二位大仙相顾不语。宴后玉鼎真人对白衣童子说道："你随我已修行千年，可惜你一人孤修，历经千年也不曾放下这身皮囊，活生生一个守尸鬼，难得金仙大道。今日你在王母宴上戏了那桃花仙子，为师看你春心已动，既然从未拿起，又谈何放下。你这就下去投胎为白马神驹，日后好助你师兄一臂之力。也看看人间风月，将来好寻得心上之人，尝尽世间甘苦，自有同登彼岸之时。"

江边一棵小桃树，也不知生长了几年，此刻正在月光之下迎风招展。白马为了防止踩上桃树，凌空一跃，跨过桃树，直奔江心。二郎神一蹬腿便跳上了鱼嘴山上，白马却因那桃树跨度太大，一步之差，落入江中，瞬间没了踪影，只是那马蹄上掠过的一枝桃花在江月之上飘零。

鱼嘴山中一道金光，从二郎神脚心涌泉穴直上，由督脉上冲百会穴，再下降到眉心，二郎神只觉眉心一阵炽热剧痛，额骨裂开，露出一只天眼，金光直照岷江，江水顿时透如琉璃，朗彻无碍。

二郎神腰间两柄斩妖剑合二为一，凌空飞出，黑龙的七寸被红鲤鱼死死地咬住，无论怎么挣扎拍打，红鲤鱼也绝不松口，那鱼嘴山死死地压在黑龙的七寸上，黑龙无处躲避，斩妖剑直中龙头。岷江之上，平静如初，水月空华，风光无限。

九天玄女站在鱼嘴山上对二郎神说道："八九玄功原本是以女子偃月炉中三昧真火，煅炼男子鼎中造化真精。既然是月魄天心逼日魂，水月炉中炼真精，自然离不得男女双修。今红鲤鱼为你献身，将自己的内丹给了你，助你成就金仙。红鲤鱼本是一风尘妓女，因被人轮奸致死，由此厌恶男子，却对你心生情愫，甘愿为你献身。世间妓女虽说靠房中术为生，但为妓者多因世间不平之事，而零落成泥碾作尘。妓女卖身，并不卖心，世间男女，为金钱权力，身心皆卖，此等下贱，反倒不如许多风尘女子干净。岷江之中，妓女投江者甚多，或被逼良为娼，或感染脏病，或对人生绝望，或自愿投江，或被人沉江，数不胜数。你也曾阅人无数，我今赐你为妓女保护神，扫平天下不平之事，莫以妓女出身卑微而厌恶之。"

二郎神飞上天空，一滴泪花滴在斩妖剑上，将斩妖剑往远处一扔，一道寒光遇水开道，直插三江口。宝剑上刻着八九玄功的秘诀：

岷江之水天上走，奔流到海不回头。

宝剑插在三江口，逼得岷江水倒流。

据说谁能参透这秘诀，谁就可以打开第三只眼。可惜三千年来，无人能够破解。

蓝婆抚摸了一下我额头上的疤痕，问道："这伤疤是怎么回事？"

我气呼呼地说："我也不知道呢。前月我正和小朋友玩得起劲，突然飞来一块小石头，打得我眼冒金花，醒来后头上全都是血，好了伤口就留了疤了。"

蓝婆诡异地笑了笑，说道："这月牙小疤正在眉心，像不像只眼睛？"

　　我摇摇头说："明明就是个伤疤嘛，我闭上眼睛啥也看不到。"

　　蓝婆笑着说："你要不信，就往山崖下看看，是不是能看到一团紫色的云气？"

　　我探头往山崖下一看，笑着说："婆婆你又骗我，云哪有紫色的。"正说着，背心忽然挨了一个巴掌，整个人就向山崖下飞去。

　　一阵天晕地转之后，不知过了多久，隐隐看见山崖下的寺庙里一座佛像越来越大，直到顶天立地仁立在眼前。佛像是个和尚，身披着袈裟，一手竖立胸前，一手握着一个禅杖。和尚用禅杖往我额上的伤疤上一点，我一下就醒了过来。再一看，自己躺在一棵大红松下面的花草地上。

　　"想起第三只眼来了？"李欣源打断我的思绪，说道："我就是你要找的李思源的双胞胎妹妹。"

　　我吃惊地问道："思源在哪里？"

　　李欣源眉间瞬间掠过一道悲伤，说道："你找到的是姐姐的桃源令。她把桃源令给了你，自己却再也回不来了。"李欣源一边说着，一边宽衣解带。

　　我下意识地靠墙挪动了一下身体，紧张地问道："你要做什么？"

　　李欣源撩起衣服，露出肚脐。她的肚脐居然不是凹陷的，反而往外凸起，微微发青，光润如玉，像一只乌龟的小背，中心还有一个小眼。

　　我沉默了许久，问道："我曾经每天夜里都做同一个梦，梦见自己在漆黑无明的夜里，在漫天冥币中追赶着一个身影朦胧的女孩。思源就是我梦中的女孩吗？"

李欣源泪眼朦胧地点了点头。

"为什么我会每天夜里做相同的梦？"

"你被控梦了。"

长相思

俞彦

折花枝，恨花枝，

准拟花开人共厄，

开时人去时。

怕相思，已相思，

轮到相思没处辞，

眉间露一丝。

四

逐鹿中原

"长老们正在金顶雷鸣大殿开会议事，一会黄长老会来看你。"李欣源沏了一杯茶给我，说道，"桃花源有几个地方是你不能去的，千万不能私自闯入。"

李欣源一边蘸着茶水在桌上画着，一边说着："桃花源前面是桃源山桃源洞，是生人进山的地方，洞主谢真人。后面是天门山鬼谷洞，洞主鬼谷先生，是死者离开之处。左边是绿萝山玄光洞，洞主冷道长。右边是桃都山封魔洞。当日桃花源众长老与洞主俱在雷鸣殿闭关，二郎神君劈山救母，此后封魔洞洞主就由神荼大哥担任。后面三洞都是禁区，没有洞主与长老手令不得进入。中央是五雷山，《淮南子》叫地维，也就是大地轴心的意思。山上是金顶，由托塔李天王创观，雷扫其殿，钟鼓自鸣，尘埃自净，故名雷鸣殿，乃九天荡魔祖师真武帝君道场，雷鸣大殿也是长老与洞主开会的议事厅。出桃花源向西南方向不到一百里，就是枫林镇，这是桃花源用心提防的地方。"

李欣源笑了笑："忘了问你，这茶好喝吗？"

我由衷地点点头。

"此茶名叫忘忧，以竹叶卷心一分、麦苗一分、桃花蕊一分、红枣一枚、甘草三尾，取泉水一瓢，将水舀起再倒回盆里，反复千遍，使水面如珠滚盘，再煮一沸即止。当年陆羽饮了忘忧泉，发明的此茶。"李欣源调皮地说，"每天一杯忘忧，用不了多久，你就可以把姐姐忘了。"

我"哇"的一声，茶水吐了一地。

李欣源摇摇头，嘀咕道："骗你的，小傻瓜。一瓢千扬水，两支竹叶心，让那卷曲的心在温水中慢慢舒展，复以甘草益脾、麦苗疏肝、大枣养血、桃花养颜。你若真的想忘了姐姐，可以请黄长老带你去玄光洞忘忧泉。"

"陆羽？你说的是茶圣陆羽？"我吃惊地喃喃自语："难道这里是唐代？"

"再说一次，桃花源没有时间。"

"枫林镇是什么地方，有这么可怕吗？"我不解地问。

"你看那个桌屏。"李欣源用手指着条案上的一个圆形屏风，屏风半米大小，外面镶嵌着精致的楠木框，里面是百花刺绣，桃花、梨花、牡丹、红莲，争奇斗艳。李欣源俏皮地走过去，对着屏风边用纤细的手指轻轻一点，画心居然转了过去，原来画心的背面是一明镜。

李欣源如数家珍地说道："这叫昊天镜，是九天玄女的圣物，本来有三柄，一柄赠给了王母，一柄传给了姜太公。"

"这小小镜子有什么好，看你这么宝贝它。"我好奇地问。

"神仙妖魔照之，均显真身；凡人照之，则现真心。若心有邪念，则镜中可见其心惊胆战。秦灭周后，昊天镜传到秦始皇手里。秦始皇用此镜照宫女，心惊胆战者一律处死，经过昊天镜考验的女子则可侍寝。"

李欣源对着镜子念念有词："载魂载魄，涤除玄镜。天门开阖，万物显形。玄镜玄镜，请现枫林。"

镜中电闪雷鸣，风雨交加，有红色、黄色与白色的龙在空中决战，一只蓝色的凤凰来回盘旋，地上则是成千上万的人在拼命厮杀，八条大蟒，舞动着巨大的身躯，不停地吞噬周围的生命。

"赤龙、黄龙是炎帝与黄帝，白龙是蚩龙，打雷的是雷公。蚩龙有八个儿子，叫八歧神龙，与蚩龙合称九黎。蚩龙发动战争，打败了炎帝，又与黄帝九战九胜。黄帝斋戒沐浴，精思告天，九天玄女授黄帝六甲六壬兵信神符，制妖通灵五明宝印，炎黄二帝终于在黎山之下困蚩龙诸部。易经坤卦龙战于野，其血玄黄的记载就是此战。"李欣源悄悄说道。

突然间一个闪电击中白龙的头，白龙的身子飞速往下跌落。白龙扔下宝剑，地上瞬间化出一片血色枫林。

"难怪《尔雅》记载黄帝杀蚩尤于黎山之上，掷其械于大荒之中，化为枫木之林。"我不由地惊叹道。

李欣源瞟了我一眼，说道："蚩龙死后，黄帝命其子孙世代困居枫林镇，蚩龙改称蚩尤。黄帝见黎山之上尸横遍野，于是允许蚩尤的军师念动咒语，将战死的九黎诸部士兵赶尸，随同蚩龙的后人来到湘西。桃花源东南有桃都山，上有大桃树，树名桃都枝，为天鸡所栖。平旦日出，照桃都枝，天鸡打鸣，天下鸡皆随之鸣，朗朗乾坤，鬼祟随之隐藏。桃都枝下有封魔洞，里面封印着蚩尤的七个儿子和八部魔兵，由云华真人与神荼、郁垒二位大哥镇守。桃都枝上面朝东方，有仙桃一颗，三百年一熟，每当桃落之年的中秋寅时，白虎当令，煞气重重，八歧魔蛇可借此煞气逃出封魔洞。"

"欣源"一老者推门而入。老者头戴青萝冠，冰颜雪肤，皓髭苍眉。

"见过黄长老。"李欣源急忙行礼。

"不必多礼。"黄长老微微一笑对我说，"年轻人，你就叫我黄石公吧。"

"黄石公？难道您是汉留侯张良的老师，商山四皓夏黄公崔先生？是您传张良的《太公兵法》？"我惊奇地问道。

"我是奉姜太公之命，灭秦兴汉。"黄长老微笑着点点头。

"秦始皇在七十名博士官中命东园公唐秉、黄石公崔广、绮里季吴实、甪（lù）里先生周术研究长生不老的秘密。赤松子传黄长老移花接术术，四位长老携带家人躲避到桃花源，对外谎称隐居商山。"李欣源说道。

"秦始皇贪生怕死，梦想着长生不老，哪知道生死即梦觉。长生久视，纵有其事，也是梦而非觉。况且梦中或彻夜如一息，或一息成经年，长短皆非真实，又何须舍短求长？"黄石公叹道。

我不解地问道："那当年始皇东巡，张良在博浪沙行刺也是桃花源所指使？"

"谁也没有料到大力士的大铁锤竟然被一只凌空扑下的蓝凤凰撞开，铁锤击中副车。秦始皇从车里出来时只见一地羽毛，数滴凤血。秦人的图腾'玄鸟'就是凤凰，秦始皇却竭力洗脱自己蚩尤后人的身世，驱赶天下苗人。谁能想到生死关头蓝凤凰还是拼了命保护秦始皇。"李欣源叹道。

"道无鬼神，未来不完全是我们能掌握的。"黄长老微笑着说道，"过去与未来都有无限可能，而当下才是唯一。从此往后，过去已是唯一的过去，种种可能已经变成不可能。从此往前，未来还有无限可能，我们只是争取最好的可能而已。一旦这个可能实现，其他的可能瞬间消失，灰飞烟灭。所以谋事在人，成事在天。"黄石公叹了一口气，说道："想必当日秦始皇天命未尽。"

始皇三十六年，郁垒化名"郑容"潜入咸阳，前往镐池拜见武王。镐池边有一棵大桃树，树下有一块石头，石头上有五彩龟纹，郑容用石头敲击桃树，桃树里出来一人，递给郁垒一封信：

庚寅八月廿八日

朱龙沙丘死

始皇三十七年，天上九星连珠，秦始皇东巡拜会神仙，走到邢州沙丘已是半夜，天上的太白金星却异常闪亮。沙丘积沙成丘，沙多水少，人称"困龙地"。商纣王曾在此地建行宫，设酒池肉林，终至亡国。赵武灵王的小儿子赵何发动沙丘宫变，把武灵王饿死在此。黄长老早早候在路边不远的沙丘之上，真武大帝于银河的满天繁星之中，拨动太白金星的卫星，化为流星，飞往神州大地。黄长老凝视左手，手心顷刻浮起一个火球，以右手剑指，带动火球快速旋转，然后剑指自左手手心往中指划出，只听得一声"走"，一柄银色寒光长剑自黄长老中指飞出，直插云空。在流星的推动下，一道白光划破长空，从天而降，照得大地如同白昼。丞相李斯急忙到秦始皇銮车前汇报，只见一柄利剑，插在一条红色大蟒的七寸之上，已不见了秦始皇踪迹。赵高等人找来一具死尸，四周放满鲍鱼，急忙赶回咸阳，尸体已经腐烂得面目全非。

黄石公叹道："太白星君座下童子恃才自放，夜闯昆仑山群玉峰，在瑶池边挑逗牡丹仙子，被化为流星，谪入人间。"

"黄长老从大蟒身上取回了百花昊天镜，送给了我。"李欣源摇着黄石公的胳膊得意地说道，"还是您疼我。"

"丫头，是我经不起你纠缠好不好？你这是强要。"

李欣源做了个鬼脸，对我说道："秦国的兴起，本来就是蓝凤凰蛰伏千年的一个巨大阴谋。"

夏朝末年，有一天，一条魔蛇盘踞在夏帝的宫殿前。夏帝驱赶魔蛇，魔蛇化为一堆唾沫包裹着一株龙蜒草，无论刀劈火烧，都无法杀死。夏帝于是用九天玄女赐的匣子，将魔蛇连同龙蜒草装起来。夏朝灭亡后，这匣子就传到了商朝。

商朝末年，纣王宠信妲己，二人敲骨看髓，挖腹看胎，又建酒池肉林，在光天化日之下，对着日月星辰，昼夜淫乱。妲己挖了比干的心，对纣王说道："这颗七巧玲珑心果真是世间罕有，可哪有合适的宝盒得以收藏？"纣王眼中含怨，一笑而过。武王伐纣时，慌乱中妲己冲进寝宫，掀开御塌，夺得魔盒，正要打开，一道白光飞过，妲己变成一只九尾狐，躺在血泊中。原来是急忙赶来的姜太公用百花镜照破妲己真身，将其诛杀。这匣子又传到了周朝。

"那商纣王得的是狐惑病，被九尾狐迷惑了心智。都说纣王的脸，阴晴不定，其实是附体后双目发红，面色发白，耳后发黑而已。若能以甘草泻心汤服下，商朝不至于灭亡。"我一边在李欣源面前卖弄，一边用眼偷偷看她的反应。

"你要逆天啊？"李欣源对我翻了一个白眼，继续讲龙蜓草的故事。

经过三个朝代，魔盒没有人敢打开。到了西周末年，周厉王打开观看。唾沫瞬间便变成一只魔蛇，穿过侍女的腹部，侍女怀孕产下褒姒。褒姒长大后，周幽王废黜申王后，立褒姒为后，并加害太子。

褒姒有一个病，就是不会笑，这可愁煞了幽王。幽王于是召集天下奇人异士，许以高官厚禄，并在大殿外备好油锅，褒姒不笑则将来者扔入锅中。无数的人白白丢了性命，还有无数的人前仆后继。丞相无奈，只得对幽王说道："大王不如点燃烽火台，让各路诸侯进京勤王，或能博得娘娘一笑。"褒姒在骊山上看见山下尘土飞扬，万马奔腾，勤王的将士们千里奔驰，衣衫不整。心肝宝贝躺在幽王的怀里，肆无忌惮地放声大笑。褒姒勾魂夺魄的笑声满山飘荡，在山谷中四处回响，数日不去。勤王的诸侯率将士们失魂落魄地各回封地。果真是佳人一笑倾城，再笑倾国，幽王十一年，申后的父亲联合西夷攻打幽王，无一路诸侯勤王，幽王被杀，西周灭亡。平王东迁，秦被封诸侯。公元前221年，秦灭六国，周覆灭。

我突然觉得找到了救星，走到黄石公面前，长拜跪下："恳请黄长老帮我找到思源。"

黄石公上前一步，扶起我说道："你若是想再见到她，我倒是有一个办法。"

"什么办法？"我急不可待地问黄石公。

"记不记得《禁啸经》？"黄石公问道。

"《禁啸经》？"

"《禁啸经》是桃花源的最大秘密，一切全因白马玄光而起。"

山坡羊·骊山怀古
张养浩

骊山四顾，阿房一炬，

当时奢侈今何处？

只见草萧疏，水萦纡。

至今遗恨迷烟树。

列国周齐秦汉楚，

赢，都变做了土；

输，都变做了土。

五

白马玄光

桃花源外沅水江畔，有一户人家，主人叫白开，妻子李氏也系本村人氏。二人男耕女织，相敬如宾。午马年，李氏怀妊。中秋那天夜里，李氏梦见一仙女，自称九天玄女，手执一枝桃花，在一轮皓月之下骑着一匹骏马飘飘而下，跨入中堂。玄女对李氏说道："白马非马，天命所归，你好生将其抚养成人。此子若能成年，前程不可限量，自有无量功德，将你一家，永相护佑。"

次日午时，李氏临产，生下一男孩。白开喜笑颜开地对妻子说道："《庄子·知北游》有言，人生天地之间，若白驹过隙，忽然而已，我们的孩子就叫白马吧。"

表妹李思源与白马青梅竹马，一同长大。"源"与"猿"同音，二人就以"心猿""意马"相互戏称。白马十三岁那年，白开与妻子商议，准备替白马定下婚事。白马鼓足勇气，上前一步，对白开跪下说道："白马此生，非表妹不娶。"

白开与李氏也十分地喜欢李思源，二人顺水推舟，将婚事定在三年后的中秋之夜，随即送白马到桃源山玄真观学艺。李思源每日对着远处的桃源山思念未婚夫，托人将写满情诗的绣花手绢带到玄真观。

朝思桃源山，

暮思桃源山。

日日思山不见山，

山在水云间。

白马提笔在手绢背面也写下情话，白天就将那手绢揣在胸口，夜里掏出来对着星光来回端详，只待日后亲手交还表妹。

你锁你心猿，

我擒我意马。

吾非卿不娶，

卿非吾不嫁。

三年后的八月十五一早，白马揣着手绢下山。家里正准备白马与李思源的婚事，一家人忙的团团转。白马来不及先回家，径直到了白家祠堂。原来是沅江两岸常遭江洋大盗抢劫，盗贼每乘月黑风高，弃船上岸，打家劫舍。村里长老们合议，决定趁这月圆之夜袭击盗贼江心老巢。

眼看婚事不成，白马只得跪在父母前，说道："娘送孩儿学艺，不就是为了保家卫民吗？"

李氏早已哭成了泪人，哽咽道："世道艰难，送你到玄真观，图的是你习武防身，何曾想过你成名成侠？"

白马说道："娘亲，出了玄真观，我就是侠客。十步杀一人，千里不留行，除暴安良是侠客的本分。"李白的《侠客行》一直挂在师父的丹房，白马每日进去奉茶，常见师父伫立在横卷前沉思，日久白马对此诗也是十分熟悉。

李氏无奈，只得拿眼去看自己未来的儿媳。不料李思源凝视着白马，一言不发。李氏只好说道："为何非得今日？过了今夜，你想哪天去，为娘再也不拦你。"

白马说道："娘亲，今夜盗贼饮酒作乐，缺少防备，正好聚而歼之。再说这是长老合议的结果，孩儿习武三年，岂有推辞之理？早一日举事则百姓少一日受苦，如何等得？"

李氏无奈，只得说道："为娘昨夜做了一个梦，梦见一苗人抱着一堆柴火来我们家投宿，这苗人说什么也不住我为他收拾出来的客房，坚持要睡在猪圈。为娘生你当日也是做一奇梦，只是不知道昨晚这梦是何意思。"

白马听完，心中不由得一惊。这猪圈在《说文》中就是宝盖头，下加一柴火的火字，分明是个"灾"字。当日离开玄真观前，师父将自己随身配带的短剑摘下来送与白马，说道："此剑原本是我大唐第一侠女公孙大娘的随身短剑。公孙大娘以长短剑名震江湖，长剑名云舒，短剑名玄机。俗话说，一寸长，一寸强；一寸短，一寸险。长短二剑，远攻近守，时分时合，刚柔并济，细密如雨。当日我与杜甫、吴道子、张旭、怀素、李白六人，同观公孙大娘舞剑。大娘舞剑，气动四方，山河变色，天地激荡。张旭从剑中体会到用笔之道，吴道子从舞中发现用墨之法。李白随即也站起身来，对公孙大娘说道，今日一剑献六真，何不宝剑赠英雄？公孙大娘一言不发，径直走到我面前，轻轻一稽首，将此短剑放入我手中。李白还为此作诗一首。"

> 少年上人号怀素，草书天下称独步。
>
> 墨池飞出北溟鱼，笔锋杀尽山中兔。
>
> 八月九月天气凉，酒徒词客满高堂。
>
> 飘风骤雨惊飒飒，落花飞雪何茫茫。
>
> 起来向壁不停手，一行数字大如斗。
>
> 怳怳如闻神鬼惊，时时只见龙蛇走。
>
> 左盘右蹙如惊电，状同楚汉相攻战。
>
> 张颠老死不足数，我师此义不师古。
>
> 古来万事贵天生，何必要公孙大娘浑脱舞！

白马到此方知此剑大有来头。白马如何能接受师父的心爱之物，正要推辞，于真道长说道："当日六人之中，不知是谁将大娘推荐入大明宫为玄宗舞剑。大娘随后被玄宗以选妃为名软禁在大明宫，无论高力士如何软磨硬泡，大娘誓死不从。后幸得贵妃安排御前侍卫韦应物秘密放她出宫，从此下落不明，不知生死。如今物是人非，我将此剑赠与你，于我也是放下。我玄真观秘传《鬼谷七星八卦诀》中有一句——单刀独马两不离，抱柴入库灾星起。此句甚为难解，为师多年来也没有参透。只是你既然名叫白马，只怕此句与你有关，故而为师今日将此剑送与你，以作你防身之用。为师老了，也用不着这些兵器。你且去吧，万事小心。"

白马只道自己此去剿灭盗贼，前程凶险，但一心为民除害，去意已决。况且自己不去，别人去了，岂不是更加凶险？白马想了想，也不说破，取下短剑，放到李思源的手上："此剑是师父在我下山前送我的礼物。你拿好此剑，日后若有孤身一人之时，就如同我在你身边，让它替我日夜守护着你。"

李思源抬头望着白马的脸庞，说道："表哥你一心杀敌，天命所归，断然不会有事。千万不要挂念，我等你平安回来娶我。"

白马把写满情诗的手绢放到李思源的手心，握紧李思源的手，说道："过了今晚，我断不会再让你孤身一人，身陷险境。若是我今晚没有回来，母亲明日就退了我们的婚事。"

李思源急忙用手绢捂着白马的嘴，望着白马点了点头，转身替白马佩好长剑，为白马整理了一下衣衫，不舍地放开手让白马带领着乡里男丁出发。

趁着月色，白马带领大家暗中登上了江心的孤岛。岛上悄无盗贼踪迹，白马大呼中计，带着大家，火速返程。回到村口，只见村里火光冲天，许多房屋已被烧成焦炭，尸横遍野，惨不忍睹。白马箭步跑回家中，只见父母躺在血泊之中。李思源手握短剑，一剑穿心，插在胸前，鲜血染红了李思源牢牢紧握的手绢。

白马抱着未婚妻号啕大哭。过了许久，李思源忽然睁开双眼，白马又惊又喜，李思源微微一笑，用力说道："终于等到你平安回来了，可惜我等不到明天了，来生……"话音未落，李思源撒手人寰。

白马紧紧拥抱着李思源，说："我娶你，现在就娶你。"白马握紧李思源的手，指天发誓："天地为证，日月为鉴，白马与李思源自愿结为夫妻，今生爱不够，来生再续缘，永不离弃。"

白马用手里的短剑挖土安葬了父母妻子，趁着月光在剑柄上刻下"思源"二字，将手绢放入怀中，紧贴胸口，直奔桃源山玄真观。

玄真观大门紧闭，于真道长对白马拒之不见。白马就长跪于观外台阶上，三日三夜，任凭雨打风吹。白马正当昏昏沉沉，体力不支之时，只见于真道长站在观门口说道："仇恨是魔鬼，它将吞噬你内心的光明，使你每天生活在痛苦之中，让你失去理智，并坠入无明境地。你此前学的武功，皆是世间法，而道法本是世外法。生死有命，道法自然，不是用来给人报仇雪恨的。你已痛失所爱，切不可孤身一人，再涉险境。如此冤冤相报，纠缠不休，永无出期。"

白马答道："世间难道还有比永失我爱更苦的事吗？我求道法，既是为我父母妻子报仇，更是为了斩妖除魔，为了那沅江边上的万千百姓，不再遭受如我一般的痛苦。"

"永失我爱……"于真道长长叹一声，点头说道，"你既然有此悲天悯人之心，那随我来。"说着便带白马到观后。那玄真观本建在桃花源绿萝山山顶，观后即是万丈悬崖。于真道长指着悬崖说道："悬崖之上，是玄真观；悬崖之下，是滚滚沅江。悬崖之中，半山之上，有一石洞，是你师祖黄敬仙师当年的修道之处。此洞是绿萝山天造地合之处，你就借此造化吧！这里有根粗绳，你可以攀爬进洞。如今世道艰难，观中无多余之餐，我会每日遣你师兄们轮流为你用袋子吊下来些许米粮，你自己在此生火做饭吧。"

白马对着师父磕了三个头，转身攀岩下到石洞。只见洞口云烟缭绕，而洞内陈设简陋，除了石床、石几、石盒，只有一只漏底的破桶和一口漏底的破锅。白马看见这锅和桶，一时犯了愁：这如何能生火做饭？

白马无奈，提着水桶，攀岩下到江边，汲起满桶沅江清水，攀上石洞，满满一桶漏到仅存一勺之水，从早到晚方打满一盒之水，不够一餐之用，白马又饥又渴。夜里白马躺在坚硬的石床上，对着星光静静地看着手绢上被李思源鲜血染红的桃花，一朵朵尽情绽放。洞外云烟袅袅，星光闪烁，李思源躺在血泊中的样子又浮现在脑海。离愁别恨，涌上心头，又是一宿未眠。

次日，白马将桶旋转，加速攀援，漏桶盛水，与次俱增。白马又在山崖上拾来干柴，奋力吹火，日久破锅炊煮，居然溃水也能忽略不计。不出数月，白马已能意到力到，力到桶旋，如此呼吸吐纳，深达脚心，脚心如火如燎，上灌头顶。

一年之后，白马居然每日烧饭打水也用不了两个时辰，闲下来便静坐于石床之上，已然每日可以入定数个时辰。白马就在这洞内，星光之下，云烟之中，运转乾坤。人天一气，往来不息，刹时忘却那世间万般忧愁，法喜周遍。

一日夜里，白马出定下座后，又开始思念妻子李思源。白马躺在石床上看着洞外的满天繁星，睡意全无。头上忽然滴下一滴水，正中白马眉心。白马抬起头来仔细观察石床后面的石壁，发现石床头尾两侧的石壁居然润泽湿手。白马用力移开石床，以后每天夜里就用那柄刻有"思源"二字的短剑在石壁上开凿，思念妻子的时候就在左边的石壁开一凿，静坐出定后就在右边的石壁上开一凿。

三年后的一天，白马居然挖出黑、白两股泉水来。白马想了许久，为黑泉取名仇池，替白泉取名忘忧。人若要喜乐，首先需要忘忧，毕竟遗忘才是最好的疗伤之药。若要忘忧，首先要放下，远离那一桩桩的离仇别恨。无情之人不得修道，因大道有情；然而有情之人亦不能得道，道情乃是世出之苍生大爱，并非世间二人世界的小情小爱。只是这"世出世间，十方圆明"的境界说来容易，做起来却十分困难。白马自知自己从来没有放下过李思源，今生自然成道无望，心里已暗自为日后做了些许打算。

那日白马忽然在洞口看见一个身影，定睛一看，原来是师父于真道长。于真道长对白马说道："人人都说心猿意马，最难降服。然而你天赋异禀，道心坚固。运用漏桶可以以意领气，以气运物，控制物体的运动，这是禁法；呼吸吐纳，穿心贯肺，这是啸术。"

于真道长便从袖内取出一本书来，交给白马："这是你师祖传我的《禁啸经》，为师今日传与你，学成之后，即可出洞。《禁啸经》分三卷，这是上卷禁啸。中卷禁时，下卷合啸均已遗失。"

白马双手捧过《禁啸经》，虔诚拜谢师父，在洞中苦修禁、啸二术。洞外天为罗帐，洞内地为石床，头上袅袅云烟，脚底滚滚沅江。

日月旋转，星辰做伴，一晃又过去三年，白马准备出洞。白马矫健地纵身一跃，上到山崖，眺望四周，只见沅江对岸，赤地千里，逃荒者成群结队。

白马回到玄真观，看见观内流民甚多，众人都饥渴难耐。白马忙赶到厨房，和众师兄一道做得许多稀粥与菜羹，施济灾民。大家正在忙碌着，忽然一满脸横肉的苗人推门而入，直奔客房。

苗人把大腿往凳上一放，高声说道："在下也是饥民，今日道观若是不施米十斗给在下，就不要怪我不客气。"

于真道长笑道："这大灾之年，观中岂有十斗米之多？"

苗人冷笑一声，说道："在下不才，只因对自己下得去手，江湖人称冷大侠。今日若是无米，那就怪不得刀剑无影。在下今日就见红，请诸位血债血偿！"说着抽出一柄匕首，猛地一刀插在自己大腿上，尖声大笑。

白马快步从厨房出来，对着师父一拜，说道："师父就让徒儿好生款待这位大侠吧！"

于真道长点头不语。于真道长出家前，江湖上人称"云影大侠"，身手极为矫健。遇见公孙大娘后，二人舞剑妙趣天成，被人戏称"雌雄大侠"。公孙大娘也不避嫌，从此自号"雄妙"，妙者，少女也。于真道长后来右脚受了剑伤，行动多有不便。那日白马在替师父洗脚时，发现伤口虽不大，却一剑正中脚弓内侧，从太白穴刺透公孙穴，白马不知不觉地湿了眼角。这显然是高手所为，废了师父武功。于真道长每日在玄真观把玩公孙大娘的短剑，十年磨一剑，霜刃未曾试，可惜那人间恨事乱如毛，磨平胸中万古刀。

白马问道："听说你们苗人的祖先是蚩尤？"

"是蚩龙！"苗人拔出匕首，一边敷着金创药，一边恶狠狠地说道。

白马一笑，也不与之争辩，说："当日在涿鹿之野的九黎之战，蚩龙战败身亡，九黎族的各部属由崇山往东，到达常德，逃进武陵山区，以枫林镇为寨。黄帝慈悲怜悯，网开一面，但你苗人为何今日又危害人间？"

苗人冷笑道："封魔洞囚我八骏神龙，屡屡杀我神龙，难道这就是你所谓的慈悲怜悯？"

"天龙当得，妖氛自灭，兵革不兴，龙德相扶，天下太平。东方青帝青龙王，南方赤帝赤龙王，西方白帝白龙王，北方黑帝黑龙王，中央黄帝黄龙王，皆是真龙，上承天命。而九黎各龙，都是半蛇半龙的妖龙。昔日炎帝与黄帝因八歧魔蛇均是龙族后代，囚于封魔洞，已是格外开恩，但凡有逃脱封印危害人间者，格杀勿论，何错之有？"白马一边倒茶，一边说道，"在下能否请教兄台一件往事？"

苗人拱手说道："请讲！"

白马说道："当日枫林镇血洗沅水江畔白家村，白家主人白开，妻子李氏与其儿媳李思源何过之有，惨遭毒手？"

苗人得意地说道："那年轻女子，不愿做我枫林镇压寨夫人，自绝而亡，可惜了这一身的国色天香。"

白马愤怒地说道："八歧魔蛇大多因于封魔洞，何来压寨夫人之说？"

"总有一日，八骏神龙会回到枫林镇。"苗人摘下斗笠，随手往身后一扔，斗笠如箭一般飞出去粘在墙上。苗人得意地卸下包袱，稳稳地挂于帽头之上。

白马淡然一笑，端起茶杯，说道："请用茶！"茶杯凌空向苗人飞去。苗人一笑，一伸手茶杯就停了下来。苗人端起茶水，仰首而饮，定睛一看，茶杯竟然无底，"哗"的一声，茶水洒了一身。

苗人猛地一怔："禁法有三层境界——禁固、禁液、禁时。我虽能禁固，他却能禁液。水因心定，心随水动，然而心如止水，如如不动，谈何容易。"苗人眼珠一转，笑道："衣衫透湿，不如到室外，坐下晾晒。"说毕伸长脖子，一声尖叫，八仙桌连桌带椅飞出屋门，立于树下。

白马笑道："院里酷热，兄台小心中暑！"说毕，手持剑指，对着祖窍穴，一个念头随着指尖剑气飞出去，只听得晴天一声霹雳，三清殿内一口大钟，腾空而起，挂于院内大桃树的树丫上，正好盖在桌上。

白马一摊手，说道："兄台请喝茶。"苗人见树丫左右摇晃，哪敢入座。

"兄台这手意啸好手段！"意啸需啸者物我两忘，神气合一，用意念带动周围的时空震动，发出巨响，甚者电闪雷鸣，山崩地裂。冷大侠一拱手，飞奔而去。

于真道长这才从大殿里走了出来，说道："沅江彼岸的这股苗贼，为封魔洞逃出的金魔蛇手下，他畏你禁啸之法，快快而去，此事断然未完。"

白马问道："枫林镇为何知道桃花源禁啸法门？"

于真叹道："《禁啸经》本来就是龙族秘传。当日三龙战黎山，红龙禁白龙身躯，黄龙啸白龙魂魄，雷公以五雷轰白龙，故白龙战败。龙马可斗，降伏金魔蛇必为属马之人。"

白马双膝跪地："师父，徒儿本命属马。"白马双手捧出《禁啸经》，说道："经过这些年，徒儿早已想明白了。永失我爱，生不如死。早一日死去，早一日重逢。只是不手刃杀妻妖孽，未敢轻言赴死。于民于己，我等的就是今日。现将经书奉还，还望师父，勿以我为念。"白马毅然转身，大步向前，离开玄真观。

于真翻开《禁啸经》，只见书后多了几行字：禁啸的最高境界是阴阳合啸。阴阳合璧，复归于混沌方能感通天地。禁者，以意制动，啸者，穿魂夺魄，孤修者两者并用为禁忌。因孤阴不生，孤阳不长，而禁啸同用虽可让对方形神俱灭，但施法者必损元气而阴阳离绝。人生天地之间，若白驹过隙，忽然而已。已化而生，又化而死。生物哀之，人类悲之。师父乃当世高人，切勿为弟子悲之。也望师父放下往昔，早日成道。

于真道长孤身一人，盘坐在丹房的蒲团之上。阅罢白马手迹，于真道长抬头看着李白的《侠客行》，往日的恩怨历历在目。当日收到公孙大娘的飞鸽传书，于真拿起短剑，关上家门就要赶往子午峋，一抬腿只见门口一道银光闪过，被人一剑废了右脚的脾、冲、跷三脉。于真躺在地上，眼前是一副墨迹未干的手卷。昔日的云影剑客名震江湖，而今只能孤独一人，老死山中。于真道长双手抱腿，不由得老泪横流。

当夜狂风暴雨，雷电交加。白马凝聚元神，口念天遁神咒："万里诛妖电光绕，白马降天空中矫……"只见一道剑光从白马祖窍中射出，在半空之中瞬间化为一匹白马，站立在一巨大的五彩神龟之上，飞向枫林镇。沅江彼岸，枫林镇中，一道白光闪烁，天崩地裂之后，便已是夜阑人静。

侠客行

李白

赵客缦胡缨，吴钩霜雪明。

银鞍照白马，飒沓如流星。

十步杀一人，千里不留行。

事了拂衣去，深藏身与名。

六

虎啸龙吟

　　父亲名俊清，年轻时长得清秀，只是自幼一眼失明，时常自嘲："两只眼睛看人，看不见真心，左右不是人。一只眼独明，反倒是看清了那真假善恶，人情冷暖。"我十二岁生日那天，父亲郑重地交给我一个生日礼物，我打开盒子，再摊开包裹着的一层又一层的黄绸缎，里面是一本脏兮兮的破书，仔细一看，书名叫《禁啸经》。书的底面已经被撕去了不知道多少页，书的正面的封皮还在，只是上面沾着几滴鲜血。想来是年头久了，日晒雨淋，那血迹弥散，恍若粉红的桃花，若隐若现。

　　父亲严肃地对我说道："此书来之不易，是我的一位朋友性命相托，让我转交给你。他为此书守护了十年，从未看过书中内容一眼，却请我务必在你十二岁生日那天把书传给你。这本书在我手里已经七年了，我也从未打开看过，不知道里面是什么内容。既是朋友所托，望你珍惜，好自为之。"说完，父亲为我讲起了他和刘一草的故事。

父亲有一个朋友，也是大夫，因专攻"独症独药"的截断之术，常常用一味草药替人治病，人称刘一草。刘一草没事经常来我家和父亲聊天。有一次来我家，看见父亲正给邻居一些零钱，拜托邻居去菜市场替家里买菜。刘一草笑道："买菜还需劳烦邻居，堕落，堕落！"

父亲不好意思笑道："家里人去菜市场买不到菜，这才拜托邻居去的。农民种菜不容易，全靠这点菜换点零花钱。若是家里人去了，菜农说什么也不收钱，故而让您见笑了。"

刘一草说："那巧了，今天你们不用去买菜了，我刚才进屋，看见门口摆放有一篮鸡蛋，三捆菜苔。"

父亲笑着说道："菜还是要买的。今天有一个孝子背他母亲走了二十多里地来看病，药费都付不起，更别说买菜了。我看他母子俩都不得营养，正好鸡蛋配菜苔，全都送他吧。"

刘一草听父亲说完，笑道："小弟不才，近日也治了一个怪病。"

说的是刘家村一女子，一身青紫瘀伤，前来求医。刘一草送她三钱合欢花，告诉她三碗水煎成一碗水，喝下即可活血消肿。刘一草看她走路撅着屁股，腿成八字形，一颠一瘸的，想是她男人一脚踢下去，下身就如此了。刘一草顺手抓了四味药，以土瓜根、芍药、桂枝、䗪虫各三克，在铁砂罐里杵为散，告诉她用酒调服，一次一勺。

刘一草寻思了片刻，又叮嘱这女子道："我这方子，治伤虽是没有问题，只是这外伤的原因若是不能解除，如此反反复复，终究是无药可治。"女子听罢，不由得放声大哭。原来她丈夫是镇上有名的屠夫屠一刀，每天早出晚归，杀猪卖肉。夜里一回家就把她绑起来，用鞭子抽到筋疲力尽，方自个呼呼大睡。

刘一草心中不忍，考虑再三，方对这女子说道："你的前世本是一个剑客，你丈夫就是你坐下的白马，不管马跑多快，你总是要快马加鞭。你抽了这马一辈子，你抽了马多少下，这辈子你丈夫就要打你多少下。"女子一听完，一想到要挨打一辈子，更加痛哭流涕。

刘一草看不得女子哭哭啼啼的样子，于是说道："要想破解，也还是有一办法的。"

女子问道："敢问先生，是何办法？"

刘一草说道："首先你要在水月菩萨面前真心忏悔，其次是等丈夫外出卖肉时，把家里所有能打人的东西都扔掉，留下一大把稻草，以后就没事了。"

不几日女子拿了一篮子鸡蛋前来答谢，说是那天她丈夫卖完肉回家已经天黑了，到处找东西要打她，可是找来找去都没有找到能打人的东西，于是只好抓起稻草就打，打了好几下。说也奇怪，从此以后丈夫再也没有打她了。

刘一草就告诉那女子："一是你能够真心忏悔，二是那把稻草有好多根，打了好几下，等于上千下，打完了也就还清了。"

　　父亲听完不由得哈哈大笑，得意地说道："你这土瓜根散，我家先祖也常用来治疗青楼女子因连续接客而阴肿之症。先祖传下《青楼十三方》，并说娼妓谋生不易，医者不可以常人视其下贱而轻视之。"父亲转念又说道："你治的这病，还算不得奇。我前几日治一女子，每日都想证明自己还活在人间。都说死去的人是不知道疼痛的，于是这女子夜夜令其丈夫用嘴咬她。这痛觉是越咬越不敏感，那女子就命令她丈夫越咬越狠，直到遍身瘀伤。她丈夫后来实在下不去口，生怕闹出人命来，就来求我治疗。"

　　刘一草按捺不住好奇，问道："这病又当如何治疗？"

　　父亲笑道："哪有什么治疗。我就让她丈夫找了一个神婆，带她过阴，去地府看了看，回过魂来时一裤子的尿，再也不念叨自己是死是活了！"

　　父亲继续说道："世间既无无缘无故的爱，也没有无缘无故的恨。那男子前世为何会投胎给人做牛做马？我倒是听说过一个故事。"

　　离张家镇十多里的石羊村，有一农村姑娘与镇上一纨绔公子一见钟情。男方家中嫌弃女方贫贱，定要棒打鸳鸯。这纨绔公子不知道喝了什么迷魂汤，与姑娘相约到岷江殉情。姑娘纵身跳入滚滚岷江，瞬间没了身影。公子往江里探头一看，两腿直哆嗦，尿都出来了，终究还是没能跳下去，一抬腿回家蜷缩在床上，闭门不出了。

　　也是这女子命不该绝，巧在那天是月圆之夜，岷江涨潮。一男子趁着月明星稀，在江中捕鱼。此刻岷江水中，正一半是星星，一半是鱼苗。男子月夜出船，只因家中老母病重，都传是吴家先祖开的方中有鳖甲，男子买不起，也巧在那日药柜里也缺了这味药，无药可送，男子就在断湖口离岸不远的地方出船捉鳖，只因离岸不远，水底多巨石，适合鳖生长。此情此景，正是孝子为慈母，上九天揽月，下五洋捉鳖。

男子见岸边有人落水，想也没想，纵身跳入江中，奋力救起落水的姑娘。姑娘见男子英俊倜傥，又恨自己相好的背信弃义，于是对男子说道："公子的救命之恩，小女子无以为报，唯有以身相许。"正好男子尚未娶妻，也不嫌弃女子与他人相约殉情，反而觉得这女子忠贞可敬，正天赐良缘，男子于是脱下外衣给女子披上，二人携手回家。男子家中虽不富贵，但是小两口相亲相爱，倒也幸福。说也奇怪，他母亲的病居然也不治而愈。

父亲停顿了一下，喝了口茶，笑着继续说道："可是刘兄，这故事还有另一版本，您可知晓？"

刘一草不由得一愣，问道："是何版本？大哥您请说来。"

父亲笑道："姑娘见男子衣衫破旧，相貌丑陋，于是对男子说，公子的救命之恩，小女子无以为报，唯有来生做牛做马，报答公子的救命之恩。"

刘一草若有所思地说道："还记得三十多年前岷江里淹死人的一个案子吗？我听前辈说过，三十多年前一个杀手为了博取一百两纹银的花红来到张家镇，杀了忠义堂堂主冷面虎，被忠义堂的人一路追杀，杀手星夜兼程，快马加鞭要逃出张家镇，只可惜马失前蹄，连人带马落入滚滚岷江之中。可见就算你为了那冤家做牛做马，想要了却前缘，也是甚不容易。后来堂主的亲弟弟笑面虎即位忠义堂堂主，但是江湖上传说就是笑面虎出花红请的杀手。真是人为财死，鸟为食亡。"

父亲叹道："你说的这事，我也听说过。"

忠义堂有五个亲兄弟，人称五虎下西川：老大冷面虎，一对峨眉刺使得出神入化；老二笑面虎，擅长暗器，尤重礼仪，常常在拱手微笑之中取人性命；老三青面虎，自幼以身试毒，号称阴毒之王，可惜搞得自己一身是毒，面目青黑，从小就一身疼痛难忍；老四千面虎，擅长易容术，这脸皮去了一层又一层，就算亲兄弟也实在不知道哪张脸才是他的真面目；老五没面虎，轻功着实厉害，身手之快，凡人根本看不清楚其面目，江湖上都传说看见没面虎，见与不见，没啥分别。

这杀手死了，老二笑面虎总算为哥哥报仇雪恨。冷面虎活着一辈子没有结婚，死后笑面虎为冷面虎举办了盛大婚礼。新娘是刘家村的人，叫金凤，父母贪图彩礼，就把女儿嫁了出去。那新娘只道嫁进忠义堂，从此有吃有喝，不用受那田间劳作之苦，自然也是十分高兴。

都说那一旦飞上枝头，山鸡也能变成凤凰。新婚那天，金凤进了洞房，媒人把金凤送到婚床坐下，就吹了灯退出房间。新娘坐了许久，新郎也没有为她揭去盖头，想是新郎喝醉了酒，先躺下睡下了。新娘只得自己躺下身子，偷偷牵了牵新郎的手，冰冷刺骨。新郎醉成如此，新娘自然也十分心痛。恍惚之中就见一男子，血肉模糊地站在床边，看不见脑袋，只听见那冷冰冰的声音对着金凤说道："凤，你那世不是曾经许过下一世嫁给我吗？我如今要你来了……”

　　金凤吓得一身大汗，大叫一声就醒了过来，只觉得自己手里抱着一个滑溜溜的西瓜大小的一个球。金凤扔下手中的东西，摸索着点上灯一看，满手是血迹，床上躺着一个血肉模糊的人，已死去多时，脑袋刚被自己扔在床上。金凤骇得唇口青紫，浑身哆嗦，手里的灯一晃就掉到了床上，新房瞬间成了火海。金凤转身往房门奔去，哪知门外早已上了大锁，二人很快就烧得焦黑。

　　新娘的尸体被青面虎下令拖出去扔在了周公山下，亏得镇子上那张颠给收拾了收拾，一个人扛着那姑娘进了清凉寺，埋在寺后的塔林里。张颠扛着新娘冰冷的尸体叹道：“想你能嫁入忠义堂，在世时只怕也貌美如花，可惜羡慕那似锦繁华，哪知道转眼奔赴黄泉，还不如嫁了我这寻常之人，开开心心地过那一世平淡的日子。”说着看了一眼肩膀上的新娘，只见那新娘脸上隐隐一丝诡异的笑容，吓得张颠再也不敢乱说。

　　老大死的蹊跷，没有留下遗嘱，谁来继承忠义堂，就成了个问题。都是一个妈生的，自然不存在立嫡。可若说是要立长，老三、老四、老五全都不服。若说是立贤，老二放出风来要杀人。于是老三说是有老大托梦，老四直接去哭坟，老五更说老二是叛徒，嚷嚷着要清理门户。老二又只得找人出来做证，原来老大生前早就有意传位与他。

　　可老二借刀杀人的事却被老三知道了。据说是因为每天夜里，一个穿着大红衣服的姑娘子时准时入了老三的梦，与老三交合寻欢。老三活着都没有娶妻，老大死了还能结婚，老三对此也耿耿于怀。

　　大凡下毒高手，无一不是一身是毒，百毒不侵。世上最厉害的毒物就是五毒丧尸丸，用的是毒蛇、蜈蚣、蝎子、壁虎、蟾蜍五味炼制而成。毒蛇用的是七寸长的峨眉竹叶青，蜈蚣用的是绿脚的飞天蜈蚣，蝎子用的是食子红蝎，蟾蜍用的是西川大蟾蜍，壁虎用的是灌了朱砂的守宫砂。这五种毒物，各取九只，分别饥饿七日，再将这四十五只饿极了的毒物放在一起，互相厮杀吃了对方，最后剩下的一只就是毒王。用丧尸符将毒王封在瓦罐中，微火煅上七日七夜，乘月黑风高埋入乱坟岗中七七四十九日，吸收尸气，再炼制而成，每日子时、午时各一粒，三年就成行尸，一身是毒，天下无敌。从此每日身痛如被杖，活得苦不堪言。

　　终于有一日抓着了机会，老三下毒把笑面虎给杀了。接下来数日，姑娘日夜与老三交合不止。屋外的丫鬟只听得青面虎在房里昼夜嘶叫，既似欢喜无边，又似痛苦之极。青面虎明明看见骑在自己身上的是一身着红色长裙的绝世美女，哪知那女人忽地目露凶光，把头往左边一拧，右脸立刻变成骷髅，露出一颗锐利的獠牙，而左脸仍然娇艳无比。那女人又把头往右边一拧，左脸又瞬间变成了骷髅。女人再回转头，对着青面虎一阵风情万种的淫笑，眼前又是一副娇艳无比的脸庞。只是那绣带如钢绳，越是挣扎越是紧；裙边似利刃，划得人一身血痕。管家和一群家丁战战兢兢地推开房门，只见青面虎一个人仰面朝天，四肢着床，挺直了腰背，咬牙切齿地在床上折腾，挥汗如雨。青面虎双眼血红，口中白沫直涌，眼看就要虚脱。忠义堂的人火速请来了玉庭公，玉庭公站在门口远远地看了一眼，就说是"失心疯"，心都被色鬼挖去吃了，已经是行尸，不用治了，瘟疫尚可死里逃生，这淫鬼掏心，万无一活。管家又请来几个道长，一个都没敢进屋，只说是没几日青面虎也就脱精而亡了。

出此变故，老四千面虎与老五没面虎谁做带头大哥还真成了个问题。二人相互谦让，老四提出来老五技高一筹，理当立贤；老五却说长幼有序，不能坏了规矩。二人互相猜忌，终究还是火拼了起来。千面虎易容成妓女，带着飞针上了老五的床。老五心急火燎地扒开千面虎的裤子，只见一柱擎天，躲之晚也，三十六路毒针终究有一针直中命根。不过老五的轻功倒也着实厉害，重伤之下还能将正夺门而逃的老四一剑穿心。

这转眼间忠义堂非但没了领导，从此还闹了鬼。常常有人横死，有暴病不治者，有秋后问斩者，有马上中风者，有火焚水溺者，有虎吃蛇咬者，有中毒身亡者，有坠落山崖者，有汤水不入者，各种死法，十分恐怖，闹得沸沸扬扬，忠义堂慢慢也就衰落了，此后张家镇的人忌讳将"忠义"二字挂在嘴边，说是不吉利。

刘一草也是十分感慨："都说是末法年代，既当妓子，又立牌坊。可这立牌坊之人，反不如妓子干净。"

父亲不禁有些悲伤地说道："家父玉庭公，以朱砂、雄黄、紫金等味，放入紫铜盒中，掘地一尺，埋入地中，地上用松、柏、楠、檀的嫩枝火煅七日，候冷七日，取出盒子，加入麝香、珍珠、牛黄、琥珀等味，分成两盒，一盒上置《大日如来真经》，放在卯辰两个时辰清晨的日光下晒上七日，一盒上置《地藏菩萨本愿经》，用五色丝线悬吊在古井之中，距水一尺，退火七日，如此二十一日方炼成二枚三十六味阴阳定魂丹。那日清晨，家父让我望着东方吸朝阳华气一口，用冰水送下阳魂丹，和气咽下。夜里家父手持八卦紫金铜葫芦，带着我来到忠义堂，要收了这女子魂魄，送她去投胎。家父令我在艮位点亮手中的长明灯，叮嘱我看好了手中的灯，万不可令其熄灭。家父将紫金葫芦放于天元的位置，再用罗盘定出坤位，那就是烧死人的地方。再用早已熬好的花椒水将剩下的一粒阴魂丹在左手手心化开，瞬间呈鲜红色，如同一滩血水，右手剑指沾了药水在坤位画地为牢，只见地上一团黑影渐渐凝聚起来。我那时还是个孩子，第一次见家父施法，这种恐怖的场面，顿时吓傻了我。家父口念：

> 壶纳乾坤，
>
> 桥接阴阳。
>
> 走！

右手剑指虚空画一道弧，黑气跟着剑指就往葫芦里钻。

突然间我看地上一个油黄色的小丹药瓶，隐约可见上面有奇怪的图案，正要弯腰去拾起来看看，哪知刮起一阵阴风，一下就吹灭了我手中的长明灯，家父急忙用剑指直指眉心，念道：

> 天罗神，地罗神，

慧剑出窍斩妖神，

一切灾难化为尘。

走！

　　家父一跺脚，剑指飞出。只听得房间里一声阴森森的惨叫，家父也口吐鲜血，回家很快就过世了。原来那魂魄是青面虎的恶灵盘踞在那里，青面虎这替死鬼刚一死去，新娘就已投胎去了。这五毒丹药瓶从此成为吴家家传之物，家父立下家训：吴氏子孙，修道不修法，并以此物警示后人。

　　刘一草听父亲说完，唏嘘不已，左右看了看，神秘地对父亲说道："吴兄可听说过岷江流棺传说？小弟听说岷江之中有一口黑色玄棺，在百里岷江漂流，常人也看不见它。只是落水或投江之人能看见一口棺材漂流到岸边，自己不由自主地走了进去，躺下身子，合上棺材盖子。旁人看见落水之人痛苦挣扎，而其本人充满喜乐，并不觉得痛苦。"

　　父亲一脸苦笑，说道："听祖辈人讲，我家后面的响水凼就是玄棺的藏身之处。此响水凼深不可测，据说水下全是白骨。上游江口传说有张献忠的宝藏沉船，很多人冒了性命潜水下去寻宝都不见了踪影，直到下游三江口也没有尸体漂上来，据说全被玄棺运到了响水凼。"

　　刘一草不解地说道："张献忠江口沉船的传说我倒是听说过，江口人人都知道，'石龙对石虎，金银万万五，谁人识得破，买尽成都府。'只是不知道那玄棺从何而来？"

父亲眼见四下无人，就对刘一草讲起了一段先祖刚到四川不久的经历。

崇祯年间，义军首领张献忠有一小妾，长得实在是貌美，只可惜得了髓枯绝症，一到经期，就血如泉涌，不能动弹，躺在床上，面白如纸。平日里哪怕是轻微一点磕碰，皮下亦是瘀青。这张献忠本是个鲁夫，唯独对这小妾万般疼爱，待她如同掌上明珠，哪怕战场杀敌回来，和她在一起时也极尽轻柔，唯恐半分伤害。

一日那张献忠乔装成一书生，只见他面色微黄，形体高瘦，颧骨高突，两腮无肉，带了两个卫兵，四人坐船，悄悄自成都沿岷江而下，慕名来到张家镇，找一名叫"吴远成"的名医求治。

吴远成见张献忠来者不善，又见这姑娘十五六岁，正花样年华，楚楚可怜，心中着实不忍，于是问张献忠："今日出门，姑娘可曾带了梳子？"

成都距离张家镇近二百里，当年从成都坐船到张家镇需要三天，一般来说女子都会带梳子出门。张献忠一个眼色，卫兵不一会就从门外拿来一把木梳。吴远成接过木梳，看其包浆，已知这梳子使用超过三年。转身进入内屋，取了一碗清水，将梳子放入水碗之中，一边在碗上画符，一边口念咒语：

阎罗显浮沉，定她死与生。

吴远成将那梳子在水中拨动三次，却发现梳子在水碗里上下浮动，吴远成心里觉得好生奇怪，家传口诀：浮者生，沉者死，却未见这上下跳动不安者。

按理说出了这等情况，吴远成本该拒绝接诊，只是他心中念着这姑娘，权当是"梳子没有下沉，姑娘命不该绝"，就凭这自欺欺人的一念之差，吴远成拿了紫河车煲汤化入家传太乙洗髓膏治其髓枯之症。一月后张献忠带着那女子复诊，进门跪地就拜，说道："先生之方神效。服先生之方，本月月事出血少了十之七八，求先生救救我家娘子。"

吴远成淡然说道："此方延续寿命，缓解病情尚可，并非救命之法。"

张献忠跪地不起，说道："求先生救命，求先生救命。"

女子过去扶着张献忠，梨花带雨，哭着说道："夫君你是只跪天地之人，万万不可为了妾身有求于人。"

张献忠转过身子，一把拔出卫兵短剑，一道寒光下去，短剑正插在卫兵的大腿上，卫兵连哼都不敢哼一声，只听得一阵寒气中传来张献忠冷冷的声音："我家夫人平日里出血比这还多，求先生救命。夫人若是活不成，今天在座的各位只怕都别想活了。"

吴远成知道今日之事只怕是难以善终，这连大夫都敢杀的人，自古不是什么善茬。吴远成看了女子一眼，心中被那一丝说不出来的念头牵绊，左右不定，沉默了半晌，说道："紫河车总归是力量薄弱。"

张献忠见吴远成不再说话，恍然大悟，世间竟然还有这等治病之法，心中也甚为佩服，站起来一作揖，携女子而去。吴远成一心想救那女子，本意是想以家传太乙洗髓膏加虎胎治疗。虽说虎毒不食子，但老虎生下幼崽后多会吃了自己的胎盘，故虎胎甚为难得，若非深爱之人，谁愿冒此生命危险，大多反而说医生无能，故意刁难病家。张献忠本性凶残，肤色微黄，人称黄虎，吴远成看他长相气度，心中已明了几分，只是这"虎胎"二字，犯了张献忠的忌讳，哪能轻易说出口。吴远成对此女子心有怜悯，正在沉思当讲不当讲，想不到张献忠却因此而误会其意。

有道是人心是一面镜子，心中有屎则照见一坨屎，心中有魔则看见一个魔。凡人日常的所见所思，无非是自己的投影，故而坏人总是往坏处想，张献忠居然以为吴远成说"紫河车总归是力量薄弱"，意为不如直接吃未见天的婴儿。世人都叫这世界"红尘"，生下来就是"坠尘"，坠尘之后，难免"染尘"。可叹这些小生灵，尚未坠尘，平白就失去了性命，以其阳寿未尽，无处投胎，只能成为孤魂野鬼，四处游荡。小妾吃后，果然月水正常，皮下也再不出血。

张献忠发现了人肉的秘密，于是屠杀全川百姓，以人肉饼作为军粮，还发明了一道菜，名曰"葱爆人心"。到后来张献忠杀人上了瘾，一日不杀人，全天都寝食难安。从此张家军成为嗜血魔军，日行三百里，骁勇异常，官兵完全追赶不及，加之又无粮草之忧，攻无不克，战无不胜，迅速占领四川大部。

那张献忠杀光抢光，挖地三尺，搜刮全川民脂民膏。四川多竹，家中多有竹杠以作担物之用，民众畏惧张家军，每将钱财藏于竹杠之中。张献忠部下每到一处，杀光之后，挨个敲打竹杠，看看有没有藏私，人称"敲竹杠"。

张献忠随后攻打渝州，大军在城外"孤山寺"驻扎。张献忠攻城不利，心中怒气正无处发泄，冷笑着对寺里的破山禅师问道："法师何以名破山？"

破山禅师闭目答道："老僧原名见山。一日参禅，定中现一偈子，曰，'我有一颗明珠，久被尘劳关锁。一朝尘尽光生，照破山河万朵。'老僧出定之后，法喜周遍，乃改名破山。"

张献忠杀气腾腾地对破山禅师说道："看来法师是世外高人了，不如你给我评评理。世人都说我是杀人魔王，大师你给评评理，别人叫我黄虎，这世上哪有不吃人的老虎？天生万物与人，人无一物与天，可见天心仁慈，人心险恶。这人无时无刻不在呼吸吐纳天地的真气，却从来没有见人为之付出报酬，与贼何异？故而《黄帝阴符经》说'人乃万物之盗。'既然人人皆是盗贼，自然无一人不该死，就算我抢其钱财，取其性命，也不过是替天行道。这是何等的功德，难道不该立地成佛？"张献忠就手拿起一个人肉饼，扔给破山禅师，说道："大师你是出家人，难得开一回荤。这是人肉饼，大师你吃了它，权当为我做个证，出家人都吃得这肉，我黄虎有何吃不得？日后史书也不至于埋汰了我。"

破山大师平静地说道："在下本是出家之人，早已看破那如水月空华般的人生。无波真古井，有节是秋筠，这人肉饼也没啥骇人之处。大王说这世人无一不该死，只怕今日唯一该死的就是贫僧。贫僧倒是愿意和大王赌上一赌，大王若是不再屠杀这渝州城方圆五十里的百姓，我就吃了这人肉饼子。"

张献忠冷笑道："那我倒是要看看你这出家人，吃了这人肉饼，究竟今日是如何死法，我若是不动刀杀你，难不成你还能让这人肉饼噎死了自己？"

破山大师坦然地拿起肉饼，放入嘴中，慢慢咽下，边吃边说道："酒肉穿肠过，佛祖心中留。阿弥陀佛！"吃毕两眼一闭，双手合十，就地坐化了。

后山海关总兵吴三桂为了那桃花坞歌妓陈圆圆，冲冠一怒为红颜，引狼入室，闯王兵败，清军入川，势如破竹。张献忠不敌，准备放弃成都。撤退之时，小妾自感战乱之中，自己已成为大西王负担，于是投身江口，发誓永世为张献忠看守宝藏。此女子食婴儿甚多，已经成魔，江水并不能将其溺毙，从此化身玄棺，日夜守候在这岷江之中，收了那些贪婪人的性命，弥补其阳气。

都说张献忠是杀人魔王，不知道魔王也有情深似海的时候。小妾投江后，张献忠悲痛欲绝，为自绝退路，张献忠杀尽妻妾三十余人，自己三岁的幼子见母亲被杀，吓得直往门口跑去，张献忠冲上去将其扑倒在地，对着心脏，一刀毙命。张献忠又下令将士，"杀、杀、杀、杀、杀、杀、杀！"一连七个杀字，杀尽所见百姓，不论男女老幼。并以五千百姓，做成人肉饼，随身携带，作为军粮，离开成都，大军扎于西充凤凰山，行宫就在金泉道场。当夜月光皎洁如水，张献忠在观中心中烦闷，无心赏月，正来回徘徊，忽见眼前金泉之中，水泡直冒。泉水涌上虚空，形成一个旋转的水柱，高达数丈。水柱顶端，有一个金色的光圈，光圈之中有一貌若天仙的道姑，迎风伫立。张献忠一时间只觉心神荡漾，快步向仙姑追去。空中飞来一剑，直中其心，喷出一股污血。张献忠怒目圆瞪，跪倒在地，剑柄着地，正好支撑着张献忠的身体。天明时分，清军攻上凤凰山，早已不见了张献忠踪影，只见一条黄金大蟒躺在血泊之中。

吴远成眼见巴蜀大地，血流成河，无数百姓无辜枉死，一时间心如刀绞，到此方明白那梳子在水碗里上下跳动不安，并非是姑娘命不该绝，而是她日后会化生玄棺，要人性命，收入响水凼。吴远成只恨自己学艺不精，又埋怨阎王爷有话也不直说。当日夜里口吐鲜血，诵持着大悲咒，投身响水凼。

响水凼深不见底，没有人敢下去打捞。家人守候多日不见先祖尸身漂浮上来，找了个阴阳先生，说是先祖肉身就在响水凼底，已经永驻水底，日夜诵经，超度亡灵，为自己赎罪。三百年过去了，现今每日子时站在响水凼边，仍可隐隐约约听见先祖诵持大悲咒的声音。吴家从此遗传心痛之病，世代定下规矩：吴氏一脉，髓枯、下胎、禁服三术永不外传。

刘一草与父亲以茶代酒，二人碰杯，唏嘘不已。刘一草点头叹道："吃人一事，在商代已经十分流行。商代喜欢人祭，一次祭祀，往往要杀数千人。宫廷之下，就是祭祀的万人坑，每一根柱子，都顶立在一堆骸骨之上。商纣王将人肉风干，建酒池肉林。而贵族多吃人肉，喝人血，敲骨吸髓。死后多入血池地狱，受尽地狱之苦，转世投胎，尤多髓枯之病。纣王抓了周文王，将文王长子剁成肉酱逼迫文王吃了，以示忠诚。文王死后，武王即位，想起兄长被父亲吃了，夜夜噩梦，每天清晨请弟弟周公去解梦。周公每日夜里梦见一棵大红松解梦，白天就以此梦境去给哥哥解梦。那大红松原本是元始天尊座下十二金仙赤松子的真身，令周公定下周礼，废除人祭，禁止吃人。"

父亲也深表赞许，说道："二十年前闹饥荒，饿死不少人，据说镇子上出现过人吃人。两家都下不去手，于是相互交换孩子，猛火煮了，含泪下咽，直吃得泪如雨下。虽说那时候买不起盐，可是一碗肉汤，夹着眼泪，咸味十足。哪似今日，有口饭吃，十分幸福。"

刘一草说道："人说虎死血不死，老虎死后，虎骨之中，血脉分明。而且凡骨皆中空，唯有虎骨，骨多空少，骨质是其他动物骨头的一倍还多。老虎之所以擅长奔跑跳跃，是因为其腿骨与股骨的承重能力远超其他动物。而虎胎大补先天又远胜虎骨，配合吴家家传太乙洗髓膏，的确是治疗髓枯的奇法。"

刘一草向父亲学了一招，意味深长地辞别了父亲，一连数月没有再来我家。有一天黄昏，刘一草托村里一农夫来到我家，嘱托父亲立刻赶去乡下刘一草家中。

父亲见到刘一草躺在床上，已奄奄一息。刘一草握紧父亲的手说："你可是祖籍湖南？"

父亲回答道："祖籍湖南常德桃源县，先辈崇祯年间到了成都，再沿岷江而下，这才定居眉州。"

刘一草又问："上次听说你家有心痛之病？"

父亲点点头，说道："此病是结胸，家族遗传，据说因伤心所致，心中血脉盘曲，千丝万缕，结而不通，一旦心生忧虑，便会发作心痛。"

刘一草说："这就对了。十年前我上山采药，看见周公崖的下边有一老者浑身血迹，躺在草地上。我攀下山崖，扶起老人家，发现老人家已身受重伤。老人家自称姓吴名实，来自湖南省桃源县，外出访友，遭人暗算，八脉寸断，已经不中用了。老先生看了看我，说我并非长寿之人，命不久也。随即从怀里掏出一本书，请我传于桃源吴氏后人，他可以为我延命十年。传书之日，即是我命终之时。我问他去哪里找此人。他说此人在本地行医，先人为情所困，心碎而亡，后世子孙皆有心痛之疾。"

"老人家说完，用手把我的手按在书上，念了一段咒语，随后对我说道，'你一会儿就去前面，找见一棵大红松。红松的根，长出地面的芽就是赤松子。这赤松子，通常就长在红松的靠近水源的地筋上。看见赤松子，往东北方向走十步，埋头往地上看，可以看见一米见方的地面，地面裂如龟背，上面寸草不生。树之有根，譬如人之有精，枝叶虽枯槁，根本将自生。你用锄头敲击地面，地下空空作响，挖地三尺，即可见一天茯神抱着那红松的根独自生长。'"

"老人见我点头，继续说道，'这寻找茯神的办法，想必你也是知道的。只是这棵红松，并非寻常松树，这红松上的茯神原是天茯神，十年一生，自生自灭，因其上有结，花草枝繁叶茂，常人因此幻象，寻它不得。我已下了神咒，请这棵大红松为你破了天茯神的结界。天茯神又称不死面，你吃了它，即可续命十年。'说完老人家就断了气，我把老人家送到清凉寺，请张疯子帮忙，安葬在寺后塔林中。"

家父心道这张疯子原本也是个可怜之人。张疯子原名张颠，从小喜欢书法，可惜家里穷，也就念了三年书。张颠每日就去清凉寺，在那几块张三丰的龙行大草石碑前来回观看，颠三倒四地凌空比划。那年天灾，村里饿死好多人。有一天张颠的老母亲躺在床上，有气无力地对儿媳玉凤说："媳妇啊，能不能给妈喝口米汤？"玉凤没好气地应声回答道："都怪你那没用的儿子，家里都三天没吃饭了，哪里还有米汤？想喝汤，井里有。"

天都黑尽了，张颠才回家。原来张颠蹲在地主的稻田里，躲过巡夜的人，乘月黑风高偷那尚未成熟的稻子。水田里除了窸窸窣窣风吹稻穗的声音，还隐隐可见一团团黑影，分不清是人是鬼。张颠吓得正要尖叫，却被人捂住了嘴巴，原来全都是人。田里蚂蟥甚多，张颠在田里躲了一个多时辰，一声也不敢吭，上到田坎时身上趴着十多只蚂蟥在吸血。张颠知道吸血中的蚂蟥是不能扯的，越扯越长，断了之后前端吸盘进入血管就出不来了。张颠于是吐了唾沫在手心，忍着疼痛，用手把蚂蟥一只只拍落下来。张颠偷了一把稻子上田，藏在怀里，埋头直往家赶。一路上时不时地遇见几个人，大家心照不宣，彼此都不言语。张颠赶回家中，用石磨把稻子连着壳碾碎了，煮了两碗稀饭，一碗递给老婆，一碗准备给母亲。

张颠到母亲房里呼唤"娘亲"，没人答应，往床上一摸，床上空空如也。两人连夜在家边的四周寻找，哪里还有人影！眼看天色大白，玉凤累了一宿，想去井里打点水喝，却惊得失声尖叫，只见井里漂着一个人，正是张颠老母，双手插在井里的石头缝里，睁大了眼睛死死地瞪着自己。

张颠悲痛欲绝，却不知道老母投井的原由，以为是母亲打水失足掉进井里。虽然心里多少有些责怪玉凤没有照看好母亲，可眼下世道艰难，活下不易，渐渐地也就原谅了玉凤。这玉凤比张颠小十八岁。那年张颠三十六岁，去求了水月菩萨给自己一个有缘之人，刚一回家就遇见媒婆，说邻村的玉凤肯嫁给自己，张颠心里十分感激，对玉凤也是分外宝贝。可惜玉凤虽说是长得漂亮，脸蛋一边却有一个金钱大小的红斑，请了镇上的吴大夫，说这病名叫"阳毒"，是"火病"，大夫顺手开了个方：

升麻三钱醋鳖甲六钱，先煎开口花椒一钱，后下
当归三钱炙甘草二钱黄芩二钱
芍药一钱玄参二钱细生地二钱
上九味，水八碗，煮取三碗，分三服，饭后微温，送服雄黄一分。忌日照、火光。

那大夫也不说这病治不治得好，只说是这药常吃着就好。好在这吴家在镇上世代为医，又常常施药给穷苦的乡亲，倒也没有人会认为大夫这么说是在骗取钱财。这斑平时虽然不大明显，可太阳一晒就浮现出来，甚者瘙痒难耐。玉凤自然是下不了田，就连生火做饭都难。张颠心里明白，心甘情愿地日夜操劳。生活虽然忙碌，好在有爱妻做伴，张颠倒也不觉得辛苦。

张颠房子周围的自留地边上有棵李子树，这年头不好，树上却稀稀疏疏地挂了几颗救命的果子。俗话说"桃养人，杏害人，李子

树下埋死人"，可在那大荒之年，啥果子都是救命果。这棵李树说来也奇怪，居然有个枝丫横着长到邻居家田里，正好这树丫上还结了个果，邻居理直气壮地当成"自家"的李子且当着玉凤的面给吃了。玉凤拿起邻居的锄头，本想教训一下邻居，这一不小心一锄头就把邻居打死了。还好是黄昏无人看见，张颠主动投案，顶了玉凤的罪，因误杀判了十年。临别玉凤哭成了泪人，说是无论如何要等张颠出来，活要见人，死要见尸。

哪知道不到一年，村里来了个过路的，脖子上有道刀疤，又深又长，包袱里带了包黄糖，足足有半斤。玉凤也是饿急了眼，一跺脚跟人跑了。那男人死了大哥，玉凤原本想是挤出几滴泪水做个样子，只是这事说来容易，做起来困难，用力揉了眼睛许久，才揉出几滴泪来，不曾想这用力一揉，只觉眼前万千黑影浮动，没几日就瞎了双眼。

一天夜里，玉凤起来小便，路过井边，只听得一个老女人"玉凤，玉凤"的叫声，玉凤心里一惊，脚下一滑，落入井里，一命呜呼了。都说那落水的凤凰不如鸡，玉凤从井里打捞上来时，人已经漂得煞白，张着大嘴，两目瞪圆，显然死前十分恐怖，死后自然也是非常吓人。因为是私奔，又是横死，入不了人家的阴宅，又被人送了回来，镇长就叫了几个年轻人帮忙埋在张颠田里的李子树下。

张颠出狱当天就发现这世界疯了。满街都是疯子和行尸，个个头上冒着黑烟。饭桌上尽是些无头鬼，麻辣酸甜的饭食里都是鲜血，径直就往脖子里倒。穷人家躺着欲色鬼，富人家围满了饿死鬼。张颠的两间破房因为长期没人打理，早就塌了。还好镇长好心，安排他看守破庙，让他远离那眼中的疯狂世界。庙里山门口的墙上正好有以前和尚抄写的莲池大师的几句偈子：

凤侣鸾俦，恩爱牵缠何日休？

活鬼两相守，缘尽还分手。

嗏，为你两绸缪。

披枷带杻，觑破冤家，各自寻门走。

因此把鱼水夫妻一笔勾。

张颠对着山门来回地把玩那偈子，日甚一日地愈发疯癫。

父亲想起这张颠，顿时觉得人生苦短，再看自己朋友，数月不见就病重如此，自己虽为医生，却无能为力，不知道这一身的医术，学了究竟有何用处。想到这些，父亲心中难免有些悲伤。刘一草却笑了笑，从枕头下拿出一本书来，说道："这本书即是《禁啸经》卷二中经，十年来我谨守承诺，未曾偷看过一字，现在我转交给你，日后务必在令公子十二岁生日那天传与公子。听老人家说是湖南桃源奇书，书前有吕四娘的序。明太祖朱元璋毒杀刘伯温后流入金陵皇宫，永乐帝藏于紫禁城，康熙帝藏于畅春园清溪书屋，雍正帝置之于圆明园寝宫的御榻之下。雍正十三年，吕四娘奉命潜入圆明园，刺杀雍正，从雍正手中抢出此书。可惜在与雍正的争夺中，遗失十数页。"

雍正十三年八月二十二日，雍正皇帝在圆明园召见大学士张廷玉，商议密令湖广总督张广泗将广州方圆一百里之内孙姓男子诛杀一事。张廷玉回到家中，一身冷汗，蒙头就睡。二更时分，突然有内侍前来宣诏：

> 着张廷玉即往圆明园觐见。

　　张廷玉立即更衣，骑上马飞奔圆明园。大学士鄂尔泰情急之下跳上一头骡子用鞭子抽打着奔往圆明园，颠簸中肛门破裂，两腿血流如注而浑然不知。庄亲王允禄、果亲王允礼随后赶到，宝亲王尚在途中。张廷玉跪在寝宫门口，惊骇欲绝：只见寝宫内灯光昏暗，十灯亮一盏，隐约可见御塌前一地鲜血，几个宫女已吓得瘫倒在地，御医们浑身哆嗦地在塌前穿梭，仿佛是在急救。寝宫里虽然什么也看不清楚，依然给人毛骨悚然的感觉。时间刚过子时，熹贵妃当即宣布大行皇帝因病龙驭宾天，宣二位大学士与三位亲王觐见。张廷玉只见地面的血迹已清洗干净，御塌被帷幔帐上，谁也不敢靠近。御医们跪在地上，一个个面如死灰，汗如雨下。张廷玉当即令内侍取来密诏，当众宣读：着宝亲王爱新觉罗·弘历即皇帝位。随后众臣跪拜新君，三呼万岁。在场的内侍与御医一律秘密处决。

　　"我受人之托，忠人之事，我本来是早该命绝之人，今日完成此事，我也死而无憾了。"刘一草微笑着对父亲说道。

　　这刘一草终身未娶，膝下更无子嗣，父亲握着刘一草的手，慢慢说道："老哥哥您百年之后可愿请张疯子帮忙，回到清凉寺，就在周公山下，塔林之中，清闲自在？"

刘一草点点头，缓缓松开父亲的手，撒手人寰。

"我是有《禁啸经》，那就可以找到李思源了？"我半信半疑地问道。

"单凭《禁啸经》已经找不到李思源了。"李欣源说道，"禁术分禁固、禁液与禁时。《禁啸经》卷二中经即是禁时之术。你手上的桃源令就是灵龟，龟身上分别是景、休、生、死、惊、伤、遁、开八门，你可通过灵龟八法，将龟头对准书上每页的《六十甲子经天图》，龟身上的八门与时辰的甲子相合，即可以回到龟头所指的年代。只可惜中经本有一百张图，遗失了二十二张图，你手上只有七十八张图。"

"难道李思源不在这七十八张图里？"我焦急地问道。

黄石公点点头，说道："当年天上金、木、水、火、土五星连珠，黄帝继位有熊国国君，当日子时即是天元，即甲子年、甲子月、甲子日、甲子时。七十八轮甲子后的《禁啸经》已经遗失。我们能找到你，是因为李思源牺牲了自己，为你留下了桃源令。想必李思源在地府有高真相助，带着那一缕记忆投胎人间。她断定你若再投胎人间，必定会再见到她，她把回到桃花源的机会留给你。"

李欣源心痛地说道："当日黄长老入金光大定，定中看见我姐姐一手握拳，在一湖血水之中苦苦挣扎，里面尽是不得投胎的孤魂野鬼，虫蛇满布，腥风扑面。虽然知道那是地府忘川河，只可惜纵是罗汉、神仙，私闯地府，自毁桃林，革去三花，解押诛仙台，万年之后，才能重回生死簿。桃源之大，竟然无人可以救得姐姐。我只恨自己没有这本事，下不得地府，只能眼睁睁地看着姐姐在地府受苦。"

黄长老说道："奇怪的是，后来我再入定中，已经不见了李思源，想必是投胎去了。只是一旦投身这忘川河，千年之后，方可投胎，不知是何方神圣，有这等本事，敢闯地府救人？"

"那现在思源究竟投胎在哪里？"我焦急地问道。

"除了阎王，还有谁能知道姐姐投胎在哪里。现今能找到姐姐在哪里的，恐怕只有地府的生死簿了。"李欣源冷冷地说道。

"我一定会找到思源现在何地！"

"你是否从小做同一个梦，梦见自己在黑暗中奔跑？"黄石公忽然问道。

我心里咯噔一下，很是吃惊。那是我与生俱来的一个梦。

在一个漆黑无明的夜里，我走在一个长长的走廊里，前面有个光圈，光圈中隐约有一个很熟悉的女孩在对着我微笑，我在漫天冥币中奋力往女孩奔去，身后是无数恶鬼，不停地追赶着我。我一直跑到一座悬崖，毫不犹豫地纵身跳下。悬崖下面是一个深不可测的大洞，洞里有一座古庙，庙里供奉着三尊佛像。我磕完头，往功德箱里放上一张花花绿绿的钞票，正要出大殿，殿门口右侧一张课桌，一老和尚不急不慢地拿着笔边记边说："既然捐了功德，许个愿吧。"我想了想，一时也想不起其他心愿，心里念着光圈中的女孩，于是说："愿她幸福平安。"说着我就走出大殿，正往庙门走去，只见一个和尚，身披袈裟，手拿禅杖，喝道："还不快快醒来！"转眼我就醒了。

"世上之所以有黑暗，那是因为没有光。漆黑无明之地，便是阴曹地府。"黄长老叹道："白马玄光之后，上苍安排了你们来生再遇，可惜你们再一次擦肩而过。"

木兰词·拟古决绝词柬友

纳兰性德

人生若只如初见，

何事秋风悲画扇？

等闲变却故人心，

却道故人心易变。

七

心有千千结

　　大禹治水，建立夏朝，用天下九牧所贡之铜铸成九鼎，象征九州。夏人失之，殷人受之；殷人失之，周人受之。秦灭周，九鼎从此下落不明。唐太宗修大明宫，据传无意之中挖出了秦始皇传国的昊天镜。此玄鉴能照见人心，分别忠奸，于是此明镜高悬于朝堂之上，以示正统。武则天登基后重铸九鼎，置于通天宫。豫州鼎高1丈8尺，容1800石；其余鼎高1丈4尺，容1200石，共用铜56万多斤。武皇令南北卫士10余万人并仗白象曳之，自玄武门入大明宫。武皇自制豫州永昌鼎歌：

　　　　羲农首出，轩昊膺期。

　　　　唐虞继踵，汤禹乘时。

天下光宅，海内雍熙。

上玄降鉴，方建隆基。

武皇一言成谶，想我华夏五千年，上溯三皇五帝，盛于开元盛世，衰于雍（雍正）熙（康熙）之治。公元712年，李隆基登基，是为玄宗，九州随后进入万国来朝的开元盛世。

公元710年，李隆基刚被册立为太子不久，太子妃就有了身孕，太平公主欲借口太子耽于女色而另行废立。李隆基内心万分焦虑，让属下秘密地弄来堕胎药。常言道"虎毒不食子"，这堕胎药煎了又倒，倒了又煎，思来想去，李隆基最终还是下不去手，次年李亨出生。天宝十四年，安禄山起兵造反。太子李亨在马嵬驿策动兵变，分兵灵武，随后登基，是为肃宗。

肃宗上元年间，杨林任守沣阳。叛军未到，部下已溃不成军，一路狂奔，踩死士兵甚多。跑到后来，连兵器都嫌碍事，轻装逃跑，一直跑进武陵山区。溃军就地烧杀奸淫，对百姓毫不手软，沅江之中，血流成河。

是年茅山宗第十五代宗师黄洞源招来座下弟子，说道："今武陵蒙难，百姓争相夺食。孽山之上有一种鸟，名九头鸟，一头得食则八头皆争，洒血飞毛，食不得入咽，而九头皆伤，却不思九口之食同归一腹。凡夫愚昧若此，尔等但有愿者，皆可随我前去度化。"黄洞源于是率领弟子一行六人来到桃花源，开山取石，创建桃源观。黄洞源又在观旁，开垦荒地，饥民均可每日领粥一碗。每年冬至，黄洞源都会向朗州刺史送上五雷神符，镇宅辟邪，当地府衙也就不来打扰，观中粮食于是多有结余。黄洞源不许观中之人，浪费一粒大米，一片菜叶，却告知武陵村民，凡家破人亡，生活无依者，皆可上山学道三年，管吃管住，三年之后，来去自由。

那所有来桃源观学道之人，每日耕作，日出而作，日落而归，寅时早课，酉时晚课，亥时上坐，苦不堪言。随着上山度道的人日渐增加，一时间观中人满为患，这荒地也渐至开垦有百亩之多。观中之人，饮食简朴，又不得浪费粮物，逐渐这流言就传了起来，有道是那黄洞源以度道为名，落井下石，盘剥穷苦之人。黄洞源听了也哈哈一笑，不以为意。几年后武陵地区的战乱稍稍平息，观中之人于是陆续离去，加上黄洞源师徒，留下的也就二十来人。

那年瞿柏庭十四岁，华眉广颡，长准秀目，勤事而寡言，乡亲们都称呼他瞿童。瞿童的父亲为了争抢自己留给儿子的一个馒头被杨林所杀，瞿童于是同母亲逃难至桃源观，拜黄洞源为师。瞿童因为要照顾生病的母亲，无法每日外出耕作。黄洞源遂令瞿童的师兄弟们在观外搭一茅屋，以观内食物钱粮，接济瞿童母子，直到两年后瞿童丧母，黄洞源与瞿童的众师兄一道将其母亲安葬在观后山丘之上。

这瞿童失去了父母，师父待他如亲生儿子一般，心中自然万分感激。瞿童于是数年如一日，每日早晚焚香捶磬，然后前去丹房外跪拜恩师。余暇时间瞿童也不随众师兄一同诵经做课，常常独自离观，寻找那传说中的世外桃源。

一天晨起，瞿童逐一拜别师兄妹后，又来朝拜恩师，黄洞源问瞿童："身在桃源，为何还寻桃花源？"

瞿童毕恭毕敬地回答道："桃源神界，不离世间，不在世间。去年冬至，师父赴朗州刺史之邀前往郡中，弟子出观采药，走了一炷香的工夫就看见一老尊，负杖挂物，弟子想赶上去替老人家背负行李，追了片刻不见了踪影，反而看见一片桃林，芳草萋萋，落英缤纷。林穷得山，山有小口，弟子进得洞内，遇见四位长老，鹤发童颜，坐而下棋。长老们也不撵我，我就站在一旁悄悄观局。棋子有的在桌上，有的高高低低悬在空中。二位长老眼神所及，棋子就如同被一股真气推动，在空中你来我往，不久弟子就被包裹在棋局之中。局面一会儿纠缠盘结，一会儿对垒相持，一会儿烽烟四起。快则如行云流水，慢则令人澹然忘情。弟子哪还记得时辰，故而晚归。"

黄洞源问道："洞内还有什么？"

瞿童回答："有石室、石床、石几。"

黄洞源又问："你可有其他收获？"

瞿童从怀里小心翼翼地掏出一物，双手捧呈师父，说道："四位长者送弟子棋子一枚。"

黄洞源拿在手上仔细观看，只见棋子微微发青，隐隐可见五色交错，光润如玉，像一只可爱的小龟，一面隆起，一面平坦。隆起的一面中心有一个小眼，把龟翻过去，背面太乙天符若隐若现。

黄洞源沉默片刻，又问瞿童道："那你可知既是神仙，为何独爱下棋？"

瞿童想了想，回答道："神仙并不能为所欲为。棋局如天地，天地有道，道无鬼神。三界之内，无论人、鬼、神，皆受制于天道。"

黄洞源说道："下棋素有坐隐、手谈、忘忧、烂柯之称。对局间，只有棋局隐现，而无三界纠纷，是故坐隐。坐弈不语，全凭棋局中黑白交手，是谓手谈。世间苦乐全在棋局之外，不知不觉，所以忘忧。一局未竟，世易时移，世间百转千回，竟然不如一局棋的时间长，可见人本来就可瞬间超越百千亿劫，无数微细生死，故言烂柯。世事如同一盘棋，你看满天繁星，星罗棋布，说的就是那天上的繁星正如棋盘上的棋子一样散布着。之所以有烂柯之说，正是神仙以星为棋，观之者斗转星移，岁月如梭，转瞬即逝而已。"

　　瞿童问道："师父尊号洞源，想必是与桃源洞有非凡的渊源。"

　　黄洞源明白瞿童的心意，长叹道："出家人需要淳德全道，光泽天下，如此方能法灯永传，圣道永昌。我十年易居传道，是你师爷韦仙师的遗旨，也是我一生的志向。功德尚未圆满，如何能弃世而去？"

　　瞿童潸然泪下，道："当日长老送我棋子，说是可以凭此进入桃花源，我求长老多送我一枚，长老嗔道：'你怎么如此贪心？'我告诉长老：'弟子为我师尊求得仙缘。'长老们笑道：'仙缘岂是能求得的，你先回去吧。'便不再留弟子。弟子今日本想将此棋子送与师父，再替师父完成师尊在世间未尽的事业，不曾想师尊不欲弃世而去。"

　　黄洞源叹道："人各有缘，不可强求。你小师妹尚年幼，先看一眼她再走。只是今日你先去，不知何日才能再见？"

　　瞿童答道："弟子问过长老，说是十八载为期。"

　　瞿童说毕再拜，行三跪九叩之礼后退出师父丹房，师兄弟们闻讯早已守候在门外，小师弟怀里抱着小师妹也站在一旁。

小师妹是师父冬至日去武陵郡路上拾得的弃婴，眼见已经冻得浑身青紫，师父将其抱起，放入怀中，就地入定，运行起小周天的沐浴功法，片刻工夫就全身热气腾腾，一会儿小女婴脸上发紫的皮肤就逐渐变得红润起来。师父再把小女婴的额头贴紧自己胸前，用膻中穴的一点灵气，将小女婴元神唤醒，然后一路抱回了道观。南方难得下雪，师父因师妹是雪地里拾得的，便为师妹取名"冷然"，又因为是坤道，从道德天尊姓李，故名李冷然。

瞿童回头看了一眼小师妹，小师妹还在师兄怀里甜甜地笑着。瞿童不忍再看，转过头去，往前走了几步，消失得无影无踪。

黄洞源于德宗建中元年去庐山传道，贞元五年迁居茅山传道，仿桃花源桃源观在茅山道观外种下一片桃林。贞元八年初春，茅山上的桃花竟然比往年提前了两月盛开，观外桃林已是落英缤纷。阵阵琴声，似有还无，随风飘荡。瞿童徐步走入桃林，只见一道姑冠青萝冠，碧绿衣，冰颜雪肤，于一地落英之中抚一古琴，琴声悠悠，竟然从那无弦琴中飘出。瞿童静静地立于道姑身后，拿出一支竹箫，轻轻吹了起来，箫声深沉，琴声悠远，琴箫合鸣，好一曲叩人心扉的天籁之音。

道姑回头看见瞿童，不觉一阵心痛，心中暗地一惊："我今日已有这般修为，为何会心痛，莫不成道行退转？"道姑沉吟片刻，冷冷地问道："来者何人？"

瞿童微微一笑，反问道："仙姑可是冷然师妹？"

李冷然心中虽然好奇此人为何知道自己的俗名，口中却说道：

"无赖之徒，谁是你的师妹？"

瞿童问道："仙姑可曾听说过佛家水月菩萨心痛的故事？水月菩萨师从水天菩萨修成水观，但见其水，未得无身。菩萨有弟子，名水月童子，在师父入定后，很好奇师父平日里究竟是如何修行的，于是用手捅破窗户纸，窥窗观室，唯见清水遍在室中，其他了无所见。弟子童稚无知，取一瓦砾投于水内，激水作声，心中一惊，左右顾盼而去。菩萨出定后，顿觉心痛，如舍利佛遭违害鬼。菩萨自思惟，今已得阿罗汉道，久离病缘，云何今日忽生心痛？过了一会儿，童子自觉愧疚，报告菩萨事情原委。菩萨告诉童子：'你要是再看见一屋清水，可即开门，入此水中，除去瓦砾。'童子奉教。菩萨随后入定，童子还复见水，瓦砾宛然，开门除出。菩萨出定后，身质如初。师妹心痛，只因心有千千结，胸中有放心不下之人，如那水月童子留下的瓦砾。"

瞿童见李冷然将信将疑，说道："师妹前世想必为爱伤心，胸前当有铜钱大小的红色胎记一枚。"

李冷然不觉已面色桃红，一面暗自寻思，这般隐秘之处，他如何得知？表面仍然冷言冷语道："花言巧语，任你巧舌如簧，也是枉费口舌。"

瞿童转念一想，笑着说道："师妹，我曾听过一个笑话，不妨说给你听。世人都爱说离了你我不能活，男人一生爱过多少女人，这话就说过多少次。一日小两口吵架闹分手，男的说离了你我不能活，女的披头散发地冲进厨房，拿出几把菜刀，咣当扔到地上，对男的说：'那你死给我看。'那男的低头看了看刀，又抬头看了看自己的女人，虽心如刀绞，却再也不敢逞口舌之强。"

瞿童见冷然不笑，继续说道："此笑话还有另一版本。说的是有一富人，家有二妾，一日富人对妾说道：'平日里我待二位佳人如同心肝，我若死，尔等能哭我乎？'妾愕然说：'不祥之言，如何说得？'富人再问，妾对曰：'妾身视君，胜己心肝。苟若如此，安能不哭？'富人说道：'汝今试哭，吾欲观之。'妾初不从，强之不已，妾奔走避之。富人执意如此，妾不得已，于是说道：'君请升榻正坐。'富人如言，二妾左右拥袂而哭。泪久未出，富人已卒矣。"

李冷然忍俊不住，噗嗤一笑，说道："油嘴滑舌，可见这世间的甜言蜜语，全都当不得真。"

瞿童笑道："师妹的笑颜多年不见，今日再见，果真是春风拂面，甚是欢喜。"

李冷然"哼"了一声，心里虽然觉得这男人好生有趣，脸上却板起了面孔。

瞿童弯腰一拜，说道："还请师妹通报师尊：'柏庭来了。'"

李冷然本想抢白道"我师兄早已升仙"，但眼前之人仙风道骨，飘然不尘，李冷然半晌方道："进观左手第一间，即是师尊的丹房。"

瞿童回头望了一眼李冷然，转身进入观中，只听得一个熟悉的声音在耳边响起："瞿童来了？"

瞿童答道："正是徒儿。"

黄洞源意味深长地对悄然进屋的李冷然说道："你师兄是得道

之人，为师就在丹房里见他；他若是凡夫，为师就出山门迎他；他若是恶人，为师就登门拜访。为师当日拜访朗州刺史胡叔清，送他五雷神符，不曾想回桃源途中捡到了你。"

瞿童说道："徒儿今日来辞别师父。师父与师妹明年中秋将赴桃源，只恨徒儿不能陪伴师尊与师妹，遂来辞别。"

黄洞源一声长叹，说道："杨林本是桃都山封魔洞逃出的绿魔蛇。今勾结枫林镇，磨牙吮血，杀人如麻，散布瘟疫，十室九空，新冢成林。偶有幸存者，又被官府洗劫一空。天不悔祸，谁为荼毒？这瘟疫既是人祸，亦是天灾。天发杀机，移星易宿；地发杀机，龙蛇起陆。天地不仁，以万物为刍狗；圣人不仁，以百姓为刍狗。人不放过天，天不饶恕人。天要灭人，只因外有邪祟，内因邪恶，或贪婪、或吝啬、或自私、或刻薄、或虚伪、或狡诈、或嫉妒、或奸淫。更有甚者，妄想胜天，烧山垦荒、乱砍乱伐、屠食生灵、赶尽杀绝。如此天地迁移，刚柔失守，时序不令，三年化疫，五年变疠。有情众生，得病虽轻，却无医药，设复遇医，诸药不应，乃至横死。人有不相染者，只因其浩然之正气长存，邪不可干。故善男善女，必有逃门。此去救脱，桃花源的小金丹想必你已带在身上。这小金丹需要无根水与大罗金仙的白血化开，我看你碧眼方瞳，金声玉面，已得大道。虽说天道贵生，但所救之人，未必皆是善类，恶人放生，必桃林自焚，凶多吉少。"

瞿童轻声说道："我行我善，他造他孽，哪有见死不救之理？孟子曰：'我善养吾浩然之气'。其气至大至刚，以直养而无害，外则塞于天地之间，内则头上北斗之煌煌。其为气也，配义与道。

内则道贵常存，可以全真，外则大行广义，可以醇德。"

　　瞿童长跪磕了三个响头，回头凝视了一眼李冷然。一见就是永别，一别即是一生。瞿童强忍泪水，一声不响地辞别了师父。李冷然目光对视瞿童之时，不由得双手按在胸口，一阵阵地心痛。冷然落寞地站在师父丹房外，望着远去的瞿童，桃花片片，落英满地，无言独立。

　　这日傍晚，残阳如血，乌鸦满天，空气中弥漫着尸体的气息。一路上尸横遍野，个个睁大着眼睛。有的人还没有断气，狗已经开始啃食，随处可见野狗拖着半截尸体四处游荡。年轻的女子，上身被扒光了衣服，下身一摊血迹，肚子鼓得老高，横尸街头。初生的婴儿站起来喊妈，眼神吓得让人掉魂。冷风刮过的银铃声如鬼哭狼嚎，幽深刺耳，让人头疼。两个官兵带着几个人正敲锣打鼓地送瘟神，队伍里吹唢呐的年轻人面色青黑，手肿得像馒头，吹着吹着血就喷了出来。路边一个染病的郎中，满眼都是恐慌，正被几个有气无力的村民绑了起来，浇上油准备焚烧。路上还有几个稀疏的行人，早都面无表情，倒下就抽搐，瞬间就没了。秃鹰随即俯冲而下，小鸟则安静地等着啄食残躯。活着的却目露凶光，遇见人就要扑上去撕咬，恨不得这世间的人全都死绝。身后则远远地跟着三两个摇摇晃晃的人，只待前面的人倒下就上去打劫。好一个：

　　　　纵有豪宅无人住，尽是鬼居处。

　　　　良田万顷有何用，永绝人耕种。

　　　　大路长满青青草，只剩空街道。

苍天如今要杀人，管你富与贫。

瞿童来到沅江边，抬头望天，只见漫天霞光之中，玄天荡魔天尊真武大帝手持雷诀，划来一片乌云，顿时眼前一片漆黑，伸手不见五指。有道是"正月打雷坟挨坟，二月打雷谷成堆"，瞬间雷电交加，暴雨如注，碗口大的冰雹倾盆而下。瞿童将小金丹放入葫芦瓢中，用剑割开手腕，流出纯阳白血。只见小金丹在瓢内上下翻腾，一会儿工夫一瓢乳白色的纯阳之血化为清水。

瞿童看见自己苍白的脸庞倒影在瓢中，知道自己血已流尽，时间已经不多。眼看江面波涛汹涌，瞿童站了起来，奋力将那一瓢清水泼入滚滚沅江之中。霎时江面血水翻腾，一条绿色孽龙浮了上来。绿龙一身鲜血淋漓，显然受了重伤，却依然张开血盆大口，向瞿童扑来。瞿童掏出腹中灵龟，向孽龙掷出，只听一声惨叫，滩头一巨大神龟，牢牢抓紧绿龙颈部，一道白光，从天而降，斩断了孽龙，瞿童也倒在血泊之中。

忽然间天空光芒四射，原来是谢自然、黄洞源与李冷然赶到江边，瞿童已经躺在了沅江边上。李冷然只觉莫名地心如刀绞，痛不可忍，不能支撑身体，两手按在胸前，蹲在瞿童身边。

谢自然对着黄洞源轻叹一声："她的心痛病，只怕唯有忘忧可治。"二人就地掩埋了瞿童，谢自然口念咒语，一声"起"，手中拂尘，化为一柄长剑。黄洞源扶着李冷然，三人走上长剑，不一刻就来到一悬崖边。悬崖之上，半山之中，有一石洞，洞口云烟缭绕。悬崖之下是滚滚沅江，滔滔江水。

　　谢自然说道："这里就是桃花源白马玄光洞，我且带你们进去。"说毕对着洞口一吹气，李冷然只听得耳边一阵风声，呼呼作响，三人已来到洞口。谢自然对着洞内说道："有扰冷洞主，谢自然来访。"洞内一阵声音淡淡地飘出："真人进来吧。"

　　三人进得洞中，李冷然环顾洞内，只见石床、石几、石壁，石壁左右有黑白两道泉水流出，冲击着石壁前一个形如人心的粉红色大石头，二泉自石头之后汇为一水，流经洞口，变成万丈之水，从天而落，注入滚滚沅江。石几上有打开的画册一卷，一白发老者站在石壁上，心无旁骛地挥毫作画。

　　谢自然对李冷然说道："此二泉，黑者为仇池，白者为忘忧。忘忧池中忘情水，与地府孟婆汤同源于后山鬼谷洞，喝过之后可以忘却前世今生。仇池之中有迷情水，可唤醒你三生三世的记忆，爱恨情仇，汇聚成池。"

　　冷谦对着李冷然淡淡一笑，说道："谢真人只怕是想你进仇池一观。你可知仇池因何而来？"

　　李冷然茫然地摇摇头。冷谦说道："当日白马在玄光洞，开凿出此二泉。后来于真长老寻白马不得，只是在白马与金魔蛇激战处见一红色心形巨石，便将其安放于玄光洞，于是才有了玄光洞黑白二水冲琴心。这黑水来自离天恨海，思无穷，恨无穷；这白水代表放下自在，随缘喜乐。"

　　李冷然毅然跪下说道："冷然一心想知道自己的前世今生究竟与我师兄有何姻缘，恳请真人开恩，让我一进仇池！"

　　谢自然叹了口气，说道："你去吧。"

李冷然慢慢走入仇池，只见浪花朵朵，水泡越来越大，化为一个个缤纷世界。李冷然看见公婆被贼人所杀，自己掏出匕首插入胸中，白马化为一道玄光，消失在眼前。转眼看见自己与瞿童抚琴吹箫，瞿童倒在江边。忽然又见自己与一风流男子扔下琴、箫，含笑倒下。

　　谢自然拂尘轻轻一扫，李冷然便从仇池水中飘了上来。谢自然轻叹一声，对李冷然说道："你既然已经知道你是李思源转世，日后与韩湘累世纠缠，苦海无边，回头是岸，不如饮下忘忧泉中忘情水，了却前世今生，永驻桃源。"

无根树

张三丰

无根树，花正红，

摘尽红花一树空。

空即色，色即空，

识破真空在色中。

了了真空无色相，

法相长存不落空。

号圆通，称大雄，

九祖超升上天宫。

八

牡丹花下

冷谦冷冷地说道："谢真人未免太武断。既然带人来我玄光洞，岂有不告人玄光壁之理？或许别人进了玄光壁，不再愿出来也未可知。"

谢自然平静地对李冷然说："冷洞主落笔之处即是玄光壁。玄光实则梦境，境由心生，梦随心转。"

黄洞源劝慰李冷然道："不论是幻影，还是梦境，梦幻作乐皆非真，唯有苦海之苦，真实不虚。"

谢自然对李冷然说道："当日钟离祖师度化吕祖前来桃花源修行靠的就是黄粱一梦，后吕祖成道，便在玄光洞用天遁剑劈出一道玄光壁，警示后人世间亦真亦幻，切莫留恋幻境而不得解脱。百年之后，你若投胎，师父正是吕洞宾，你不妨提前看看你未来师父成道的经历，或许能参透一二。"

当年吕岩赴京赶考，夏日炎炎，路过一凉亭，正是歇脚好处。亭里一道人，衣衫褴褛，犹自放声高唱：

叹世间多少迷人，

尽是忙人，没个闲人。

钱绊人，权压人，

光车骏马时迎人。

酒醉人，色杀人，

唢呐锣鼓常送人。

劝君莫做糊涂人，

不回头，枉为人。

吕岩眼见那道人谈吐不凡，径直走了过去，俯身一拜道："在下吕岩，请问道长高姓大名？"

道人捋着胡须说道："在下离道人，无名无姓。公子自称吕岩，那吕字正如那官字两张口，一边说，一边走，全不能当真。想必公子这是要谋取功名去也。只可惜吕上无家，缺了这宝盖头，没那显赫的出身，富贵终究是一场迷梦。倒是这岩本山石，何不做一个逍遥山人，自由自在？"

吕岩推辞道："大丈夫当博取功名，至仕为民，如何能在盛壮之年，弃世出家，置万民于水火之中而不顾？我意已决，道长不必再劝。"

离道人与吕岩在凉亭中谈玄论道，时光飞逝，不觉已日落月升。离道人叹道："不入桃源，焉知人间极乐皆是虚幻？功名本是明镜光影，转瞬即逝，有何留恋？"

离道人说着走到吕岩身边，摇着那柄破旧不堪的羽毛扇，笑道："想必你我都饿了，就让我来亲自为小兄弟煽风点火，煮一碗鲜活的黄粱粥。"趁吕岩一个不留神，离道人从身后猛一拍吕岩肩膀，吕岩的头沉重一垂，趴在桌子上就睡着了。

恍惚中只见离道人对着羽毛扇说了一声"大"，羽毛扇顿时变成长九尺，宽三尺的一艘小船。离道人将斗笠挂在船头，拎着吕岩的衣领，一跃而起，站在船上，放声笑道：

斗笠为帆扇作舟，五湖四海任遨游。
大千世界须臾至，石烂松枯经几秋。

吕岩见这船底空空如也，只有几根纤细的圆形横梁支撑，站在梁上瑟瑟发抖，只听得耳边呼呼作响，不一刻二人便来到一山洞中。离道人对着吕岩说："如今你是玄光洞的座上宾，此洞有仇池、忘忧二宝，我今且请你饮仇池之水，你且下去吧。"

说着一掌将吕岩推入池中，吕岩只见自己高中探花，富贵荣耀，又平步青云，官至一品，权势显赫，即将迎娶当朝宰相之女为妻。然而伴君如伴虎，祸从天降，洞房花烛之夜，圣旨入门，重罪抄家，吕岩流放边陲，独自一人伫立风雪，思念自己尚未圆房的娇妻，倍感无限凄凉……

突然间只听得三声"咚，咚，咚"的敲桌之声，把吕岩从梦中惊醒，只见离道人在耳边诡异地笑道："黄粱稀粥还没有煮熟，难道已梦到春宵一刻值千金？谁曾想就差这一把柴火，差了这一刻的火候，只怕粥是熟不了了"。吕岩哈哈大笑，当即赋诗一首：

> 抛却行囊踏碎琴，
>
> 飘然拂袖出儒林。
>
> 自从一觉黄粱后，
>
> 始知从前用错心。

吕岩因曾为玄光洞里座上宾而改名洞宾，拜钟离为师，出儒入道，来到桃花源，学习移花接木与天遁剑法。转眼间三年已过，一日钟离祖师让吕洞宾对着九天玄女神像跪拜后说道："桃花源的移花接木是先成人后成仙之术，正所谓达摩了道在水月楼。习移花接木之人，需到凡间寻找到自己的转世天女，同修成道。"

吕洞宾问道："弟子心中还有一疑惑不解。心上有人，皆是小爱，与道何干？"

钟离祖师点头说道："问得好！须知心上之人，也是众生之一。若无小爱，谈何苍生大爱？倘若心上之人，与众生等无差别，众生与己身，也等无差别，便是道不远人。故《金刚经》云：'云何应住？云何降伏其心？'佛告须菩提：'善男子，善女人，发阿耨多罗三藐三菩提者，当生如是心。我应灭度一切众生，灭度一切众生已，而无有一众生实灭度者。何以故？须菩提。若菩萨有我相、人相、众生相、寿者相，则非菩萨。'此其一。"

钟离祖师接着说道："其二须知空中有色，色中有空，空即色，色即空。欲超凡脱尘，需在红尘之中，尘中洗尘，识破真空在色中。如是天长日久，自然了了真空色相灭，法相长存不落空。否则枯坐顽空，即是不空。"

钟离祖师说道："天女下凡均需九天玄女指派，你若诚心祈求玄女，自有感应。而今你尘缘未了，黄粱梦中娇妻尤在，下山寻找你的神仙眷侣去吧。不日我也将离开桃花源，度化他人，日后有缘，你我师徒二人，自有再见之时。"

吕洞宾于是拜别了钟离祖师，下得山来，云游天下。人海茫茫，哪里有自己的转世天女。这五浊恶世，遍地都是奸淫贪婪之辈，个个被物欲牵引迷失了本性，不外乎满街的行尸走肉。放眼望去，人山人海，竟无几个活物。

吕洞宾想起那吕岩在俗世尚未圆房的娇妻，孤身来到长安。长安城外的终南山脚下有一座青云别院，本是前宰相皇甫镈的私家别院，依山傍水，花团锦簇，红砖碧瓦，直上青云，蔚为大观，原是长安一景。吕洞宾来到青云别院，只见荒草过膝，蛇鼠遍地，满眼残垣。一樵夫正背着一捆柴从山上下来，只听得他边走边唱：

> 有恩的，报恩，
>
> 有怨的，报怨。
>
> 有情的，情重如青山，
>
> 有缘的，缘来自相见。

放下的，随人走了，

痴迷的，浪里弄潮。

可叹那，

谁家蝶衣常入梦，

谁人寻梦在天涯？

吕洞宾上前一作揖，问道："这位大哥，此地可是青云别院？"

樵夫点头笑道："公子请看，哪有什么青云别院，不过是一地残垣。"

吕洞宾问道："不知这别院中宰相皇甫镈的女儿皇甫丹去了哪里？"

樵夫叹道："想那皇甫镈，位极人臣，却也是可怜之人。皇甫镈原本是要拥立新君，永保荣华，哪想那日嫁女，祸从天降，非但女儿没能嫁得，皇甫镈被贬崖州，客死海上。这青云院中，男子为奴，女子为妓。公子要寻那皇甫丹，只怕在那青楼之上，红尘白浪之中。"

吕洞宾别过樵夫，心中无限惆怅。天下皆慕洛阳花，吕洞宾打发那心中沮丧，每日夜宿青楼，一路北上，来到洛阳。

正阳春三月，洛阳桃红柳绿，莺歌燕舞。吕洞宾在郊外踏青，四处张望，只见春光明媚，流连忘返。眼看天色就要黄昏，夕阳之下，天边如火烧云。漫天晚霞之中，远处一女子正在花中扑蝶。那女子眼含秋波，眉如新月，清纯可人，宛如天女下凡。

吕洞宾暗地寻思："只怕那瑶台的花仙子，貌美也不过如此。"不觉心中一动，于是掐指一算，隐隐可见女子身后二郎神君光影，吕洞宾想那二郎神君是妓女的保护神，心里已明白十之七八，上前对那女子一拱手作揖问道："姑娘可知水月楼何去？"

吕洞宾本是探花之才，正所谓腹有诗书气自华，女子见吕洞宾文质彬彬，风流倜傥，于是含情凝笑，朱唇皓齿答道："小女子正是水月楼中白牡丹，奴家愿引公子前往。"

吕洞宾心道："此女子虽身在妓院，却飘飘然出尘，观其神光光洁隽秀，世间尤物，正移花接木之天赐佳侣。"

当夜吕洞宾与白牡丹在水月楼鱼水相投，花木互栽，一番云雨之后，二人抵足夜谈。吕洞宾见白牡丹琴棋书画，样样精通，举手投足之间，自有一种脱俗之气，于是问道："姑娘可是洛阳人氏？"

吕洞宾这一问，白牡丹眼泪就掉了下来："不瞒公子，我本是前朝宰相皇甫镈的女儿皇甫丹，洞房花烛之夜，祸从天降，父亲被贬崖州，我被卖入青楼，辗转来到洛阳。"

吕洞宾紧紧拥抱着白牡丹，瞬间泪如雨下，二人相拥大哭了一夜。原来白牡丹就是吕洞宾在红尘中命里注定的妻子皇甫丹。

神仙在双修成道后若其伴侣道行不够位列仙班，均升为天女。天女当其天寿已尽，命终下到凡间。下凡天女多先甜后苦，命运坎坷，甚至落入风尘，受尽人间苦乐。天女若能寻到自己的真命天子，度其升仙则可重回天宫，甚者自己也位列仙班。可惜即便是自己的真命天子，落入尘世，也多嫌其下贱，又有几人能对其付出真心？故天女若历经三世，等不到愿意与自己同修极乐之人，便沉沦苦海，困于五道，再无出期。

正所谓"顺成人，逆成仙"，吕洞宾与白牡丹昼夜和合，水火交融。二人天根月窟相往来，只觉暖气氤氲，一身上下，三十六穴皆如浴春风。吕洞宾终究悟得大爱不离小爱，不断荤腥不犯淫的秘密。世人只道牡丹花下死，做鬼也风流，不知牡丹高洁不尘，此所谓犯淫；只知牡丹富贵，不知道富贵犹如云烟，转瞬即逝，而利欲熏心，此所谓犯荤；红顶总需人血染，步步高升，多需他人血泪，此所谓犯腥。故这无形的荤腥，非指有形的酒肉。双修者，炼化精气，精气未足之前，不可断强身的酒肉荤腥，正所谓"酒肉穿肠道在心"。

吕洞宾对白牡丹说道："当初水月菩萨见尘世欲根深重，化为美色之女，投身洛阳一妓院接客。但凡王孙公子见其容貌，无不倾倒。一与之交接，欲心顿淡。因菩萨有大法力故，自然能破除各凡夫的邪罔。一日妓院里来了一胡僧，自称达摩，来自西方印度，点名水月伺候。达摩推门而入，只见满屋子全是清水，水中一轮明月，皎洁无瑕。达摩于是顿悟，立地成佛，飘然而去，只留下一偈：

水天一色无纤尘，皎皎空中孤月轮。

水中何人初见月，水月何年初照人？

妓女水月后来无疾而终，死后锁骨凸起，节联百骸，交锁不断，色如黄金，已成金锁大法。原来菩萨早已是不漏之身，金锁闭关，交接不泄。"

白牡丹两腮绯红，娇嗔地说道："当年报恩寺主持法空长老前来水月楼，轰动洛阳，即对奴家说过此言。"

报恩寺主持法空长老本是一云游僧人，七年前来洛阳创建报恩寺，是洛阳城有名的高僧。当日法空长老身披袈裟，手持禅杖，来到水月楼，点名要白牡丹侍寝，一边说着"色不迷人人自迷"，一边说是要"牡丹花下死，做鬼也风流"，引得水月楼里哄堂大笑，大家都围在大厅观看热闹，乱成一片。

那日我身上见红，正躺在床上疼痛难忍。行有行规，本来每月此时，姐妹们都无需接客。任凭老鸨一张血盆大口怎么说，长老也不肯换人，老鸨好生忍耐的功夫，依然撩动着十个长长的指甲，一张红红的嘴唇贴着长老的脸笑着说道："白姑娘今日见了红，身体不干净。长老要是喜欢当红的姑娘，我让水月楼的头牌姑娘红玫瑰好生伺候您老如何？"

法空长老冷笑道："清净莲花，污泥不染。你们嫌弃她不干净，可是我看你们个个在红尘中染得污浊不堪，反倒是这白牡丹莲华化生，清纯可人。"长老环视了一圈水月楼楼上、楼下众人，说道："妓女卖肉，凡夫卖心，诸位施主，究竟谁比谁干净？"

老鸨一听法空和尚出言不逊，怒火直冒，脸上肌肉抖动，胭脂水粉噗噗地往下落，浑身冒出一道白烟，怒道："你手持我洛阳众香客的香火钱来水月楼嫖妓，做出此等下流污浊之事，只怕还不如我楼中姑娘卖笑赚的钱干净。"

法空长老掏出一锭纹银，高举在手中，哈哈大笑道："诸位且看我手上白花花的银两，可是有什么不干净的地方？再说我手上这香火钱，有多少是你水月楼的嫖客所供奉，又有多少是你水月楼的姑娘捐出的功德？嫖客来我报恩寺上香火，又有几人是为了报恩，不外乎祈求菩萨保佑大家贪赃枉法，好平安地做那见不得人的勾当。你水月楼里姑娘捐出的功德，又有多少有感于自己命运多舛而祈求别家的姑娘平安成长，千万不要堕落红尘，无非是怕自己染上了脏病，祈求菩萨保佑而已。"

长老此言一出，水月楼里顿时骂声一片，有几个瘦骨伶仃的客人，平时风一吹都会跌倒，此刻欺负长老年迈，挽起衣袖准备下楼痛打长老。我一怕事闹大了，影响姐妹们的生计，二怕长老年纪大了，寡不敌众，老人家如何经得起众人殴打，于是忍痛推门而出，牵着长老的手上了楼。只觉长老手心如火烧一般，一股暖气，流进我的身体，腹痛顿时消失得无影无踪。

当我推门而入时，法空长老禅杖往地上一杵，顿时水月楼地动山摇，长老明明就在我的眼前，声音却仿佛从极遥远的山谷传来，只听得法空长老的声音在耳边回荡：

"水月楼原本是菩萨道场，因取'无心应物，缘化万有，水月空华，影像无主'之意，故名水月楼。水中月，镜中花，似有还无，似无还有。佛法真身，犹如虚空，应物现形，如水中月。当日水月菩萨在此度化痴迷世人，使人迷途知返。小娘子你既然带我上楼，说明你本性慈悲，天真未泯。你本是瑶池边的牡丹仙子，因失窃仙草堕入凡尘，偏又再与那金星童子种了欲根，故而今日混迹风尘。

　　清净莲花，污泥不染，只因那莲花可以自净，花叶滴水成珠，水珠带走风尘，大珠小珠滚落玉盘，故莲花能一尘不染。你若恋着那清阴半亩香千阵，尽着你满地落风尘，把那倚门献笑认作本等生涯，必将生生世世，浮沉欲海，永无出期。那压在你身上的不过是些好色之徒，而藏在你胯下的，方是那非人的色鬼，嗜食淫水，日夜夺你精气，直到把你拖入无边地狱。

　　我今为你诵持大悲神咒，种下信根，以远作日后菩提之因。你若能洁身自好，精诚用心，身持斋戒，为一切众生忏悔先业之罪，亦自忏谢无量劫来种种恶业，如此制心一处，更莫异缘，自然法芽增长，他日必有翩翩公子，传你移花接木之术，享尽人间极乐，带你同登天门。从是以后，莲华化生，不受胎藏之身。你平素不出水月楼，少见阳光，素有宫寒，且多痛经，我今已将三昧真火注入你体内，一去你宫寒，二护你真阴，秽气脏病不得近你身子。"

　　"都道是曾经沧海难为水，除却巫山不是云。奴家哪怕沧海桑田，也愿意等候公子，就怕公子嫌弃奴家身子骨不干净。奴家从此身藏利剪，以死相逼，得以卖唱不卖淫，保全身躯。在此花街柳巷，等待公子到来。所谓'取次花丛懒回顾，半缘修道半缘君'，公子若是不嫌弃，奴家甘愿尽此一生，做公子修行的伴侣。"

　　白牡丹双眼殷切地望着吕洞宾，吕洞宾紧握着牡丹的双手说道："出家人修行，法、侣、财、地，缺一不可。地者，一般以为洞天福地，不知道大隐隐于市，花街柳巷好参禅。想那法空长老，必是恩师钟离祖师所化。今日承蒙恩师点化，寻得神仙伴侣，岂有不传你成仙妙法之理。"

吕洞宾用自己中裤，剪下近阴处烧成灰，化一碗水给白牡丹喝下，此水可以洗去她与凡夫的尘缘。吕洞宾又传白牡丹移花接木的上乘功法《金锁玉关诀》。那白牡丹在风尘数年，练就一身上好功夫，学习起来轻车驾熟，日夜精进，很快每运肢体全身骨头自锁骨而起，连络如蔓。气脉自天宗打开，由天玑转动，动摇肢体，全身骨骼发出清越之声，犹如天籁之音。二人乐空双运，日夜精进，渐渐大定虚空，忘情绝爱。

缆船洲

吕岩

笑抛渔艇入苍茫，岂意壶中岁月长。
归到荒洲无觅处，萋萋芳草对斜阳。

九

桃李芳菲

谢自然叹道："能得天女下凡，结伴同修之人，世间又有几个？众生颠倒，犹如迷人，虽说仙人只在花边睡，凡夫却多是醉卧花海苦相思。"

冷谦看了一眼李冷然，在玄光壁前轻轻一挥毫，只见一道金光从壁上划过，《桃李芳菲图》渐渐隐去，山中古寺浮现，人影慢慢清晰。

话说桃花源有一朝云禅寺，寺中有冷谦、陶菲与张君宝师兄妹。陶菲桌前摆着冷谦所作的一幅画卷，名《桃李芳菲图》，画中芳草萋萋，落英缤纷，一个姑娘，相貌举止如同陶菲，林中抚琴，旁边一青年吹箫相和。画中青年面目模糊，但仍让人感到英气逼人。画卷背面，留着一首龙飞凤舞的诗：

从今打破是非门，翻身跳出红尘外。

拍手打掌笑呵呵，自在自在真自在。

　　　　　　　　落款：三丰。

　　镜象之中慢慢又见张君宝跪拜在朝云禅师面前，禅师缓缓说道："为师看你龙行大草，自成一家，较之怀素、张旭，别有神韵。你既能笔走龙蛇而又绵绵不绝，可知啸法的最高境界就是阴阳合啸，龟蛇相盘，与你这大草理本一贯？你乃张良后人，这本《太古遗音》是《禁啸经》的下篇，专门记载合啸，原本就是张家之书。今完璧归赵，你可拿去，日后寻得有缘之人，同修共进。"

　　朝云禅师接着说道："为师出家前，本是个书生。那日家门口路过一道长，自称离道人，要讨碗水喝。我看道长风尘仆仆，怕他前方再无歇脚之处，于是请道长进屋，沏了一杯上好的龙井。道长见我桌上有本《仇池笔记》，笑道：'秀才的学问较之苏轼如何？'为师不由得脸色一红，说道：'在下对大学士佩服得五体投地，岂敢相提并论！'道长笑道：'想必你二人有莫大的缘分，才会如此惺惺相惜。'道长从怀里掏出一面镜子叫为师看，只见镜中一放荡女子与王公贵胄饮酒作乐，转眼却被乱棍打死。道长说道：'此女子名季兰。'镜中人影渐渐模糊，又见一禅师和一女子云雨，禅师就地坐化，女子投湖自尽。道长说道：'此女子名红莲。'再转眼又见一女子抱着一孩子，与一官人在江中痛哭。道长又说：'此女子名朝云，那男子就是你口中的大学士。'晚霞漫天飞舞，红莲破了菩提，朝云沦落天涯。为师如是大悟，来到桃花源，独上朝云峰，看见一破庙，为师在那菩萨像前，泪如雨下，在此安身，至今已两百多年。"

朝云禅师不由得眼中掠过一缕忧伤，轻声吟道：

> 苗而不秀岂其天，不使童乌与我玄。
> 驻景恨无千岁药，赠行惟有小乘禅。
> 伤心一念偿前债，弹指三生断后缘。
> 归卧竹根无远近，夜灯勤礼塔中仙。

前债已偿，后缘已断。朝云禅师沉默片刻，对张君宝叮嘱道："你师妹陶菲乃是陶潜的十世孙女。潜者，原出《周易》乾卦潜龙勿用。陶潜来到桃花源，却又贪恋红尘，离开之后再也寻不见桃花源，悔恨终身。《桃花源记》里说渔人缘溪行，林尽水源，便得一山，山有小口，仿佛若有光，陶潜据此改名陶渊明。渔人者，实愚人也。"朝云禅师凝视着张君宝，问道："你可知陶菲暗恋你已经很久了？"

张君宝点头说道："弟子知道。"

朝云禅师摇了摇头，说："糊涂！陶菲几时爱过你？陶菲爱的，不过是你这身皮囊。人生在世，如白驹过隙，容颜易老，皮囊易逝，唯有真我，累世不灭。你那真我，无形无相，无色无味。倘若闭上眼睛，一念不起而怦然心动者，爱的方是本真的你。但凡眼见皮囊，或脑海中浮想翩翩，所爱皆非你本人。"

"为师初到桃花源，这寺庙破落，连碗都没有，为师只得随手拾了几个骷颅。后来慕名前来问道者络绎不绝，为师用头骨盛粥款待，来者皆落荒而逃。那日你们三人来到本寺，陶菲与冷谦本就是结伴而来，你不过是偶遇。看见骷颅，陶菲却吓得一转身抱紧了你，你们的孽缘，可见一斑。"

朝云禅师眼中掠过一缕悲伤，说道："本寺那尊观自在菩萨，乃盛唐之物，你总说与为师有几分神似，你哪知为师与这匠人的缘分。为师的元神在他的心中时时浮现，雕刻之时，真情自然流露，如此方有这传世孤品。陶菲与你，断然没有如此的情分。"

朝云禅师一语惊醒梦中人，张君宝悬在心中的石头终于落地，说道："感恩师父开示，《南华真经》里说鱼相造乎水，人相造乎道。相造乎水者，穿池而养给；相造乎道者，无事而生定。故曰：'鱼相忘乎江湖，人相忘乎道术。'"

朝云禅师点头说道："你今日就下山，一路向西，到终南山妙真观修行去吧。妙真观荒废多年，恐怕剩不了几片残垣断壁。当日吕祖也曾在此修行，你去重建道场，现时有大收获，日后有大功德。功成即可下山，去武当寻找你的转世天女。山下即是红尘，修道之人，需得尘中见月。谨记修行随处净土，闭门即是深山，自然不惑。"

张君宝对着朝云禅师长跪道："弟子当年遍访名贤，尽是些宵小之辈，一个个诡计悭贪窃道玄。幸遇师父收留，始识大道。师父之恩，没齿难忘。只是弟子此去，远隔千山万水，不知师父又当何往，今生能否再见？"

朝云叹道："此心慈悲，自然处处桃源。为师虽然重建了朝云禅院，但累世的罪孽深重，功德尚未圆满。四百年前，桃源有劫，为师将于定中，了却尘缘。你是悟道之人，不必悲伤，也无需留恋，下山去吧。你这身皮囊，着实很妙，但于你修行不利，好自为之。"

张君宝双手捧过《太古遗音》，说道："弟子谨遵师父教诲，从今放下这身皮囊，世间再无张君宝。师父常说：'前三三，后三三，两个三，一串串，只在其中颠倒颠。'三为乾，丰为坤，从今弟子就叫邋遢道人张三丰。师弟喜好音律，这《太古遗音》想必对他的修为有甚深帮助，或许能助他脱离苦海。"张三丰放下《太古遗音》，飘然离去。

张三丰走后，朝云禅师即入定中，发髻中放出大光明，空中一道金光闪烁，万丈霞光自朝云禅师的头顶冲向虚空，一炷香的工夫，光芒退去，朝云禅师垂下头来，已然圆寂。

冷谦大笔一挥，光环转动，只见陶菲对着一釉里红的大花瓶大声哭喊，原来是冷谦遁入了瓶中。陶菲对着瓶子喊道："你给我出来！"

瓶子里传来冷谦的声音："我不出来！"

陶菲又说道："是男人你就出来！"

冷谦道："不出来！"

"你是不是不出来？不出来我让你后悔！"

"师妹我不敢出来！"

陶菲指着瓶子怒问："我想随师兄下山，关你何干，你为何向师父告发？"

冷谦酸溜溜地说道："师兄不会和你走的。师妹你尘心未了，是无法和师兄学习阴阳合啸的。"

陶菲冷笑道："学不了阴阳合啸又怎样？要不是你挑唆，师兄怎么会不辞而别？你把我与师兄的琴箫合奏画得师兄面目模糊，是不是想让师兄以为你才是画中男子？你痴心妄想！"

冷谦心痛地说："是啊，师妹，我是痴心妄想，我多想画中男子是我！你爱弹琴，我就用毕生精力学习音律，可还是没有得到你的芳心。师父要把《太古遗音》传给师兄，我得到了什么？又何曾有过怨言？师兄一心要成道，舍了功名家业，来到桃花源；而我是一心陪伴师妹，陪你待在这深山，一待就是十年！师兄一颗道心，坚如铁石；而我爱你之心，天地可鉴。你天天围着师兄转，师兄看都不看你一眼，你却对他死心塌地；我为了你死都愿意，为何你不愿意多看我一眼？你爱的人，远在天边，他并不爱你；爱你的人，就在眼前，你为何不珍惜？"

陶菲漠然说道："他不爱我，是他的事；我爱他，是我的事。我爱他一世，又关你何事？"

冷谦悲极反笑，说道："都说得不到的才最好，对你最好的人就在你眼前，你视而不见。你笑我陪你笑，你哭我陪你哭。你放不下红尘，我就甘愿陪你在红尘。只要师妹愿意，我死在尘世也值得。难道这还不够爱，还不能打动你？"

陶菲冷笑一声，说："你休想，你若是一心要打动别人，不如留着你的眼泪打动自己吧。你恨自己得不到师父的衣钵，师兄就把《太古遗音》留给了你，可你就算得到了《太古遗音》，也不及师兄的万分之一。就算师兄离开桃花源，你也休想得到我。你让我永失所爱，今日我也让你与你最爱之人阴阳永隔，后悔一生。"陶菲举起瓶子，摔得粉碎。

冷谦的身影也随着瓶子被摔得粉碎。冷谦眼见陶菲凄凉地笑着，拾起一块碎瓷片，往自己手腕割去。冷谦用尽全力，从瓶子的万千碎片中合而为一，遁了出来。陶菲已经躺在一片血泊之中，早已没了呼吸了，冷谦唯有抱着她放声大哭。

谢自然对李冷然说道："陶菲本是梨花仙子，思凡下界，被天庭贬到凡间，却被心爱的人卖到花满楼，自尽后投胎为岷江中的一条红鲤鱼，爱上二郎神君，又献出生命，投胎后便是陶菲。梨花仙子三生三世，求之不得，历经劫难，了结尘缘。"谢自然又对李冷然说道："当日陆羽来到玄光洞，饮了忘忧泉，发明了忘忧茶。本以为每天一杯忘忧，用不了多久，冷洞主就可以把陶菲忘了，不曾想洞主依然在此壁日日作《桃李芳菲图》。此图每日做好后都有一炷香的工夫可以进入画中，只要用心想着你心爱之人，画中那人的面目就逐渐清晰，如你所愿。一炷香之后，烟消云散，跌出壁外。置身壁中，如梦中人，历历在目；及至梦醒，了无所得。"

李冷然出奇地平静，说道："多谢真人让我看清自己。人生好比一幅早已画好的长卷，你从头看到尾，才有了过去、未来。时间只是我们脑中麻痹自己的药物而已，究竟并不存在。如此观世间，犹如梦中事。由此可见，冷然实无前世，也无来生。"

谢自然说道："你天资聪慧，自然可以悟到既然是一幅长卷，则画中每一场景之后都有无限可能，只是我们选择了这一可能之后，其他的可能就烟消云散而已。"

"一切众生因有种种恩爱贪欲，故有轮回，当知轮回，爱为根本，能令生死相续。欲因爱生，命因欲有，爱为因，命为果。爱之不得而心生憎嫉，造种种业，故有地狱及饿鬼道。众生欲脱生死，免诸轮回，当先除爱渴，后断爱欲。能除爱憎，则永断轮回。"

李冷然凄然一笑，说道："多情自古空余恨，好梦由来最易醒。冷然不愿在玄光壁中相思一生，也不愿喝忘情水断爱除欲。冷然不惧生死，怎么可以让他独自一人，身处险境？冷然惟愿寻到他，丑也罢，俊也好，穷也罢，富也可，不求同年同月同日生，只求同年同月同日死……"说毕一转身，纵身跳下滔滔沅江。

青年宫留题·其一

张三丰

觅故人天涯不见，

叹迷徒要学神仙。

有一等守顽空的，

有阴无阳是孤炼。

有一等用鼎器的，

舍死忘生谈采战。

各执一端，

玄关不知在那边。

莫把无为来妆拌，

尽都是些空门面。

怎得个云朋霞友，

也混俗和光过几年。

访道须要访先天，

先天是神仙亲口传。

神仙，

神仙只在花里眠。

十

湘溪听箫

　　韩湘从小喜欢四处游荡，没事总爱上终南山玩耍。自古终南山与桃花源皆是隐士喜好之地。终南山因为就在长安脚下，隐居于此可以扩大影响，最终实现入朝为官，许多隐士皆是题诗几首，或故作几句高深偈语，请一位小吏拿去京城上呈皇帝，以此求得做官之路，人称"终南捷径"。另有众多大家闺秀，乃至皇家公主，自愿出家在终南山，与那山中名士，在观中日夜寻欢作乐，醉生梦死，还可将那诸多脏事，在朝堂之外，暗地交易。看那大唐盛世之下，掩藏着人间多少罪恶，故后人又称"腐唐烂汉"。

　　韩愈是当朝大儒，对这些沽名钓誉、妖言惑众与淫荡下流的隐士深恶痛绝。韩愈三岁丧父，由兄长韩会抚养。十二岁时，韩会病故，韩愈与寡嫂艰苦度日。十六岁时，得知妖道李季兰被肃宗杖

毕，韩愈倍感欣喜，随后前往长安，二十四岁登进士第。韩湘幼丧
父母，由叔父韩愈抚养，偏偏韩湘自小就喜欢偷跑入终南深山玩
耍。韩湘十四岁那年，有一天一个人去终南山玩耍，不曾想越走越
远，渐渐迷了来路。只见眼前一曲折的小溪，韩湘根据水流之声缘
溪前行，慢慢来到一山谷之中。山谷上面是一悬崖，韩湘见那悬崖
之上紫气弥漫，十分好奇，攀岩而上，眼前一遍荒芜。地上有一块
破碎的牌匾，蓝底金粉，上面是怀素亲题的"妙真观"三字。想那
妙真观，数十年前是何等辉煌，转眼只剩一地残垣，半个金匾。

　　韩湘看见坍塌的山门后面，有一仅仅能侧身而过的狭窄路口，
韩湘就侧身往路口里挤，忽然间只觉得一股强大的引力，把自己往
里一吸就身不由己地穿过了路口。韩湘只见前面是一片桃林，几间
茅屋，落英缤纷之中一道长与年轻的道姑在练剑，旁边站着一个小
坤道。

　　韩湘痴痴地看着二位道长练剑，不肯离去。小道姑从一旁走
了过来，轻轻牵着韩湘的手来到道长面前。道长和蔼地说了一句：
"你终于来了。我在这荒废已久的妙真观种下一片桃林，做了结
界，这一晃数年过去了，终于等到你来了。"

　　韩湘只道自己是无意闯入，他哪知道这吕洞宾的结界，岂有能
无意闯入者。小道姑望着韩湘傻笑着说道："六岁那年，师娘就说
了要给我找一个师兄，我也像师父一样，已经等了你好几年了。"

　　韩湘"唰"的一下，脸涨得通红。白牡丹走过去牵起韩湘的
手，就让韩湘跪下，对着吕洞宾拜了三拜。三拜之后，吕洞宾成了
韩湘的师父，李若水成了韩湘的师妹。几年前白牡丹在溪边捡到一

女婴，就为这女婴取名"若水"，从太上老君姓李。一有空闲，韩湘就溜到妙真茅舍与师妹练习剑法。

那日吕洞宾与师娘白牡丹端坐在雕花太师椅上，命韩湘与李若水跪下，吕洞宾说道："若水自幼跟随你师娘，韩湘你也跟我入道数年，你二人现今均已有很深的清修功夫。须知修行的捷径，不在清修，而在双修。双修者，若非善男子与善女子因缘聚汇，不得修炼，否则困于淫邪，不能解脱。双修不仅需要二人心心相印，还得有很深的定力。莫要在那飘飘欲仙的幻境之中，迷失了自己的元神。"

天遁剑法是双修的上层功法，练习者须有雌雄二剑，此剑乃道德天尊用女娲补天剩下的玄石煅造。这雌雄斩妖剑共有三对：一对在灌口二郎神君手里，一对在吕洞宾与白牡丹手中，剩下的一对在龙虎山天师府。汉顺帝汉安元年正月十五日，蓝凤凰欲救八歧魔蛇，因桃源结界不得入口，于是率八部鬼兵围攻张天师于青城山，欲逼迫天师说出桃花源的秘密。当夜太上老君降临，传授张天师雌雄斩妖剑，制服外道恶魔，创立正一盟威道，赦命八部鬼怪，在青城山黄帝坛下盟誓，人处阳间，鬼处幽冥，造反鬼怪，一律封印在封魔洞。

吕洞宾叹道："当日我与你师娘修成金锁玉关诀后前去谢你钟离祖师。我问你师祖：'师父千岁，度得几人？'你师祖答道：'三人为众，已度得你二人。'我问你师祖：'缘何只度得弟子二人？'你师祖呵呵大笑：'你且住口！世上众生，不忠者多，不孝者广，不仁不义者不计其数，如何度得？你今也该去度化众生，功成方能羽化登真。'为师拜别你钟离祖师，与你师娘云游天下，果真三年未能度得一人。那日为师见一刚淹死的男人漂到江边，江边正好有一条刚饿死的狗，尸体尚暖，为师心想活人度不得，死人总归是能悟吧？于是为师一剑挖出狗心，救活那男子。没想到男子刚一醒来，一口就在为师手上留下两排牙齿印，还破口大骂：我就是想死，你为何救我？那人转身拿起斩妖剑，一剑穿心。为师无奈，心想人心莫测，救条狗总是可以的吧？为师又用观音土捏了个心脏，填在狗的胸膛，活过来的狗追着为师和你师娘狂咬，为师只得牵着你师娘的手一路狂奔，跑了好远才停下来和你师娘一起相视而笑。为师于是决定不再云游，和你师娘来终南山守株待兔，为这雌雄斩妖剑寻找一对传人。"

韩湘与李若水相互看了一眼，二人对着师父、师娘三跪叩首。白牡丹面带着微笑说道："湘儿与若水，你们今日就在为师面前起誓，有我和你们的师父替你们作证，这桩婚事就算定下了。"

韩湘与李若水转身面对着对方，各自竖立右手，单手指天发誓："天地为证，日月为鉴，韩湘与李若水生死相依，永不分离。"

吕洞宾见韩湘与师妹李若水情投意合，心意相通，再传二人啸法的上乘功法阴阳合啸。男子敲竹唤龟，女子鼓琴引凤。韩湘以笛为箫，箫声深远，唤醒灵龟；李若水弹无弦琴，琴声优雅，招来飞凤。男女心意相通，则龟凤合鸣，天地动容。

三界之内，有天籁、地籁、人籁。大地发出的声音是地籁，丝竹之声是人籁外声，人体内五脏六腑发出的声音则是人籁内声。移花接木可打通金锁玉关，每运肢体，全身骨骼发出清越之声，此属成道之人的天籁内声。成仙之前，满室清香，仙乐飘飘，则是天仙接引的天籁外声。

那日韩湘又去终南山中"放浪"晚归，正准备偷偷回房，只听见韩愈一声大喝："站着。"韩愈走了过来，对着韩湘劈头盖脸就是一顿训斥："大丈夫当读书应举，光宗耀祖。你终日游荡，百年之后，我有何颜面去见泉下的兄弟？"

韩湘说道："人生一世，如白马过隙，中了进士又如何？深宅大院，非侄儿之家。绿萝云水窟，此地是吾家。琴弹碧玉调，箫吹白玉砂。一瓢藏世界，三尺斩妖邪。解造逡巡酒，能开顷刻花。"

韩愈怒不可遏，说道："一派胡言！如此的妖言惑众。你既然能开顷刻花，那开一盆牡丹花给我看看。"

韩湘心中暗喜，师娘白牡丹本是天上的牡丹花神，今日求助师娘，小小法术，不在话下。于是韩湘在院子里取一空盆，填上半盆土，拿出自己的横笛吹了起来，顷刻长出牡丹一丛。初冬时节，百花凋零，在韩湘的笛声下，牡丹竟然开放，红艳异常。花丛中有金字诗一句：

云横秦岭家何在，

雪拥蓝关马不前。

韩湘不曾想师娘体恤徒儿，还送来偈语一句。走近一看此偈，韩湘便沉默不语。

韩愈说道："罢了，罢了。所谓移花接木，不过江湖骗术，小小障眼法而已，你竟然痴迷于此。还学人做起偈语，姑且不论何意，你当我会信你？"说着摇着头，伤心地回房去了。

韩湘急忙说道："叔叔请留步。侄儿不日即将入终南山陪师父闭关，只怕再难见叔叔一面。叔叔乃当世大儒，刚正不阿，一生推崇道统，欲以儒家一统天下，而以佛道诸家皆为歪理邪说。如此三界之大，恐怕也难容叔叔。天威难测，还望叔叔万般小心，爱惜己身。"韩湘边说边长跪于院中，深深地磕下头。

韩愈一声长叹，说道："君子当宁为玉碎，不为瓦全。我大唐共有寺院四万多所，僧尼三十万众，占地上千万顷，蓄奴十五万多。佛骨所到之处，百姓焚顶烧指，断臂供佛。我食百姓之禄，岂有怕奸佞小人而不反对圣上迎佛骨入宫之理？"韩愈回屋，写下奏表。

昔者黄帝在位百年，年百一十岁；周文王年九十七岁，武王年九十三岁。汉明帝时，始有佛法，明帝在位，才十八年耳。梁武帝在位四十八年，前后三度舍身施佛，其后竟为侯景所逼，饿死台城。事佛求福，乃更得祸。夫佛本夷狄之人，身死已久，枯朽之骨，岂宜令入宫禁？群臣不言其非，御史不举其失，臣实耻之。乞以此骨付之有司，投诸水火，永绝根本，断天下之疑，绝后代之惑。佛如有灵，能作祸祟，凡有殃咎，宜加臣身，上天鉴临，臣不怨悔。

果然宪宗盛怒，即刻拟旨处死韩愈，经宰相裴度、崔群等人极力劝谏，韩愈被贬潮州。那日韩愈路经秦岭，抵达蓝关，漫天大雪，风寒雪紧，坐下之马仰天长啸，不论韩愈如何鞭笞也止步不前，反而异常狂躁。大雪之中，忽闻箫声从树林里迎风吹来，韩愈坐下之马顿时安静了下来，脚踏风雪，缓步向前。韩愈定睛一看，原来是韩湘，不禁感慨万千，当即做诗一首：

　　　　一封朝奏九重天，夕贬潮阳路八千。

　　　　欲为圣明除弊事，肯将衰朽惜残年！

　　　　云横秦岭家何在？雪拥蓝关马不前。

　　　　知汝远来应有意，好收吾骨瘴江边。

韩愈仰天长叹，对韩湘说道："从来我都以为陶渊明的《桃花源记》是一派胡言，不过是陶渊明官场失意，内心愁绪无处寄托罢了。你自幼一心想到桃花源绿萝山修行，事到如今，我也不拦你。只可惜你堂堂七尺男儿，博学多才，何不功成名就之后，再全身而退。才为世用古来多，如子雄文世孰过？好待功名成就日，却收身去卧绿萝。"

韩湘说道："功成名就之后，又有几人能全身而退？世人大多身后有余忘缩手，眼前无路想回头。更有甚者，以为激流可以勇退，不知未到退时早已粉身碎骨。举世都为名利醉，唯我独向道中醒，他时定自飞升去，冲破秋空一点青。"

韩湘说着从怀里取出一药丸，跪在雪地里，说道："叔叔此去潮阳，万水千山，服此桃花避毒丹，可保一路平安。"韩湘说完起身，头也不回地牵手李若水飘然而去。

韩愈刚到潮州，宪宗就心生悔意。韩愈随即改任袁州刺史，捕杀食人鳄鱼，并禁止买人为奴。次年九月，入朝任国子祭酒。长庆元年（821年），韩愈转任兵部侍郎，孤身前往敌营，以安史之乱为例，晓以大义，直说得叛军全军缴械投降，朝廷不战而胜。

金液丹乃硫黄炼成，纯阳之物，韩愈早年作文力劝世人戒之。韩愈在潮州曾与高僧大颠和尚争论十数日而未决胜负，回京后韩愈纵情脂粉，进食"火灵库"。"火灵库"是让公鸡食用硫磺拌饭，使其骚不可耐而不让其交配，憋足千日，然后食用。

韩愈喜作墓志铭，替人盖棺定论。长庆四年，韩愈家中，妻妾结队，围床而跪，纷纷哭昏在地。韩愈披头散发，躺在床上，召群僧为证，说道："我今将病死，诸位请仔细看我的手足肢体，一如常人。日后不要诳人，说什么韩愈吃药，须发落尽而死。"言毕，怒目而亡。后从祀孔庙。

那日夜里韩湘与李若水夜宿在终南山一溪水边。二人躺在一片花草地上，韩湘仰头望着满天繁星，对李若水叹道："天上斗转星移，万古恒常；世间沧海桑田，变幻无常。众生以妄为常，幻海沉沦。"

李若水叹道："知和曰常，知常曰明。世人在无明境地，争名夺利，忘记无常。无明者无常，黑夜无常至，是为黑无常，白天无常至，是为白无常，可叹那众生不见棺材不落泪。"

"那妹妹说说，黑白无常是在前方等人，还是在身后追人？"

李若水笑道："哥哥可是傻了？众生无数，黑白无常岂追得过来？即便二位鬼差分身无数，又何苦如此为难自己？想必一定是在终点等候大家。众生追逐名利，日夜狂奔，至死无明。"

韩湘说道："众生怕死，可这世人见他人死，庆自己生，又有几个推人及己？唯有临终前追思此生，万千悔恨，历历在目，而此生不再。"

李若水笑道："凡夫皆是向死而生，人生之时就已注定死亡。究其实，一日之内，既有白天，又有黑夜，昼夜合而为一日，则一世生命，既有生前，也有死后，死生合而为一生。《内经》名之曰死生，后人不解其意，改称生死，不知生是结束，死才是开始，妄以生为开始，死为结束而心生恐惧。"

"《圆觉经》说无上法王有大陀罗尼门，名为圆觉，流出一切清净真如。一切如来皆依圆照清净觉相，永断无明，方成佛道。为何无明？ 一切众生从无始来，种种颠倒，犹如迷途之人，妄认四大为自身相，六尘缘影为自心相，譬彼病目见空中华。空实无华，病者妄执。由妄执故，非唯惑此虚空自性，亦复迷彼实华生处，由此妄有轮转生死，故名无明。此无明者，非实有体。如梦中人，梦时非无，及至于醒，了无所得。如众空华，灭于虚空，不可说言有定灭处。何以故？无生处故。一切众生于无生中，妄见生灭，是故名轮转生死。可见世间本无生死，众生执着身心，不明身心皆是虚幻，于无明境地，妄见生死。"

韩湘赞叹道："人生之前，胚胎先成，此乃天地之先，阴阳之祖，乾坤之始。胎儿日夜乘母亲之胎盘，遨游于西天佛国，南海仙山，飘荡于蓬莱仙境，万里天河，故胎盘世人称之为河车。海浪淘天月弄潮，槎影横空泊斗梢。煅炼一炉真日月，罪垢凡尘一笔消。可见人人皆有般若舟，就怕没有前后眼，舍不得上岸。"

是夜二人在杏花疏影里，吹笛到天明，创作出传世的天籁之音《天花引》，告诫世人，只要道心坚固，历经劫难，总有成道之日。待那天仙接引之时，天花乱坠，奇妙无穷。后人将这条小溪名为"湘溪"，溪边的花草地名为"湘溪花园"。

韩湘与李若水回到桃花源，雷鸣殿正钟鼓自鸣，四位长老与四位洞主端坐于大殿之上。只听得一声响雷，电光闪过，大殿上方天门洞开，一道耀眼的白光射向大殿，异香扑鼻，仙乐飘飘，绕梁不绝。

黄长老说道："若水受命，天女转世，与韩湘三生三世，十里桃源，功德圆满，尘缘尽而仙缘生，今天符现而天门开，时辰已到，准备升天。"

韩湘牵着李若水的手，二人回头对视了一眼，往白光中走去。忽然间一人飞奔着闯入大殿，边跑边喊道："郁垒来报，蓝凤凰引八部魔兵进攻桃都山，桃都即将失守。"

神荼说道："今日中秋，桃都枝上仙桃红熟，寅时白虎当令，煞气重重。蓝凤凰必定是想让八歧魔蛇借此煞气逃出封魔洞。"

韩湘看了一眼李若水，对四位长老说道："蓝凤凰引八部魔兵倾巢出动，守护封魔洞只怕不易。枫林镇日夜苦修，意图报仇，而桃花源得道高人，均已先后成道升天。今日之桃源，唯有我与师妹的合啸与天遁剑法或有胜算。恳请长老允许我与若水前往封魔洞，封印邪魔。"

谢自然一声叹息道："你二人乃我桃花源百年来唯一一对同登天门者。虽说仙缘难得，可是天命难违，命数如此，你们去吧。"

韩湘握紧李若水的手，飞向封魔洞。李若水见洞上北斗七星煌煌之光逐渐暗淡，对韩湘说道："枫林镇群魔涌动，桃源结界只怕快要破了。"

韩湘手握金光指诀，双目紧闭，心中默颂："一轮明月清如镜，万道光芒照周身"。眼前不远之处，虚空升起一轮皎洁的圆月，照亮全身。韩湘将指诀升至眉心，顶轮顿时金光闪耀。韩湘默念道：

> 天地玄宗，万炁本根。广修万劫，证吾神通。
>
> 三界内外，惟道独尊。体有金光，覆映吾身。
>
> 视之不见，听之不闻。包罗天地，养育群生。
>
> 受持万遍，身有光明。三界侍卫，五帝司迎。
>
> 万神朝礼，役使雷霆。鬼妖丧胆，精怪亡形。
>
> 内有霹雳，雷神隐名。洞慧交彻，五炁腾腾。
>
> 金光速现，覆护真人。
>
> 急急如律令。

一道金光射向封魔洞。只见蓝凤凰满眼血泪地扑向韩湘。韩湘喝道："孽畜，还不回头？"

蓝凤凰疯狂地大笑道："我夫死、子死，日日夜夜都恨不得将你们碎尸万段。三千年来，我苦于找不到桃源结界，日夜痛哭，每一滴眼泪都是我的心血在流淌。十里枫林十里叶，层林尽染泪与血！凭什么我夫妻天人永隔，而你们在此恩爱缠绵？今日就是死也要拉你们垫背，让你们永世不得安生。"

李若水暗地一惊，只觉得这蓝凤凰如今好生厉害，今日只怕是想玉石俱焚。正寻思着该如何是好，忽然间空中一道金光闪烁，顿时朝云满天，黑暗的天空被一轮旭日撕开了一道缝隙，渐渐霞光万丈，只听得一阵法音从虚空传来，如同空谷传音："李若水，封魔洞下通地府，本是至阴之地，现我引万丈霞光助你，天光大开，仅有一炷香的工夫，你可抓紧助韩湘封印封魔洞。"

李若水只见霞光之中，仙佛海会，法音遍布。再看韩湘正凝神屏息，元神已经出窍，李若水拨动无弦琴，鼓琴引凤。琴声围绕封魔洞，天籁之声，在万丈霞光之中，从空而降，不绝于耳。

李若水柔情似水地看了一眼韩湘，抛出斩妖雌剑，与韩湘的雄剑合一，射向封魔洞。

蓝凤凰听到琴声，只觉万箭穿心，痛不可忍，在空中上下翻腾，冲着李若水拼命扑来。李若水一手紧按神阙穴，一手将无弦琴抛向虚空，人琴合一，飞向蓝凤凰。一声惨叫，蓝凤凰从天跌落。

韩湘心神一动摇，元神急忙回到身体之中。韩湘伤心地看了一眼无弦琴，元神从祖窍喷射而出，附在那斩妖剑上，一只灵龟自天而降，站立在剑上，一同射向封魔洞。一阵电光闪烁之后，封魔洞复归于平静。从此这对雌雄斩妖剑永久镇守在封魔洞中。洞前只留下一箫、一琴，箫无孔、琴无弦，世间再无《天花引》。

桃源洞前，

吹箫之时，

湘子朗吟。

想剑光飞过，

朝游绿萝，夜醉天门，

铛煮山川，粟藏世界，

有明月清风知此音。

知音，自有相寻，

休踏破铁鞋折断琴。

桃源日暮，

枫林尽染，沅水秋深。

十一

镜花水月

　　站在城上往西北望去，远看那二十里外的周公山，如一弯青眉，此城故名眉州。北宋年间，眉州望族苏家，本是大唐宰相苏味道后人，世代书香，笃信道教。苏洵十八岁时与大理寺丞的女儿程氏结婚，想那蜀中多美女，苏洵正值青春年少，终日游荡嬉游，在那巴蜀大地的万千青楼之上，每日沉浸在青娥身下的半亩清渠之中，寻找那源头活水，饮得如痴如醉，忘却了人间生死。

　　那日苏洵在成都游玩，信步来到玉局观，观中有一小小侧殿，名天师阁，里面挂有百里之外的青城山祖天师的画像。只见张天师身高八尺，怒眉瞪目，威武异于常人，那双眼瞪着苏洵，竟然似有千言万语要说。大殿之内，异香满室，紫气弥漫。苏洵左右回顾，未见殿内有香火供养，正纳闷这扑鼻的异香从何而来，书童含着眼泪跑了进来，哭着说道："刚收到家中来信，长女未满一岁，患了伤寒，已于昨日夭亡，夫人寻老爷不得，正在家中独自操持后事。"

苏洵想起自己这半生的荒唐，悔恨无边，走到道长面前，作一长揖，问道："请问仙长，本观何名玉局？"

道长盘坐在蒲团上，并未睁开眼睛，却诵起《太上玄灵北斗本命延生真经》："尔时，太上老君，在太清境上，太极宫中，观见众生，亿劫漂沉，周回生死。或富或贵，或贱或贫，罪业牵缠。如此沉沦，不自知觉，为先世迷真之故，受此轮回。乃以哀悯之心，分身教化，化身下降，至于蜀都，地神涌出，扶一玉局，而作高座，于是老君升玉局座，授与天师北斗本命经诀，广宣要法，普济众生。老君曰，北辰垂象，而众星拱之，为造化之枢机，作人神之主宰。上至帝王，下及庶民，尊卑虽则殊途，命分俱无差别。凡夫在世，迷谬者多，不知身属北斗，命由天府，有灾有患不知解谢之门，祈福祈生莫晓归真之路。"

苏洵直听得泪如雨下，当即解下随身的玉佩，上前一步，问道："在下能否以此玉佩，请得天师回家，日日焚香祷告。"

道长缓缓接过玉佩，起身唤来一道童，吩咐一番，转身对苏洵说道："世事如同一盘棋，局中是玉是石，全在福主一念之间。看你这传家的玉佩，撒金的皮子，白玉点翠，显然是稀罕之物。此画乃当年大唐玄宗皇帝派吴道子入川绘制《巴山蜀水图》，吴道子借宿本观，夜梦天师，醒后所作，也算是物有所值。都道是舍得、舍得，你今舍了这千金玉佩，也就不再是那万古顽石，从此出离红尘迷梦。贫道就以此白底金皮点翠佩卜之，底子温润洁白，皮壳贵气逼人，一笼翠竹，清新脱尘。贫道就将此玉佩替福主供奉于三清大殿道德天尊之前。此画灵异非凡，福主从今以后，每日在天师像前祈子，苏家必出千年不遇之人才。"

苏洵见那道长目光炯炯，眉心隆起，显然是一非凡之人，于是毕恭毕敬地取了画像，回到家中，安置于静室，每日焚香祷告。苏洵至此发奋读书，精研家传道学，闲来无事则著《易传》，弘扬道法。

六年后程夫人梦到一个一目失明的僧人前来投宿。这僧人风姿挺秀，却眼含疲惫，想必是行路许久，又困又乏。程夫人就安排家奴带僧人去客房休息，又让后厨多准备一些膳食，好生伺候。那僧人合十说道："夫人不必多礼。人生如逆旅，我亦是行人。江湖之大，贫僧不过是一匆匆过客，有缘投宿贵府而已，能有一床一餐，已经足矣。"程夫人一梦醒来，随即怀妊，生下苏轼。苏家离彭祖山四十里，原本山色青翠，从此彭祖山寸草不生。

治平三年（1066年），苏洵病逝，苏轼、苏辙兄弟扶柩还乡，葬于眉州苏家祖茔的清泉边。从此月明之夜，可见一皓发俊雅的老翁倚坐在泉边，有人走近时，老翁则消失于水中，此泉故又名老翁泉（老泉）。

苏家祖茔，本是苏洵葬父前由眉州有名的阴阳先生许半仙点的坟山。许半仙本是河北邢州人，孤身一人流落蜀中，自从替城边贾家点了穴，那贾仁富从此就发达了，许半仙从此也瞎了双眼。贾家说好了要孝敬他一辈子，前两年还养着许半仙，吩咐下人每天给两碗饭吃。只是无人替许瞎子洗碗，每天的食物残渣沾在碗上，一层层结为硬壳，日久天长，这碗里的空间就越来越小，最后一碗竟然变成了一口。许半仙实在吃不饱，跑到贾仁富面前乞食，被贾仁富一怒之下赶了出来。那天许瞎子乞讨来到苏家，管家傅义端了半碗馊饭正要出去施食，正好被程夫人看见，程夫人叫下傅义，让后厨盛了一大碗新做的肉片粥，自己出门扶他进屋，上桌吃去。许半仙只当是苏家的下人，却又觉得话语声中透出一种脱俗的贵气，一听人叫夫人，眼泪哗的一下就滚了下来。许半仙不愿在苏家久坐，程夫人就又舍了他一篮面点，一半是豆沙的包子，一半是小葱的花卷，再给了他一件苏洵穿过的旧棉袄，以作过冬之用。

那日苏洵的父亲过世，许瞎子拄着拐杖来到苏府，要为苏家点穴，另寻风水宝地。许瞎子在彭祖山转了三日，来到山脚下叫"可龙里"的一个地方，许瞎子将拐杖往地上一插，说道："挖地三尺，必见五色土。"众人于是挖地三尺，果然丝毫不差。许瞎子拿起拐杖，面向东北，对着虚空，念念有词：

> 我今把笔对天庭，二十四山作圣灵。
>
> 孔圣赐我文章笔，万世由我能作成。
>
> 点天天清，点地地灵。
>
> 点上添来一点红，儿孙非龙即三公。

许瞎子点了穴位，定好时辰，立即开挖，在墓穴底部铺上一层石灰，再放上一层松枝，四周倒上一圈水银，只等明日下葬。转天清晨，正好下过一阵细雨，许瞎子来到墓穴前，焚香烧纸，一边对天画符，一边念咒：

天上三奇日月星，通天透地鬼神惊。

诸神咸见低头拜，恶煞逢之走不停。

天灵灵，地灵灵，六甲六丁听吾令。

时辰已到，诸神奉行。

九天玄女急急如律令。

众人急忙往墓穴里下棺椁。傅义见墓穴前面两三米远的地方有些湿土，就叫下人用锄头掏了掏，想锄去了湿土。许瞎子来不及阻止，刹时喷出一股甘泉，高达尺余，泉中跳出三尾金鱼。许瞎子摇头直叹："罢了，罢了，愚人泄了帝王之气，封侯拜相，也是过往云烟，天意如此，天意如此！"说毕大笑而去。天、地、人三界共有九道神泉，分别是瑶池天泉、仇池人泉、黄泉地泉、金泉、老泉、鬼谷泉、忘忧泉、孟婆泉、响水泉。至此九泉之中，苏家独得一泉。

苏轼八岁时被苏洵送入天庆观北极院小学读书，以蜀中高道张易简真人为师。同学将近一百人，张真人唯独青睐苏轼和贫民出身的陈太初。苏轼天赋异禀，过目不忘，十岁时在书院中自己的书房门上写下一副对联：

识遍天下字，

读尽人间书。

一日，张真人去眉州城中赴宴，只叮嘱大家今日有一道友来访，让苏轼好生款待。眼看快到中午时分，一疯道长路过天庆观，进门讨碗水喝。那道长二话不说，径直去将那对联撕得粉碎，然后当众从袖中拿出一本书来，指着一行字向苏轼求教。苏轼一看，龙飞凤舞，如何识得？苏轼羞得无地自容，正要开口请教道长姓名，道长微微一笑，说道："贫道离道人，只认得上古文字，不识今日之书。此书乃太古之《道德真经》，非今人版本，你故而不识。此文乃——'自见者不明，自是者不彰，自矜者不长。'"言毕，大笑而去。

苏轼恍然大悟，从此在天庆观之上的一线天上闭门读书，每日由一书童送来三餐。站在山顶，眼界异常开阔，鹰在天上飞，云从脚下涌。七年后苏轼下山，随父兄赴京拜访一代文豪欧阳修。欧阳修惊为天人，四处奔走相告。苏轼殿试，文笔天真浪漫，圣容为之动色，京师为之轰动。九年后苏洵病故，苏轼回川丁忧，三年后重回京师，震惊朝野的王安石变法已经轰轰烈烈地拉开序幕。

想那赵匡胤黄袍加身，建立大宋朝，随后杯酒释兵权，接着又灭了南唐。太祖为了安抚当年出生入死的重臣，定下两条祖训：其一是大宋不用南人为相。自石敬瑭割让了燕云十六州，中原从此失去屏障，直面敌国的金戈铁马。北人个性刚强，正可以担当抗击辽金的大任，如此朝中要职自然在当年北方举事的开国元勋的子弟之中世代相传。其二是不杀士大夫。官当大了，只要不造反，就可以免死。

到了元丰年间，这套文官体系已经着实庞大，朝廷入不敷出。百姓为了逃避役税，竞相出家，出家需要度牒，度牒需要试经及格，得到许可后向朝廷交钱换取。为了增加收入，朝廷后公开卖牒，每道度牒一百七十贯，并加卖法号。眼看朝廷着实快揭不开锅了，神宗任南人（江西）王安石为相，着王安石即刻推进变法。

这改弦更张之事，始自太宗。伏羲制琴，原本五弦，名金、木、水、火、土，文王加一弦，武王加一弦，乃成七弦。太宗欲加两弦，合之名：君、臣、文、武、礼、乐、正、民、心。琴待诏蔡裔当即跪拜，赞叹道："天有九星，地有九州，七弦者，前人智力不逮故也。圣上乃九五之尊，一言九鼎，为臣者当上报天恩，九死不悔。我大宋一圣而加两弦，从此人间天籁，九九归一。神功圣德，上追伏羲，下超文武，真千古之明君也。臣三生有幸，奉旨制琴，死而无憾，死而无憾！"此言一出，朝堂之上，遍地惊叹。倒是有个叫朱文济的琴待诏，冷冷地冒了出来："祖宗成法，岂可轻变？七弦定音，乐理使然。再加两弦，乱不成声。诸君皆是读书之人，岂能满朝失智？"太宗大怒，当即令蔡裔奉旨制琴改曲。琴成，太宗大宴群臣，重赏蔡裔，连升三级，并令朱文济当众抚琴。果真是九弦天音，亘古奇声，震动满朝，惊动天地。朱文济环顾四周，仰天大笑道："各位大人，难道有谁听不出我是只用了七弦，在弹古曲《风入松》吗？"朝堂之上，鸦雀无声。朱文济愤然将琴摔在地上，扬长而去。九弦琴也藏之大内，无法推行。

显然王安石要面对的不仅是圣意，还有民心、官心。王安石在东京设置市易务，逢低吸纳，逢高卖出，名为稳定物价，实则控制现货市场，大商家却每次都能神机莫测地提前闻风而动。同时推青苗法，发放度牒筹集资本，由朝廷放贷给农户，分春秋两期归还，一期利息一分，进而控制资本市场。可经官员层层加利，到了农民手里，竟然有利息高达四分者，合计年息超过八分（本金的八成）。推行食盐专卖，控制生活必需品价格。百姓买不起盐，浮肿乏力则土地荒芜，农户转而向朝廷贷款。实行手实法，通过相互检举，增加税收。由百姓自己申报财产，确定税额，如有瞒报，一经官方查实，检举者补交税款后即可获得瞒报财产。一时间东家藏了一口锅，西家漏了两张瓢，告密成风，人人自危。乃至亲友莫请吃饭，邻里不要登门，惶惶度日，只怕被人看出了点什么。

那日神算子邵雍在开封踏青游玩。早晨起来，忽然听到数声布谷啼鸣，邵雍只觉得心惊肉跳，大惊失色："这南方的鸟，怎么到了北方？大乱将至也。"随即在客栈墙上题诗一首，大笑而去。

布谷数声惊梦断，

颠倒南北，秋明春暗。

看人间，万事纷纷乱。

劝这个，忙里更偷闲。

宛如漫天大雪，此诗瞬间传遍开封。偏偏这苏轼，火中浇油，连上三书，驳斥新法推进太快，容易被小人利用。还说"法适时则事易成，事有渐则民不惊"。王安石怒不可遏，御史谢景出马，在神宗面前力陈苏轼之过，苏轼请旨外任杭州通判。

那日好友王巩前来杭州探望苏轼，二人一同拜访佛门高僧佛印禅师，一进门佛印就对苏轼说："怪了，怪了，昨夜做了一个奇怪的梦，梦见我和你一起去迎接月影禅师。月影禅师已在西湖边的水月寺坐化多年，怎么突然会梦到他呢？"

苏轼坦然说道："昨夜我也有与你相同的梦境。梦里一个和尚，安坐菩提，禅房之外，竹浪扫尘尘不动，月影穿水水无痕。小时候母亲也跟我说过，她怀我时，曾梦到一左眼失明的僧人来投宿。"

王巩说道："昨夜我也有此一梦。禅师当年以禅心不动而名震天下。据说曾有天竺高僧，来到水月寺，与月影禅师辨禅。禅师笑而不答，入甚深禅定，七七四十九天，不吃不喝，正值盛夏，坐前一碗白粥，水分已经蒸发，碗里长出一尺多高的白霉。月影禅师后来在水月寺心如金刚，身如虚空，就地坐化，世人皆以为修成正果，已成肉身菩萨。此事当年轰动杭州。择日不如撞日，难得浮生半日闲，今日不如我们就前去会会那高僧。"

这三人说笑着来到水月寺前。苏轼笑道："似曾相识，似曾相识，难不成前生我已到杭州，到杭州如同旧游？诸位赌一赌，这水月寺的山门前定有一百五十二级台阶。"三人心中默数，走到山门之上，面面相觑，正一百五十二级台阶。

苏轼径直绕到大殿后的一禅房前，只见屋门紧锁，破旧不堪，门上贴有封条。知事见苏轼揭去封条，也不阻拦，合掌说道："这是本寺前主持月影禅师五十年前圆寂的肉身舍利所在，五十年未曾打开。"苏轼推门而入，只见一老僧依然端坐在蒲团上，五十年过去依旧栩栩如生，宝相庄严。

佛印说道："苏兄今年正好四十九岁吧？"

苏轼还没来得及回答佛印，知事已合掌叹道："小僧不瞒各位香主，五十年前本寺发生过一件轰动杭州城的奇事。"

当年月影禅师路过妓院红莲院，见门口一女弃婴，禅师抱了起来，想是院中妓女所生，不便抚养，于是弃于门口。禅师长叹一声，就依了红莲院之名为女婴取名"红莲"，抱了孩子去到海天禅院，准备托付给故友明月师太。明月沉默良久，问道："他日孩子问起今日之事，如何作答？"月影想了一想，留下一偈。

一池秋水浸明月，一朵金花似红莲。

十六年后，红莲长大成人。一日红莲在明月师太的禅房无意间看见了月影禅师的亲笔偈语，便磕头拜别了师太，一心来水月寺寻找恩人。月影在禅房里眼见自己当年手书的"一池秋水浸明月，一朵金花似红莲"，又抬头看见红莲貌美如花，内心五味杂陈。红莲终于见到自己的救命恩人，泪如泉涌，走到禅师面前，拥抱着禅师喜极而泣。禅师见红莲仰望着自己，呼气如兰，如出水芙蓉，分外柔美可怜，一时失却了禅心，轻轻地将自己舌头压在红莲的红唇上。二人顿时情深似海，如胶似漆，翻云覆雨，缠绵不息，可怜数点菩提水，倾入红莲两瓣中。水月菩萨的金身像就在禅房边的条案上，香烟袅袅之中菩萨凝视着二人，一滴清泪自菩萨眼中落下。

热情过后的月影禅师长跪在菩萨面前以泪洗面。二十年如如不动，安坐菩提，不曾想终究还是参不透这镜花水月，色空不二，为红莲错失了童子金身。月影禅师沐浴、更衣，就地圆寂，红莲眼见月影在自己面前坐化，捧着月影的脸庞痛哭不已。当明月师太匆匆赶到时，红莲已漂浮在水月寺前曲院风荷的残花败叶之中，只见那一池秋水，满园秋荷。

苏轼听毕沉默不语，良久方自言自语道：

人生到处知何似，应似飞鸿踏雪泥。
泥上偶然留指爪，鸿飞那复计东西。
老僧已死成新塔，坏壁无由见旧题。
往日崎岖还记否，路长人困蹇驴嘶。

佛印看了苏轼一眼，合掌叹道："阿弥陀佛！这月明照破银河万里空，这红莲击响西湖半夜钟，谁知那朝云暮雨浓。"

王巩也在一旁叹道："都道是花与月添神，谁知道月与花招魂。几曾见万花丛里过，一叶不沾身？"

苏轼暗自神伤，说道："前日里收到家中来信，方知道师兄陈太初已经仙去了。说是今年正月初一，师兄拜会了汉州太守吴师道。师兄并没有与吴师道坐而论道，仅仅是索要了些衣、食、钱财，尽数送与了街上穷人，然后回到州府门前盘腿坐下，一会就没了脉搏气息。太守派士兵将尸体抬到野外火化，士兵们骂道，'什么道士，让我们大年初一抬死人！'话音刚毕，师兄竟然面露微笑，睁开眼睛看着大家，吓得士兵们一下就把师兄扔到地上。师兄笑说，'全都是叶公好龙，竟然如此，那就不再麻烦诸位。'于是起身从州府门前步行到金雁桥下，盘腿坐化。士兵点燃柴火，全城的人都看到陈太初影影绰绰地出现在烟火之上。当日师父最爱我与师兄，众人都说师兄愚钝，而今师兄已经仙去，而我仍长恨此身非我有，何时忘却营营？"

王巩见苏轼的泪花在眼里打转，又见佛印在场，不好多言，隔了数日便约苏轼泛舟西湖，消愁解闷。二人乘舟来到湖心，王巩笑着对苏轼说道："今日不说这天上的神仙，就让学士见识一下人间的仙子。纵然你前世今生到杭州，此情此景，只怕是未曾经历。"说毕一拍手，邻边飞来一舟，舟上款款过来姐妹一对，容貌姣好，超然而立，原来杭州头牌歌妓姊妹花柔奴与朝露，虽混迹烟尘之中，却自有清新脱俗之气。

朝露聪颖灵慧，能歌善舞，王巩一个眼神，朝露前来为苏轼侍酒。苏轼握着朝露的手仔细端详，只见其纤纤细手白里透红，左手小指与无名指间手纹秀美，宛如一朵莲花。苏轼见西湖之上，一池红莲，不由得感慨万千，灵感顿至，命船上小童笔墨伺候，朝露磨墨，苏轼挥毫，写下了《饮湖上初晴后雨》：

水光潋滟晴方好，山色空蒙雨亦奇。

欲把西湖比西子，淡妆浓抹总相宜。

朝露听到苏轼把自己比作西子，又惊又喜，羞得两腮飞红。苏轼含笑说道："相传楚襄王与素有四大美男之首美誉的大才子宋玉曾经前往云梦古泽寻找世外桃源。襄王对眼前所见云雾的种种变化感到非常好奇，就问宋玉，'这些云雾是什么？'宋玉回答道：'朝云'，并对襄王说，'巫山神女曾与楚怀王梦中相遇，旦为朝云，暮为行雨。'神女本是南方天帝炎帝之女，名字叫瑶姬，未嫁而死，葬于巫山之阳，精魂依灵芝而生。神女自号朝云，怀王于是在梦中与神女朝朝暮暮，相见不离。由此看来，朝露不如朝云。"

朝云羞得低头不语。苏轼欣然买下朝云与柔奴，将妹妹朝云留在身边，将姐姐柔奴送给好友王巩。

王巩满脸通红，十分不好意思，摆手说道："小弟已有妻室，万万使不得，只是，只是……"

柔奴落落大方地上前一步，径直在王巩面前跪下，诚挚说道："柔奴愿做公子家中歌女一名。"

苏轼眼见那王巩一半儿支吾一半儿软，于是站起身来，牵着柔奴的手，交到王巩手中，对柔奴说道："我家兄弟天真率性，姑娘万莫辜负。"柔奴羞得低头不语，自己的细手在苏轼与王巩的手中，惊喜之中，好生无奈。

浣溪沙
苏轼

芍药樱桃两斗新，
名园高会送芳辰。
洛阳初夏广陵春。

红玉半开菩萨面，
丹砂浓点柳枝唇。
尊前还有个中人。

十二

此身如传舍

御史何正臣，世代忠良，仪表堂堂。正臣幼丧双亲，在伯父家长大，伯母待他更是如同己出，正臣亦以母亲相称。十年前名震一方的风水先生刘一手为何家选了一块墓地，只可惜地上有一张姓人家。这书香门第遇见了山村老汉，果真是秀才遇到兵，有理也说不清。无论何家如何晓之以理，动之以情，张家死活就是不搬。托人一打听，原来张老汉有一闺女得病没钱医，夭折了就埋在自家后院的大槐树下。每天晚上张老汉都要去树下聊聊天，说说闲话。何家的管家柴郎对老汉好说歹说都不管用，柴郎一着急，扔下一句话："夫人出的钱，够你养十个女儿了，你还这么贪心不足！你若真是想你那短命的女儿，怎么不下去陪她？"言毕，摔门而去。

转眼过了十年。眼看何老太爷快油尽灯枯了，张家忽然暴毙，一家五口横尸家中。谁知道老太爷精神忽地一日好过一日，一下又不像要走的样子。这离刘一手当年定下的吉日越来越近，何母找了柴郎商议。下人端上来一盆冷水，战战兢兢地退了出去。柴郎关上房门，转身拿起一个靠垫，放在板凳上，铺上一张毛巾，浇上一瓢水，对何母说道："奴才愿以身家性命担保，一瓢水足也，断不会误了吉时，奴才这就去安排风水先生点穴。"

谁知道刘一手几天前刚撒手人寰，柴郎于是请了刘先生的徒弟王守真为太爷点穴。王守真气喘吁吁地爬上去一看，果真是贵气逼人，只可惜右高左低，分明是女穴。房前一夜之间野花遍地，子孙必定淫乱。奇就奇在张家不知何时挖了一口水井，此穴当出溺死之人。

张家的阳宅在城外二十里的犀牛山上，此穴故名"伏犀贯顶"。后山本来有两条羊肠小道可以上山，柴郎偏要定在从前山的断崖绝壁升棺。前山升棺需得将棺材立起来，前面两人拉，后面两人顶，再备上几人，一起往上爬。一旦有人失足掉下深渊，马上就得有人顶上去，棺材是一点不能往下掉，否则不吉利。虽说何家开出了一百两体恤银子的天价，可这一百两银子，足以改变一家人的命运，自然会有人故意失足坠崖。再说这断崖绝壁之上升棺虽是步步高升，可这死人立起来往上爬，惊扰了亡人，容易断子绝孙。王守真摇了摇头，好心劝说道："这是坤穴，埋不得老太爷，何必枉费这许多的功夫！"扔下银两，扭头就走。

何母听下人来报，心中甚是烦躁。忽然觉得饿，于是叫丫鬟吩咐后厨提前做饭，不一个时辰就上来一桌美食。平日里厨房做一餐需要两个时辰，包括十二道荤菜，分别是熊掌、象鼻、鹿筋、驼峰、猩唇、猴脑、豹胎、鱼唇、瑶柱、大鲵、（果子）狸、（龙）鲤；十二道素菜，分别有北方时蔬四道、南方时蔬四道、素山珍四道（银耳、竹荪、猴头菇、血窝）；六道凉菜，一荤、一素、一山珍、一海味、一蔬果、一野菜；六道羹，鱼翅羹、鱼籽羹、鱼唇羹、龙凤羹、翡翠羹、白玉羹；餐边小吃三道，珍珠丸子、黄金饼、玉带膏；餐后坚果六盘；早餐前加鹿胎膏，晚餐后加龟苓膏。

何母平日里不喜喝汤，今日偏偏首先拿起金汤匙，喝口白玉汤。这一急汤全进了气管，鼻涕、口痰、唾液一起往上涌。紧接着开始剧烈呕吐，那样子像是要把胃和肠里的食物全都吐空。隔夜的食物又酸又臭，越发让人恶心，一口气没有憋牢，酸腐的食物又进了气管，堵死了痰液的出路，一会儿就没了气息。何母牙关紧闭，口唇青紫，怒目睁圆，看着一桌子的山珍海味，活生生做了一个饿死鬼。一勺水就让何母翻江倒海，溺毙在地。

何正臣忙于政务，来不及奔丧。都说入土为安，待何正臣一月后奔回老家时，母亲的尸骨已经腐烂，爬满蛆虫，发出阵阵恶臭。何正臣嚎啕大哭，爬到母亲的棺材前，用力拍打棺木，直拍得两手是血，痛彻心肺地哭喊道："孩儿不孝，忠孝不能两全，国家是大，百姓是大！"

何正臣请来八百道士，超度三日，又请八百和尚，诵经万遍。何正臣守夜三日，不吃不喝，柴郎只得吩咐后厨每日熬了人参鲍汁汤偷偷送来。想那何正臣每日里悲痛欲绝，定是口中无味，竟然浑然不知，一口喝下。何母一急之下竟然先老太爷而去，既然王守真说了是坤穴，何家就用这原本为老太爷选的穴安葬何母。

下葬当日，黄沙漫天，暴雨如注。送葬队伍，浩浩荡荡，全都成了落汤鸡，风声、雨声、哭嚎声，乱成一片。迎面过来一道士，摇摇晃晃地走着。何正臣阻拦不及，柴郎上去当胸就是一脚，大大咧咧地骂道："误了老夫人的吉时，今日就要了你这狗命。"道士一个趔趄，倒在雨地里。旁边窜出一个家丁，使劲地往道士身上踩踏，高声骂道："贱人，贱人，贱人……"，道士在被自己血水染红的泥坑里疯疯癫癫地边爬边唱：

> 风声，雨声，
> 孝子，贤孙？
> 尽是鬼哭声。
>
> 急甚？急甚？
> 地狱门开了，
> 急急奔前程！

按理丧母得丁忧三年，三年后再回朝为官。只是这三年期满，宦海早已变天。故为官者尤其孝顺，每日请安，战战兢兢，生怕父母有个闪失。何正臣处理完后事，星夜赶回京城，对外只称是伯母过世，日夜在御史台操劳政务，居然累倒了身子。都说当官不打送礼人，既然臣子要立那忠于职守的牌坊，神宗心里虽然如同吞了一只苍蝇，面上却也借坡下驴，赐了个"以死效忠"的牌匾。何正臣将牌匾高悬于京城家中的中堂之上，遍邀京中群臣，大宴宾朋。独苏轼不去，对王巩笑道："王兄可是看明白了圣上御笔？原是还不去死之意。人还未死，岂非活出丧？丧事喜办，如何去得。"二人不禁相顾大笑。

何正臣与苏轼本无交往。苏轼在京虽未参加自己的喜宴，外任后何正臣却远赴杭州之外，拜访苏轼。对母不孝者岂能对国尽忠？苏轼本来就瞧不起何正臣不守母孝，奈何何正臣在苏家外跪地求见，趁家童开门之际，一溜烟爬进了苏家。

何正臣抓紧苏轼的手，浑身哆嗦，怒不可遏，愤然说道："小人当道，君子蒙尘。正臣身为御史，指天发誓，拼了性命，也要为苏公讨回公道，否则誓不为人。"

这一说苏轼反倒心生愧疚。自己这么多年看不起何正臣，未免有失偏颇。苏轼诗、词、文、书、画五绝，何正臣眼见桌上有苏轼的新作《枯树寒鸦图》，便凑上头去细细品那题词《卜算子》：

缺月挂疏桐，

漏断人初静。

时见幽人独往来，

缥缈孤鸿影。

惊起却回头，

有恨无人省。

拣尽寒枝不肯栖，

寂寞沙洲冷。

何正臣不由得连声惊叹："好画，好词，好字！果然绝妙千古！"

何正臣说得苏轼反而不好意思起来，当即说道："在下家中，并无长物。御史既然喜欢此画，就送与何御史，权当见面礼。"

何正臣知道苏轼的画能值得起数十两银子，当即说道："这怎么好意思，如何能白拿。只恨我为官清廉，辛苦了大半生，几十两银子也拿不出来，实在是惭愧。"

苏轼不悦道："苏轼虽贫，却不卖字画。"苏轼是文人画的开山人物，但是他唯一一次卖画就在杭州。有一天两人来对簿公堂，被告是个卖扇为生的年轻人，借钱葬父后遭遇一夏的阴雨绵绵，无人买扇，故而无钱还债。苏轼让年轻人回家拿来二十把团扇，苏轼用判笔画了扇面，团扇霎时被衙门外等候的人们抢购一空。

眼看苏轼就要收起字画，何正臣连忙伸手一拦，熟练地卷起字画，笑道："恭敬不如从命。在下尚有公务在身，这就告辞了，苏兄你等我的好消息，御史台一定会还苏兄一个公道。"

何正臣出了苏轼家，快马加鞭，回京后即刻入宫，掏出早已准备好的奏表，连带苏轼的字画，上呈圣上，死谏弹劾苏轼：

鸿者，择良木以栖。贼臣比朝廷为枯木，何得以栖？此好名之士、不得志之人，矫揉造作，以欺世而盗名者也。臣与逆贼苏轼，本无冤仇，但为大宋江山计，为黎民百姓计，臣以为：此人不忠不孝，沽名钓誉，心怀不轨，丧心病狂，人神共愤。其罪当诛，必杀之以儆效尤，杀之以正视听，杀之以慰天下！逆贼不死，正臣有何颜面，苟活于世？

　　何正臣此奏，那是看准了神宗决意推行新政，要向神宗表达忠心。神宗如何不知道新党多有贪赃枉法之徒？地之秽者多生物，水之清者常无鱼，若无利可图，如何让人为新法卖命，替朝廷开源？当然贪赃枉法太甚，只怕官逼民反，少不了需要苏轼这类正直之臣上书敲打，让这些人有所收敛。这用贪、养贪、反贪自古以来是朝廷的手段，只是苏轼言之太过，失去分寸。御史台治治苏轼当然是好事，也可以安抚新党。御史台随即将苏轼解赴京师，押入天牢。

　　御史台很快会商，首先定下死罪。接下来按宋律，除了谋逆，不杀士人，这谋逆大罪，向来只有一个死字，谁会承认？御史台于是定下从"针砭时弊"到"讥讽朝廷"，从"讥讽朝廷"到"冲撞圣上"，从"冲撞圣上"到"意图谋逆"的办案策略，提审苏轼，罗织证据。御史们在苏轼面前神神秘秘地查看各种密奏，然后主审官说道："苏轼你还不快将你的罪行一一从实招来？"

　　苏轼反问道："我本无罪，如何招来？"

　　陪审的御史安慰苏轼说道："你这案子，不外是写了几句诗，讥讽朝廷，发发牢骚，旁人还以为你心怀不轨，算不了什么大事情。当今圣上圣明，御史台也会竭力周全。但你若什么都不承认，岂不是圣上下错了圣旨，御史台抓错了人？你怎么不寻思，这如何能出得去！你只要把能认的认了，立刻就可回家。"

　　苏轼说道："我既没有讥讽朝廷，更不会心怀不轨，无可认者。能否出得去你这天牢，我听天由命。"

"嘁！"主审御史不屑地一声奸笑，转眼板起面孔，义正言辞地问道："你这题词名《卜算子》，你在卜什么，又要算什么？缺月挂疏桐，难道大宋的月亮都没有辽国的圆？时见幽人独往来，为何你就落得个人见人厌，狗见狗嫌，独来独往的下场？惊起却回头，心中无鬼，你怕什么？有恨无人省，你恨谁？恨朝廷，还是恨圣上？拣尽寒枝不肯栖，既然朝廷给的官太小，容不下你这只金鹏大鸟，准备何时叛逃，飞往你向往已久的辽国？难不成是要谋逆？你千算万算，机关算尽，难道就没有算到你苏轼还有今天？"

苏轼怒道："欲加之罪，何患无辞！他日大宋要亡，也必定亡于你们这群奸贼手里！"

御史一个眼神，旁边立刻有人记录在案：苏轼恶言大宋必亡。陪审的御史继续好心地劝道："我们已经完全掌握了你和你的同党心怀不轨的证据。他们全都招了，都指认你是主谋，你还在这里替别人背锅。你刚才也认了，说大宋要亡，你若是继续负隅顽抗，你可是一人承担重罪。我们原本不需要你的口供画押，如此大费周折让你认罪，不外乎让你心服口服，省得有人说我们冤枉了你。"

苏轼怒道："我就是不认，就是不服！"

主审御史恶狠狠地说道："你看这桌上厚厚的密奏，都是同僚们对你的告密。我们不是没有掌握你贪赃枉法的证据！你若是及早坦白，御史台念及同朝为官，只谈诗案，其他事情暂且不咎。你若是不肯坦白，所有罪状，一并调查，只怕是罪名比你这诗案严重百倍。难免会牵扯你身边的同僚，到时候不知道多少人想要了你的命！"

苏轼坦然说道:"我为官半生,从未贪赃枉法!你们若是有任何证据,放心拿出来。果真如你所说,念及同朝为官,只谈诗案,你们岂不是徇私枉法?"

御史一拍桌子,怒道:"苏轼你休得猖狂!你妻妾早已离开苏家,现只怕已经躺在别人的怀里,睡在别人的床上,你已是家破人亡!你可是有一个名叫朝云的歌女,那贱人可是你心头之肉?她哪怕青楼为妓,也要离开你苏家,如今在杭州碎玉楼,正被万人凌辱。你不要对将来再心存幻想,而今之计,你唯有认罪自保一条路可走。"

苏轼强忍泪水,说道:"夫妻本是同命鸟,大难临头各自飞。她若甘愿堕落风尘,何人能救?"

陪审的御史狞笑道:"都知道御史台天牢是鬼门关,向来有去无回,你不要敬酒不吃吃罚酒。你也是通判,我们算同行,想必你也知道些我们的手段。你若是想死,没人能拦得住你。你若不想死,何必白白受此痛苦?"

苏轼听那御史话里有话,分明是劝苏轼自尽,苏轼大笑道:"既然是鬼门关,何不把阎王请出来?人总有一死,但不能含冤而死。昨夜我梦见菩萨,告诉我不能去死。我若是死了,岂不是便宜了你们这群小人?我虽是通判,却从未对人使过手段,想必这也犯了你们的忌讳。今日我倒想试试,权当是代杭州百姓把未受的罪都受了去。你们有什么手段,尽管使了出来,也不用说什么手下留情。"

御史们相互间一个眼神,全都出了房去,进来几个狱吏,将苏轼按倒在桌上。首先用那擀面棍来回擀苏轼的小腿，因小腿上有个穴位名昆仑穴，故名叫"过昆仑"，擀过的小腿酸痛无比。然后在苏轼的胸、腹、背部放上几个沙袋，用水火棍一阵猛打，人称"闷声棍"，只引起内伤，皮面不留伤痕。御史台一面对苏轼每日暗刑伺候，一面翻出苏轼全部的诗、文、字、画，绞尽脑汁，断章取义，罗织罪名。

汴京有一座寺庙，名敕造报国寺，寺中有一位高人，名方圆上人。此人神通广大，每逢月圆之夜为施主求解。来人只需在纸上写上事主姓名，上人即可指出一条明路。王巩变卖了一处房产，悄悄来到那红砖碧瓦的报国寺。

想我泱泱中华，人多事杂，考虑到亡人携带大量金、银、铜钱实在不便，大唐就已经发行了冥通纸钞，烧了就可以带走。仁宗皇帝体恤万民，设立交子务，印刷发行交子钞票，阴间阳间通兑通存，更是便利了不少。为了便于二界流通，交子大多设计得阳光下翡红翠绿，满是人间富贵；暗处定睛细看，愁红惨绿，一纸牛头马面。

王巩奉上三千两交子，然后在明黄色的纸条上写上"苏轼"二字，递给上人。上人瞄了一眼，缓缓说道："施主既然舍了这恼人的粪土，我便为施主施展些神通。三日后亥时，天牢门口敲五下，三长两短，自然有人领你进去。千万注意，孤身一人。"

王巩又取出一张两千两的交子，上人淡然地伸出两个指头，说道："切记，一不可有苏家的人，二只有一炷香的功夫。"上人又黯然叹道："老衲今日破一次例，公子可带一言进去，就两个字。

平日里这句就值一千两，虽说大秤分金，也不是一个人的事情，可既然是苏先生，钱财如粪土，老衲就做主行一次善事了。"

上人果真是通神。狱吏送来牢饭时，苏轼正凝视着不知何时草席下掉出的一根粗绳。狱吏叫了一声："苏轼"，苏轼站起身子，走到牢门口。狱吏左右看了一眼，小声说了一句："云在"，转身就走了。苏轼独自站在牢中，嚎啕大哭。在一个与世隔绝的世界里，无数个不眠之夜，就想知道自己心爱的人还在不在，在哪里？

三天后王巩与柔奴被狱吏悄悄领进狱中。天才的大学士衣衫破烂地端坐在狱床之上面壁不语，蓬头垢面，胡须乱成一团，三人一时无语。

良久，苏轼转头对柔奴说道："你来做什么？"

柔奴见苏轼衣裳破口下的皮肤隐约有细小的结痂，也不知如何安慰苏轼。柔奴很快整理了一下思绪，上前一步，平静地问道："大学士这是参禅还是坐牢？"

苏轼沉默半晌，说道："参禅如何，坐牢又如何？"

柔奴坦然答道："大学士乃千年一遇的旷世奇才，学识自然无人能敌，不需柔奴多言。只是人在局中，难免迷惑。大学士且看人身之中，贵莫如脑。人之大脑，四面颅骨包裹，与牢房何异？虽说颅骨之上，开了眼、耳、口、鼻七窍，可并不比这牢中天窗大上多少。如此看来，人生在世，日日皆是坐牢，不如趁此牢中坐牢之时，见性悟道。"

苏轼沉吟道："此身如传舍，何处是故乡？"

柔奴问道："至于此身，大学士平日里喜欢外出还是在家？"

苏轼说道："在家如何，外出又如何？"

柔奴说道："人在家中，日夜关上家门，外人是进不来了，可是自己也出不去，与坐牢何异？偶尔外出，能有几个时辰？还不如坐牢每日放风的时间长。即便是外出，也只能在大地之上，就算跳得再高，不过数尺而已，终究还是要落回地面。这大地难道不是一巨大的牢笼吗？若画地为牢，众生岂不是人人皆在坐牢？一切的人情世故，伦理道德，无一不是无形的枷锁，把我们紧紧锁死。人生在世，不如意之事十之八九，岂能事事皆随心所欲？可见这心从来都不能自由思索，这身也从来不能为所欲为。"

苏轼转念一想，心中释然，笑道："我年过半百，从未仔细看过天空。近来从这不足一尺的天窗之中望去，满天繁星。回头再看自己这颗心，尘埃密布。正所谓天心方丈，人心方寸。前人有言，'身是菩提树，心如明镜台，时时勤拂拭，莫使惹尘埃。'如此方寸之内，可藏江山。虽陷牢狱，不改其志。"

王巩点头说道："仙道贵生、众生平等与治国平天下，并无二致。"

柔奴回头看了一眼王巩，轻声说道："有妹妹口信一封，托我务必带给您。"

苏轼急切地问道："是何口信？"

"小莲初上琵琶弦，弹破碧云天。"

苏轼的眼泪，瞬间就崩了下来。苏轼哪知朝云在家中，既怕他被人暗害，又怕他寻了短见，日夜跪拜菩萨面前，以泪洗面，祈求以自己的性命，换苏轼平安归来。只是这话，朝云却不肯让柔奴告诉苏轼。

　　柔奴眼看苏轼光着脚，已猜到犯人在进天牢之前，必须全都脱去鞋袜，为的是让他们赤脚着地，钻心透骨的寒冷，对未来彻底绝望。柔奴含着泪，偷偷往床上的破草席下塞进一双厚棉袜，想苏轼夜里能用上。这时进来一个狱吏，一手食指朝天，一手盖在上面。柔奴知道一炷香的时间已到，转头对王巩说道："官人只怕我们该走了。"柔奴往狱吏手里塞上一百两交子，然后替王巩打开折扇，自己从袖里取出手绢，二人低头掩面，含着泪水快步离去。

　　王巩动用一切关系，上下打点，只是平日里的朋友，大多避而不见。苏轼曾经托好友冯京向神宗面荐王巩，王安石在一旁说道："王巩只是个乳臭未干的小子罢了。"冯京猛然一转头，对着王安石高声怒骂道："王巩是戊子年生，怎能说是乳臭未干的小子呢？"原来王巩与神宗是同年出生。王安石不禁愕然，惊慌失措地连退三步，两腿哆嗦，站在一旁。司马光与苏轼站在冯京身后，一言未发。出殿后，司马光握着苏轼的手赞道："王巩乃真贤人，我朝忠义之正臣，他日我必亲自书与王巩简帖，与王巩共商国是。"

　　冯京早已离京多年，王巩无奈，只得夜访司马光。王巩长拜说道："谏臣，耳目也；帝王，心也。心所不知，则耳目为之传达。苏公议政，力陈变法时弊，何过之有？"

　　那司马光是何等聪明，如何不知道此刻谁要是替苏轼出头，谁就是忤逆圣上，自寻死路。司马光模棱两可地说了句："不知御史台与圣上如何看待，或许有吧？"随即送客。王巩怒极反笑道："苏轼何罪？独名太高！"愤然离去。

京师官员大多已经知道王巩死保苏轼，王巩自觉身后一双双眼睛紧盯着自己，危险即将来临，却又不知道危险来自何处。可怜那王巩，七日七夜未曾眠，一朝镜中头似雪。

御史台定苏轼诽谤朝廷，上呈神宗，可惜几次问斩的奏请均被神宗驳了回去。神宗看完苏轼的卷宗，证词上也没有苏轼的画押，神宗苦笑道："诗人之词，怎能如此拼切？"

神宗用苏轼为饵，就这么一钓，各色人全都跳了出来。神宗也没有料到这墙倒众人推，那么多不相干的人凑了上来，还都想要了苏轼的命。可是苏轼若是死了，新党岂不猖狂？神宗拿出王安石的奏书对群臣说道："朕这里有一份王丞相的奏表，说'岂有圣世杀士者乎？'太皇太后也以太祖遗训语朕。'不可以冤滥致伤中和。'"

慈圣光献曹皇后是北宋开国名将曹彬的孙女。曹氏的第一任丈夫是李植，从小沉迷仙道，在父母的压力下被迫结婚。成亲那天，李植自觉看见鬼神千万在其眼前。和曹氏拜堂后，李植翻墙逃走，出家做那逍遥道士去了。曹氏入宫，改嫁仁宗。1048年，侍卫叛乱，曹皇后保卫仁宗，孤身平叛。仁宗死后，曹皇后扶持英宗即位，英宗去世后，扶持神宗登基，自然是德高望重。

神宗随即下旨，释放苏轼，贬黄州团练副使。此举一石四鸟：一让满朝文武看看反对自己的人是什么结果；二替苏轼主持公道，让苏家感激圣恩；三为苏轼结下了御史台这个死结，灭了苏轼前程；四可以在天下读书人的面前彰显仁厚。

何正臣早早传出话来，在家中等待圣上裁决：倘若苏轼不死，自己立即自尽。圣旨下来后，消息很快传入何府，何正臣嚷嚷着要

"以死效忠"，一群御史拦来拦去，连续两三个来回，何正臣长叹道："奸臣不死，我若死了，岂非不忠不孝，不仁不义？"活着没脸面，死也死不得，只得就此作罢。

何家丧事未成，反倒喜事入门，乱哄哄中一群人跪拜接旨：

御史何正臣，赏五品服，解三班，加直集贤院，擢侍御史知杂事，广开言路，以激浊扬清为职。

临江仙

苏轼

一别都门三改火，

天涯踏尽红尘。

依然一笑作春温。

无波真古井，

有节是秋筠。

惆怅孤帆连夜发，

送行淡月微云。

尊前不用翠眉颦。

人生如逆旅，

我亦是行人。

十三

水月空华

　　王巩是一个害羞的男人。他出身显贵，靠恩荫入仕。王巩的脸特别白嫩，显得既秀气而又可喜，性情天真淳朴，童趣无尘。柔奴肤若凝脂，光洁细腻，人称点酥娘。王巩自从喜得柔奴，日日更加欢心踊跃。一日王巩雅性大发，柔奴急忙笔墨伺候，王巩挥毫画下《春江花月夜》。画中一江春水连海平，海上明月共潮生，一朵桃花，飘落江水之中。柔奴问道："如此佳作，当题诗一首。不知官人欲题何诗？"

　　想那王巩是何等聪明，一听此言，故意挠头说道："哎呀，让柔奴见笑了，一时间实无佳句，实无佳句啊！"

　　柔奴微微一笑，并不说破："既然如此，可许奴家在此佳作上放肆涂鸦？"

王巩一作揖，双手奉上笔来，笑道："恳请柔奴赐宝。"

柔奴嫣然一笑，提笔写下：

江天一色无纤尘，皎皎空中孤月轮。

水中何人初见月，水月何年初照人？

王巩探监后一月，果不其然被狱吏告密。王巩自以为做得密不透风，他哪知道这世上的人，你既然出得起钱收买他，自然就有人出得起更高的价钱买他那颗良心。御史台奏言："苏轼与王巩私下往来，密与宴游，吹笛饮酒，乘月而归。苏轼泄漏朝中机密，王巩贿赂探监，二人还密谋利用青苗法放高利贷。"一道圣旨入门，转眼被贬岭南。

王巩当夜收拾好随身所需的行李。王巩漫步到中堂，家中已乱成一片，昔日别致的王府，破败只在一瞬之间，果真是繁华若梦，转瞬即逝。

王巩左右回顾，四下无人，唯有妻子景荣和小妾莺舞二人跪在大厅里候着。王巩正欲宽慰妻子，景荣哭道："官人，府中下人们已经相续离去。景荣与莺舞，决意要陪官人前往岭南。可惜岭南前途艰险，只恨自己是大家闺秀出身，自幼未曾吃得苦头，身子骨柔弱，只怕成为官人负担……"

王巩不禁悲从中来，一摆手苦笑道："你也别说了。也罢，也罢，夫妻本是同林鸟，大难临头各自飞。你们也不用为难，这里还有剩下的一千两交子，你与莺舞分了去，不用再在此候着，你们都散了吧。"

王巩沉默片刻，颤声问道："柔奴何在？"

莺舞牙尖嘴利地答道："今日一天都未曾见得。这贱人平日对官人百般勾引，前日里妾身还听见她说什么愿得一人心，白首不分离，官人对这贱人也是情深不薄。可恨这小贱人危难关头不念旧情，早已不辞而别。官人请莫伤心，像这般绝情寡义之人，断然不得好死。"

王巩两目凄然，将交子放在桌上，转身回房。王巩孤身推门而入，顿时眼睛一亮，只见柔奴坐在床旁，桌上放着一堆药草。原来是柔奴怕岭南多瘴气瘟疫，一早就上山采药去了。王巩颤巍巍地快步上前，与柔奴相拥而泣。那王巩本是一个耳根甚软的人，从此就将那柔奴捧在手心，百般怜爱，惟命是从。至此王巩眼中，再无其他女人可言。

柔奴一人追随王巩，前去不毛之地，一路风尘，肚子却日渐大了起来。一日柔奴只觉腹痛难忍，就知道快要生了。只是半道上前不着村，后不着店，王巩只能握紧柔奴的手，泪如雨下。柔奴只觉自己神志渐渐恍惚，不断地喃喃自语："求菩萨可怜，愿以来生，及后生生世世，一切福寿喜乐，保佑孩子平安出世……"

恍惚之中，柔奴只见一位三眼天神与一菩萨从天而降。天神用三尖两刃枪一指柔奴的额头，柔奴顿时觉得一阵热气，包绕自己。菩萨张口往柔奴腹中喷出一道甘露，只听得"哇"的一声，一个女婴就此诞生。

柔奴咬着牙用烧红的剪刀剪去脐带，王巩抱起女婴，悲喜交加，对柔奴说道："我们的女儿就叫柔然如何？希望她能像她妈妈一样，柔情似水，皎然如月。"柔奴望着王巩轻轻地点了点头。

三人一路颠簸，来到岭南地界，王巩只觉得阵阵潮热，昏睡在车中，神志日渐昏聩。柔奴用随身携带的草药，煎了汤喂王巩。过了午时，太阳一偏西，柔奴让车夫停下马车，把孩子放在枕头上，拖着尚未出月的身子翻山越岭，为王巩采药，每每披星戴月而归。皇天不负有心人，王巩终于一天天地好了起来。

五年后圣上开恩，王巩北归开封，重新起用为官，一时间又门庭若市。柔奴与朝云姐妹久别重逢，喜极而泣。苏轼定睛一看王巩，在那蛮荒之地蛰居五年，不仅没有通常贬官们的仓惶落拓，反而面如红玉，更加豁达坦然。苏轼不觉甚为钦佩，心中难免疑惑：究竟是什么原因使他免于沉沦？苏轼曾写信与王巩，一方面"此行我累君"，对王巩深表歉意；另一方面开导王巩"反而得安宅"，倘若能平安地离开京师这是非之地，未尝不是件好事。信中附诗一首，安慰王巩：

欲结千年实，先摧二月花。

故教穷到骨，要使寿无涯。

久已逃天网，何而服日华。

宾州在何处，为子上栖霞。

信末还写了苏轼家传的养生避瘴术。苏轼哪里知道，柔奴仔细地读了他给王巩的书信，从此每日夜里为王巩以偏峰一指禅点按两脚涌泉、然谷、太溪一个时辰，直到脚心温如火燎，五年来从无一日间断。二人皆貌美，相互之间怎么看也看不够，每日抵脚而坐，共说情话，不知不觉之中就已繁星满天。

苏轼乍见柔奴，觉得她愈发美丽，岭南五年的瘴毒与苦难不但没有憔悴柔奴的容颜，反而让她更显成熟妩媚。生活显然是艰苦的，这究竟是一颗何等纯洁美丽的心，乃至岁月都未能阻挡她那如水似月般清纯可爱的美丽笑颜？

苏轼怕朝云独自为姐姐伤心，转头问柔奴："在岭南生活一定很艰苦吧？"

柔奴坦然地笑着说道："此心安处是吾乡。"

一语惊醒梦中人，苏轼看了一眼柔奴，提笔写下《定风波·常羡人间琢玉郎》：

常羡人间琢玉郎，
天应乞与点酥娘。
尽道清歌传皓齿，
风起，雪飞炎海变清凉。

万里归来颜愈少，
微笑，笑时犹带岭梅香。
试问岭南应不好，
却道，此心安处是吾乡。

朝云细心地品读苏轼的《定风波·常羡人间琢玉郎》,柔奴清新不尘,洁白如玉,那琢玉郎说得自然就是王巩了。朝云心中忽地一酸,转头问姐姐:"心如何安,风波如何定?"

柔奴微笑着看了一眼朝云,一边为苏轼斟上一杯热茶,一边说道:"这世上的好男人很多,好女人也很多。可是你若心中有所爱之人,他人的好与不好,与你又有何关系?佛祖曾在菩提树下问一凡人,'在世人眼中,你有钱、有势、有爱妻,你为什么还不快乐呢?'此人回答道,'正因为什么都有了,我才不知道什么能给我带来快乐?'佛祖笑着说,'那我给你讲一个故事吧。有个游人在沙漠里就快渴死了,佛祖怜悯,置一湖于此人面前,但此人滴水未进。佛祖好生奇怪,问他原因。这人回答道,'湖水甚多,而我的肚子又这么小,实在不能将它喝完。既然不能一口气将它喝完,那我又喝它做什么呢?'讲到这里,佛祖面带微笑,对那个不开心的人说道,'人的一生之中可能会遇到很多美好的东西,但只要能用心好好把握住其中的一样,那就是你的福分。弱水有三千,只需一瓢饮。'"柔奴看了一眼王巩,继续说道:"奴家心中,一瓢水之多,宛如江湖河海,无需更多。"

弹指已过十年。中秋之夜,皓月当空,天地之间,犹如一轮明镜高悬。王巩参加完宴会,急忙赶路回家。家中早已备好酒席,只等王巩回家,共述情话。王巩到得家门口,未见柔奴迎接,推门而入,也不见踪影,桌上只见柔奴的绣花手绢上留下一首墨迹未干的诗:

水天一色无纤尘，皎皎空中孤月轮。

水中何人初见月，水月何年初照人？

  王巩惊得顿时酒醒，视之良久，泪眼朦胧，嚎啕大哭许久，不觉头脑晕沉，伏案大睡。梦里只见水月洞天之中，一童子偷偷用指头沾了口水，捅破师父的窗户纸，只看见满屋清水，一轮明月。童子顽皮地扔下一块石头。一会儿又见童子推门而入，在清水之中，明月之下，拾起石头，合掌退出。师父对童子说道："你凡心未尽，转世投胎去吧。"

  梦里一道白光，王巩忽然惊醒。叹那世间万物，皆如水月镜花，影像无主。非独柔奴非我所有，我身亦非我所有。是夜王巩打开家门，削去长发，大笑而去。

示圆阇梨偈

释心月

我有一颗明珠，久被尘劳关锁。

而今尘尽光生，照破青山万朵。

十四 朝云暮雨

熙宁七年春，久旱无雨，百姓流离失所。司马光一日无事，亲自上街闲逛，在闹市偶遇旧友郑侠。郑侠问道："百姓饥贫无依，君实可有良策？"

司马光笑道："君实愿以身家性命，与你立下赌注，久旱皆因云蔽日，罢免安石天必雨。十日不雨，请斩吾于宣德门外，以正谣言惑众之罪。"

郑侠大惊失色，当众质问司马光道："君实何出此言？"

司马光环顾四下人群，哈哈大笑道："神算子邵雍的儿子邵伯温曾告知于我，说王安石出生前，有一只獾跑到产房里再没见出来，随后王安石降生。你看这獾字，犬旁加二口，就是一哭字，而今百姓流离失所，哭声震天。何故？下为人圭，圭乃国之礼器，人执圭者，位极人臣，宰相是也。獚者，狗也，上有一草，野狗是也。野狗当道，天下岂能无灾乎？"

街头瞬间炸开了锅，人们都放下手中活计，奔走相告。汴京城不论男女，眉飞色舞，添油加醋，百万个舌头犹如百万只麻雀，叽叽喳喳，不停也不歇。谣言就像有毒的空气，瞬间弥漫全城。神宗随即下罪己诏，令开封府免税、派粮，百姓欢呼雀跃。三日后晴空霹雳，雷电交加，暴雨如注。王安石随后罢相。

元丰八年，哲宗即位，高太后临朝，司马光拜相，恢复旧制，废除新法，减免赋税。大宋北有辽国、西有夏，两面受敌，苦不堪言。为了钳制西夏，王安石主持多年西征，夺取了被西夏侵占的熙河大地，让西夏腹背受敌。司马光拜相后力主息兵养民，归还熙河大地，笼络西夏，北宋再次陷于无险可守之地。

苏轼随即以礼部郎中被召还朝，半月后升起居舍人，三个月后升中书舍人，旋即升翰林学士，礼部尚书兼领兵部尚书。御史台弹劾王安石的公文就如雪片一样，漫天飞来，大骂王安石篡太祖之成法，以为圣人复出，而阴险奸恶，与人异趣而与畜生同类，其祸岂可胜言哉？苏轼眼见蝇粪点玉，愤而上书，怒斥旧党，贪婪无耻。此时的王安石早已闲赋在家，隐居于钟山之下，紫霞湖边，定林寺旁，纵情山水。有诗云：

> 屋绕湾溪竹绕山，溪山却在白云间。
> 临溪放艇依山坐，溪鸟山花共我闲。

苏轼赴任汝州团练副使途中到达金陵，王安石身着布衣，骑着毛驴，来到江边，与苏轼相会。二人在金陵一个多月，各陈己错。王安石劝苏轼买田金陵，相陪杖履，相从林下，同老于钟山之下。

骑驴渺渺入荒陂，想见先生未病时。

劝我试求三亩宅，从公已觉十年迟。

可惜王安石毕竟一介书生，身虽隐居世外，心却受不得世间屈辱，口吐鲜血，一命鸣呼了。

官场之上，虽说无恩可言，无义可谈，但当官之人，最忌讳的就是忘恩负义。司马光走进书房，漫步到金丝楠木书案后，在那花梨靠背椅上坐下，往鎏金错银浮雕喜上眉梢紫铜香炉里点上一块海南龙鳞沉香，手执白玉嵌百宝九桃牡丹福寿如意，香烟袅袅之中在紫檀榻上静坐了片刻，起身叫来贴身家奴，悄悄地去把何正臣找来。

司马光笑呵呵地让何正臣坐下，轻轻啜上一口茶，说道："今日云淡风轻，我与正臣只谈学问，不论国事。正臣可知何为圣人，何为愚人；何为君子，何为小人？"

何正臣小心翼翼地答道："《易·乾》有云，'圣人作而万物睹。'《礼记·大传》曰，'圣人南面而治天下，必自人道始矣。'《淮南子·俶真训》言，'下揆三泉，上寻九天，横廓六合，揲贯万物，此圣人之游也。'《素问》曰，'圣人者，处天地之和，从八风之理，适嗜欲于世俗之间，无恚嗔之心，行不欲离于世，被服章，举不欲观于俗，外不劳形于事，内无思想之患，以恬愉为务，以自得为功。'"

司马光笑道："正臣所言，虽极是，不免其繁。老夫看来，才德全尽谓之圣人，才德兼亡谓之愚人，德胜才谓之君子，才胜德谓之小人。"

何正臣急忙点头称是，只听得司马光轻描淡写地问道："我常听人说苏轼诗、词、文、书、画五绝，圣人乎，君子乎？"

何正臣眼珠一转，说道："子曰，'圣人，吾不得而见之矣；得见君子者，斯可矣。'以微臣看来，苏大学士既有五绝于世，堪为君子。"

司马光面无表情地说道："君子义以为质，礼以行之，逊以出之，信以成之。"

何正臣腿一哆嗦，"噗通"一声跪了下去，动情地说道："苏轼，绝世之小人也！身着布衣，口进狗食，囚首丧面，而谈诗书，此岂其情也哉？奇装异服，引天下人争相学习，移风易俗，此岂其情也哉？寡情无耻，上不念提携之恩，下不顾同僚之义，妄议朝政，诽谤百官，此岂其情也哉？凡事之不近人情者，鲜有不为大奸恶。以盖世之名，而济其一时未达之患，必为天下亘古之患！"

司马光上前一步，扶起何正臣，说道："提携下属，这是上司的本分。这为官之道，上之使下犹心腹之运手足，根本之制枝叶，下之事上犹手足之卫心腹，枝叶之庇本根，然后能上下相保而国家治安。大学士说他在杭州期间曾多方调查旧党腐败，据说为弥补官粮被老鼠、麻雀吃了，百姓需交高达五六成的鼠雀耗。农民交了粮，还要交运费，运费甚者是粮价的数倍。所交粮食，要先折成钱，钱再折成绢，绢再折成粮，一斗居然折出了数斗。这地方官将那聚敛无厌的所得，再上供给那桀贪骛诈的京官。如此说来，上下勾结，官官相护。你是吏部侍郎，不知可有其事？"

何正臣怒道："国有明君，何来贪官？苏轼此论，意在何为？纵然偶有一两个官员腐败，这腐败又哪朝没有，岂能完全杜绝？吏部与御史台对腐败官员从来是发现一个，查办一个，毫不留情，绝不手软，只是这旧党腐败之说，从何而来？众官员兢兢业业，如此恶言重伤，岂不是寒了百官之心？倘若说苏轼腐败，倒是一面镜子，照见了自己，以此反推别人。这迎风吐口水，岂不是糊自己的脸？可见苏轼为人，看似思想深刻，实则精神恍惚。我朝风调雨顺、无灾无难，当此千年未有之休明盛世，政治清明、国富民强，官尽其职、民尽其力、路不拾遗、夜不闭户，天下祥和、歌舞生平。苏轼不讴歌圣德，却丧心病狂，杜撰阴暗，其心可诛！"

司马光摆摆手说道："说好的今日不论国事，正臣你又为何提到朝务？既然提到朝务，老夫身为丞相，就不得不说了。这治国之法，其要不离取人之术。凡取人之术，苟不得圣人、君子而与之，与其得小人，不若得愚人。何则？君子挟才以为善，小人挟才以为恶。挟才以为善者，善无不至矣；挟才以为恶者，恶亦无不至矣。愚者虽欲为不善，智不能周，力不能胜，譬如乳狗搏人，人得而制之。小人智足以遂其奸，勇足以决其暴，是虎而翼者也，其为害岂不多哉！夫德者人之所严，而才者人之所爱。爱者易亲，严者易疏，是以察者多蔽于才而遗于德。自古昔以来，国之乱臣，家之败子，才有余而德不足，以至于颠覆者多矣！故为国为家者，苟能审于才德之分而知所先后，又何来失人之患哉！"

何正臣跪在地上，满头是汗，诚惶诚恐地说道："听丞相之言，下官多年疑惑，如拨云见日，豁然开朗。《商君书》曰，'以善民治奸民，国削至乱；以奸民治善民，国治至强。'商鞅所言壹民、弱民、疲民、辱民、贫民，不外统一民众思想，削弱民众势力，让民众疲于求生，自觉下贱，一贫如洗。而丞相的选仕四法，乃治国之道，较之商君的驭民五术，高下立辨。正臣三岁不会走路，八岁才能说话，父母都叫正臣痴儿。下官愚昧，别无他长，唯有一颗赤胆忠心，愿为朝廷出力，替国家锄奸！"

司马光微笑着递过来一张手绢，一不小心，袖中的一千两交子飘落在地上。何正臣埋头瞟了一眼那无心飘落的交子，心道今日若是推辞，只怕出了这丞相府，活不过明天。

司马光细微地品了一口茶，说道："吏部负责为人带帽，而御史台专司摘帽。二者休戚相关，多协调配合为善。御史台上乃朝廷之耳目，下为忠臣之靠山，务必秉公执法，莫要冤牵旁人。为何？贿赂吏部，顶多也就买个官做；贿赂御史台，那可是要买命。故吏部用贪官，远不及御史台用酷吏之害为甚。想那武周之俊臣，贿赂如山，诬构良善，冤魂塞路。吏部事务繁杂，尚书又将外任，你以侍郎之职知审官东院，负责百官考核，对百官行述，理当了然于心。用心做事，莫让太后与圣上失望。"

想那武周朝的御史中丞来俊臣，在新开门设监狱，此人间地狱，万无一活。一入新开门，无人不诬陷自己，以求速死。每案务求灭族，一杀就是千余家。百官上朝前皆与家人相拥而泣，一个个生离死别。俊臣与众御史撰写《罗织经》，乃酷吏移花接木、罗织罪名以制造冤狱之圣典。宰相狄仁杰阅罢《罗织经》，全身颤抖，冷汗迭出。后来俊臣暴尸街头，长安百姓，不论老少，争相剐肉，很快只剩一副白骨，饿狗不食。

何正臣听司马光话中有话，知道是在提点自己，既要把苏案办成铁案，又莫乱伤无辜。心中又惊又喜，喜的是为官二十多年，今日终于得到丞相赏识，惊的是今日收下这交子，就如同签下了卖身契，从此与那司马光一党，赴汤蹈火，死不足惜。上这艘船难，下这艘船更难，除非是人死了，把你的尸体扔到海里喂鱼。何正臣悄悄拾起地上的交子，放入袖中，一边擦汗，一边说道："下官明白，我这就去办，定然不会让丞相失望！"

何正臣出了丞相府，暗自庆幸，本以为丞相会因自己曾经弹劾苏轼而结下梁子，还好自己反应敏捷，不光捡回来一条命，尚书之位亦或可期。何正臣趁着黄昏，天色已暗，当即差人约了宦官陈衍，来到陈衍宫外的私密府邸。

何正臣让官轿在远处停下，自己悄悄走进一破落的偏僻小巷，来回转了五六个弯，来到巷子尽头，只见一不起眼的贴壁小门。何正臣见四下无人，拉了五下门环。门内出来一人，一言不发地把何正臣领了进去。眼前是一小天井，中有一棵茂密的古树，绕过古树，树丫后面隐藏着一暗门。那人一点头，何正臣轻轻推开门，眼前不由得一亮：好一个大气磅礴，金碧辉煌，只见繁花似锦之中雕栏玉砌，纷华靡丽，一条金砖大道，直通正厅。

陈衍正坐在厅上吃西瓜。陈衍一个人吃瓜的时候从不吐籽，也不用刀。一拳下去，将瓜擂成两半，敏捷地将脑袋伸进去，脖子来回耸动，很快只剩西瓜皮。仆人送上湿毛巾，陈衍将满脸血红的西瓜汁擦了去，笑呵呵地招呼何正臣入座。仆人用天池雪水点兰馨碧玉茶，使七彩曜变龙凤花碟纹建阳盏奉上。

陈衍转头轻声一唤"玉泉"，顿时从屏风后跑出一只大黄狗来，趴在椅子前。陈衍踩上入座，正好将脚闲放在狗的脊梁上。何正臣将一万两交子放在桌上，述说一番。陈衍听了，哈哈大笑，说道；"这常人有了这两颗蛋，心因蛋起，人随蛋动。冲动，痴愚，可叹可悲，可叹可悲！"

何正臣无奈，只得赔笑说道；"公公聪明，公公聪明。"

陈衍斜视了一眼何正臣，说道："你可知苏轼何罪？"

何正臣沉默半晌，正想说话，陈衍不屑地说道："司马丞相复出，那是太后的意思，苏轼对丞相不满，就是与太后过不去。太后本是要借丞相之手灭了新党势力，这苏轼吃了豹子胆，胆敢给太后添乱，在宦海他已经淹死了。只是这苏轼名声太大，一时不好下手，难以服众而已。"

何正臣一听此言，心中愁得不行，说道："公公有何妙计？"

陈衍看见何正臣怂样，得意地说道："这事嘛，只要太后不满意，想扳倒他苏轼也容易。"陈衍把头贴近何正臣的耳朵，小声说道："人这一生，所求者无非钱、权、名。权能生钱，钱能买名，名能得权。不过命理有言，'贪财灭印，偏官来杀。'印者，名也；偏官者，御史、司法之徒。故而人若是要想平安，财、官、印三者，居其一则安，居其二则危，居其三者多死无葬身之地。这第三类人最狠，横竖一个死，怎能不拼命。如此说来你看那苏轼还有什么？无非名声而已。何谓舍财得印？释门万行，以布施为先。所谓布施者，只是舍之一字耳。世人以衣食为命，故财为最重。从而舍之者，人必传之。苏轼既能舍财，所以腐败你怕是抓不到他什么把柄。至于名声，虽说出名不易，不过要搞臭一个人，那还不是易如反掌？"

陈衍此言，一语惊醒梦中人，何正臣大喜，转念一想，却又犯愁："这苏轼自来爱惜羽毛，事事小心，想拿住他的把柄，坏了他名声，只怕也不易。"

陈衍大笑道："这天下官员，哪还有没有把柄的。御史台的人都是真君子，有些事做不来，需得要些小人去办。正所谓大事可以化小，小事可以搞大，千里之堤，溃于蚁穴。你可知道苏轼有个家奴，姓傅名义，是河北邢州人，当年流落四川，眼看就要饿死了，苏洵把他救了过来，留在苏家多年。苏洵见他忠心耿耿，就让他跟了苏轼，成为苏轼的贴身家奴。我这就差人扮作山贼去绑了他老母，再派人给他送去一百两银子，是死是活，他心中自有分寸。事成之后，自有种种意外，悄无声息地灭了他全家。"

何正臣听得心惊肉跳，想不到陈衍乃大内之人，却对苏家内务如数家珍。这朝堂之上，其实何曾需要御史？想那御史台，也不过是别人的一枚棋子，只当作杀人的利器，有用的时候拿出来用用而已。司马光身为宰相却不出手，自己又何尝不是他的一枚棋子？倘若办错了差事，也不知道哪日会被人灭了口。何正臣本想找个宦官替自己出头，却不道京城之内，个个都是狠角色。想到此处，何正臣只得不停地赔着笑脸，弯着腰说道："公公说得有理。只是这等要事，哪里去寻得可靠的绝顶高手，不至走漏了风声？"

陈衍哈哈大笑，说道："天下高人，何其之多？就拿我脚下这只玉泉来说，就能嗅出世道来。你若是锦衣玉食之人，它就安静地待在屏风后，我不唤它，它绝对不会出来。你若是布衣素食之徒，它必龇牙狂吠，凶猛无比。更神奇的是只需一炷香的功夫，它就能嗅出你身上的交子味道。何公若是不信，离开时可以一试。你身上若是还有交子，它必目露凶光，尾随身后。你身上若是再无交子，它必摇头摆尾，欢喜送别。那狗为何俗称豺舅？豺虽凶残，遇狗辄跪如拜状。对付这等奴才，哪需要什么高人，一只恶犬就足够了。《易》有言'君子豹变，小人革面。'非虎豹不足以居高位，非豺狗不足以求苟活。君子之于小人，虎豹之御豺狗也。这御狗之道，养狗千日，用狗一时。平日里别让它吃饱。时时留得三分饿，用时只需开闸门，放狗咬人。"

世事真是难料，一月后疾病缠身的司马光终于灯枯油竭。弥留之际，司马光对着虚空，愤怒自语："介甫【王安石字介甫】老贼，休得猖狂！有我君实在，定能废除新法，剪灭贼党。可叹那余孽尚存，我死不瞑目！"言毕，怒目而死。太皇太后与哲宗亲往吊唁，追赠太师、温国公，谥号"文正"，赐碑"忠清粹德"。京城百姓罢市凭吊，哭声震天。

苏轼因深得太皇太后垂爱，莫名躲过一劫，以龙图阁学士外任杭州知州。上任不久，杭州大旱，饥民遍野，苏轼向朝廷请旨，诏免了三分之一的供米，并减价出售官仓大米，稳定米价；并向朝廷乞降度牒二百道救灾。为彻底杜绝杭州日后再次发生旱灾，苏轼请得度牒一百道，清理河道，修建苏堤。大灾之后必大疫，苏轼利用节余的二百万文加上苏府女眷用首饰换得的五十两黄金，建造防治疫病的安乐坊。果不其然，有饥民食用病死的家禽，爆发寒疫，上吐下泻，挥霍撩乱。加之在黄州时，寒疫流行，苏轼即派人紧急回川求得避瘟神方圣散子，刻于石碑，广为传播，活人无数。瘟疫被控制在杭州，很快平息。朝廷后将安乐坊收归国家管理，改安济坊，救治贫民。

厚朴（去粗皮、姜汁炙）、白术、防风（去芦头）、吴茱萸（汤洗七次）、泽泻、附子（炮，破，去皮脐）、高良姜、猪苓（去皮）、藿香（去枝）、苍术、麻黄（去根、节）、细辛（去苗）、芍药、独活（去芦）、半夏（汤洗七次，姜汁制）、茯苓（去皮）、柴胡（去芦）、枳壳（去瓤，麸炒）各半两。甘草（炙）一两，草豆蔻仁（十个，去皮），石菖蒲半两。

苏轼买下朝云时，朝云年方十二岁。十多年后朝云回到杭州，忙时看苏轼救灾治水，闲时与苏轼吟诗作画，二人自从离开汴京那是非之地，生活反而好生快乐。苏轼本是路人皆知的美食家，还亲自下厨研究东坡肘子与东坡肉，朝云却时常劝苏轼少食肥甘厚味。那日桌上无肉，朝云上座后看见一个纸条："无竹令人俗，无肉使人瘦。不俗又不瘦，竹笋焖猪肉。"朝云拿起纸条，打趣地仔细端详，对着苏轼说道："学士这皱巴巴的小纸条，能换来一头猪不？"苏轼一本正经的说道："能！"

韩宗儒喜欢吃肉，隔三岔五给苏轼写信，好拿了苏轼的手迹换钱买肉。黄庭坚知道了，对苏轼说："古有王羲之以字换鹅，今有韩宗儒以字换羊。"苏轼听了哈哈大笑。次日，韩宗儒连写数封信，差人站在厅外等候回信。苏轼告诉来人："回去告诉你家韩先生，本官今日断屠。"想到这里，朝云不禁掩口而笑。

朝云弹奏的琵琶特别动听，苏家宴请宾客，总少不了朝云助兴，黄庭坚做诗赞道："弦弦不乱拨来往，字字如闻人语言。"

苏轼摸着自己肚子问黄庭坚："你说说，我这腹中是何物？"

黄庭坚笑道："都是文章。"

苏轼摇摇头。

黄庭坚又说："满腹都是机械。"

苏轼又摇摇头。

朝云正好端了茶水出来，俏皮地说道："要说大学士腹中有何物，只怕是一肚子的不合时宜。"

苏轼哈哈大笑道："知我者，唯有朝云也。"转头，苏轼又对朝云夸道："世间唯我朝云，小莲初上琵琶弦，弹破碧云天。"

黄庭坚神秘地说道："近日扬州城里出了一件大事。通判陈桓贞，出了名的黑吃黑，江湖人称贼见愁。有一黄花大闺女被父母卖进了醉月楼，也是那姑娘命好，通判陈桓贞赶上开了苞，于是就在醉月楼中包养了起来，无须接客。不一月陈桓贞的婆姨找上醉月楼，为这女子赎了身，还接回家中。陈妻抚摸着姑娘的芊芊细手说道，'从今以后我们就是姐妹了，一同伺候那老色鬼。敢问妹妹今年多大？'女子怯声声地答道，'十六。'陈妻笑意盈盈地款款上前，搂着妹妹的脸，反手抽出匕首，在那如花似玉的脸庞上连划十六刀。陈桓贞赶到房里时，只见妻子扔下匕首，十分体贴地说道，'夫君才情过人，世间少有。能嫁给夫君，奴家知足，未敢独有。夫君在那万花丛中，逍遥自在，奴家情愿夫君不枉此生。君子有所为，有所不为，夫君既然将妹妹包了去，不如把妹妹纳了妾吧。还望夫君记得善待人家，勿要始乱终弃。'"

苏轼得意地对黄庭坚说道："当日我在黄州，龙丘居士陈季常喜蓄歌妓，好宴宾客，彻夜谈佛论道。其妻河东柳氏以凶悍闻名，每当陈季常宴客，如有歌妓在场，柳氏则以杖击壁，客人无趣散去。我便作一诗——'龙丘居士亦可怜，谈空说有夜不眠。忽闻河东狮子吼，拄杖落手心茫然。'世间女子，有几个能如我家朝云，温柔娴淑，聪慧过人。得朝云一人，此生足也。"一时间众人大笑，连连起身向苏轼进酒。朝云听得苏轼这话是要将自己纳妾之意，羞得满脸通红，也不理会苏轼，轻轻一跺脚，转身去了后厨，准备素食茶点去了。

元祐八年，高太后病逝，哲宗亲政。眼看满朝都是高太后旧臣，哲宗夜不能寐。恍惚中就看见一只獐子带着一群饿狗，刨开人的棺椁，挖出心来吃。转天早朝，哲宗拜章惇为相，重启变法。章惇果真下令将司马光开棺鞭尸，打开棺材时早已是一堆白骨，只得用皮鞭将那白骨打得粉碎，化为灰烬。

章惇与苏轼本是旧相识，二人同游终南山，听说寺里有山魈为祟，无人敢宿。章惇鄙夷不屑地说道："人魁在此，山魈不敢出。"果真一宿无事。

次日抵仙游潭，下临绝壁万仞，独木为桥。章惇请苏轼到壁上题字，苏轼连说不敢。章惇面不改色，平步以过，用索系树，口含一笔，攀岩而下，挥毫大书：章惇、苏轼来此一游。

章惇汗流浃背地爬上悬崖，两脚已被荆棘割得血迹斑斑。苏轼拍着章惇的肩膀夸耀道："他日君必能杀人不眨眼。"

章惇笑道："何以知之？"

苏轼一本正经地说："能和自己拼命的人，自然能杀人。"

章惇哈哈大笑，问道："子瞻博古通今，可知人魁、坏人与恶人有何区别？"

苏轼说道："洗耳恭听。"

章惇板着脸说道："坏人，知书达理。不讲理的人，算不得坏人，顶多是个恶人。人魁，含着泪杀人。"

言毕，章惇挺胸耸肩，笑得浑身都在发抖。

一日下朝途中，章惇无意间对御史来之邵说道："听说苏轼在杭州快活得像个神仙，可叹那同舟共济的司马光早已灰飞烟灭。"来之邵当机立断，弹劾陈衍：

奸贼陈衍，在太后垂帘日，居耳目之地，怙宠骄肆，交结戚里，进退大臣，力引所私。衍至苏轼家，轼为之赐膳，不知所言。

陈衍哪有不懂来之邵指桑骂槐之意，随即上奏自保：

臣密查七载，并亲临苏邸，言语试之。轼夜着僧衣上千次，独自徘徊数百夜。其心险恶，当诛之。

章惇应召上殿，久跪不起，涕泪俱下，苦苦哀求："苏轼文章千古，独步天下。诚然他恃才自傲，反对变法，藐视朝廷，却也断不可杀，杀之恐伤天下士人之心。虽死罪可免，活罪难逃，不如将他一贬到底，发配天涯海角，永不叙用，以示惩戒。"章惇这一番话，既替天下士人求了情，也遂了哲宗的愿。

眼看章惇声情并茂，哲宗随即也伤心起来，说道："苏先生是朕的恩师，谆谆诲朕多年，朕断然是要救先生的。虽说大宋律令如山，爱卿可否法外开恩，任苏先生一个宁远军节度副使的虚职，不得签署公务，就当是朕报答师恩。这岭南蛮荒之地，想是十分艰苦，如此先生的生活也好有个着落，否则朕何以安心？"

章惇磕头谢恩道："苏轼这般欺瞒圣上，圣上还如此眷顾于他，千古圣君，如斯而已。"当即拟旨，将苏轼贬到岭南惠州。一年后陈衍被心腹张士良出卖，章惇构陷其谋逆，发配海南朱崖。广西转运使程节奉命率领十三太保，随后远赴海岛，伪装成无花山空心洞山贼，趁月黑风高，血洗陈家。

玉泉听见屋外响动，大叫一声，一个箭步，气势汹汹地窜到院里。看见贼人手上的刀，玉泉把头一缩，乖乖趴到一边。贼人手起刀落，玉泉狗头落地，浊血喷了一墙。陈衍还没来得及起身，已是满屋子的刀光剑影。陈家一个不留，金银珠宝用四十辆官车秘密运走，陈衍被抛尸于血色荒崖。可叹群狗夺食，不一会儿就只剩下一堆白骨，倒是两颗眼珠，撕咬中飞上枝头，遥望汴梁。

苏轼一一解散了家中仆人，唯有书童林灵素长跪地上，说道："老爷此去岭南，我帮不上什么，多一张嘴吃饭，反而成为老爷的负担，灵素感恩老爷收留，如此大恩，没齿不忘，就此拜别。"

苏轼凄然说道："那你将去往何处？可是愿意回四川老家？"

林灵素答道："太爷、太夫人早已离世，我回去做甚？再说朝廷必然会斩尽杀绝，断然不能回去连累家人。当日老爷醉酒晚归，家里人都已熟睡，第二天清晨我看见老爷的词，'长恨此身非我有，何时忘却营营？'一时间如醍醐灌顶，我即立下誓愿，'生封侯，死立庙，未为贵也。'封侯皆是虚名，庙食不离下鬼，我愿作神仙。既志于此，天下之大，无处不可容身，老爷不用挂念。"说毕背起包袱，推门而去。

苏轼心中五味杂陈，回头看了看朝云，说道："现家中下人已经各自散去，自寻出路。这些年我待云儿如同己出，我可安排人送你去汴京，投靠你姐姐柔奴。王巩是我挚友，断不会为难于你。"

朝云哭道："当日学士在西湖买下我时，我已经生是你的人，死是你的鬼。夫人早已离世，朝云怎么可以让大学士孤身一人到那不毛之地。岭南远隔千山万水，一路凄苦，学士孑然一身，孤寂之时，朝云还可为学士弹上一曲，令学士开颜。朝云断然不会成为学士的累赘，朝云就算死，也要和学士死在一起的。"苏轼紧紧抱着朝云，提笔写下：

不似杨枝别乐天，恰如通德伴伶元。

阿奴络秀不同老，天女维摩总解禅。

经卷药炉新活计，舞衫歌板旧姻缘。

丹成逐我三山去，不作巫山云雨仙。

　　苏轼把自己比作维摩居士，把朝云比作维摩居士的妻子，要与她相守一生。"维摩"意为无垢，虽处居家，不着凡尘；天女相伴，同修梵行。

　　二人沿着水路，一路南下。那日江中恶浪滔天，小舟在江面上起伏不定，左右晃荡。船夫奋力掌舵前行，不敢有丝毫大意。船上朝云的肚子正疼得厉害，咬紧牙关，汗如雨下。苏轼在江中打上来一盆冷水，抓紧朝云的手，一时间慌得手足无措。只听得"哇"的一声，一个小生命诞生。朝云看着这个生不逢时的小宝贝满眼都是泪花。

　　苏轼有诗云：竹外桃花三两枝，春江水暖鸭先知。蒌蒿满地芦芽短，正是河豚欲上时。苏轼爱吃河豚，轻声问道："就叫苏遁如何？"朝云点头不语。

　　途经金陵时，爱子刚满百日。虽是初夏，河中已炎热难耐，水上热气腾腾，波浪翻滚。苏遁受热，啼哭不已。岸边有一竹林，数枝桃花已然凋零。苏轼见竹林可以遮荫，便吩咐船家靠岸。待船靠岸时，苏遁躺在朝云的怀抱里，嘴还含着奶头，人已经没了气息，只留下二人在长江上抱头痛哭。

　　二人历尽艰辛，终于来到惠州，苏轼牵着朝云的手，走出船舱，只见码头上人山人海。原来是当地的父老乡亲、士人乡绅们听说大学士来到惠州，自发前来迎接。眼见岸边万人挥手，苏轼不由得热泪盈眶。上岸安顿好住处，已是深夜。正值深秋，窗外的落叶沙沙，秋风瑟瑟。

朝云抱起琵琶，清了清嗓子，想为苏轼弹奏一曲。苏轼坐在一把破椅上，闭上眼睛，准备静静欣赏。半天都没有动静，苏轼睁开眼睛，只见朝云愣在那里，泪流满面。苏轼为朝云拭去眼泪，笑道："我若是个一生都没有能够考取功名的秀才，一辈子都没能离开岭南，你可愿嫁？"朝云又惊又喜，望着苏轼点了点头。

这年六月岭南天气异常炎热潮湿，惠州城内，忽然多了许多外地人，操一口京城口音，行踪诡异，在苏家四周忽隐忽现，只是苏家的人并没有留意。那日朝云一早听见家门口有菜农叫卖，打开门出去一看，原是一个三十出头的白面书生在叫卖，书生眼见出来一温婉夫人，并不像别家出来的都是下人，书生反倒不好意思起来，说道："让夫人您见笑了。我也曾是读书人，只可恨家道中落，流落至此，乃至做些蝇营狗苟的小生意，卖菜为生。"

朝云可怜书生，说道："听您口音是京城开封，来此惠州，远隔千山万里，想必是受了很多的苦。你这菜够我家吃上几天的了，我全都要了。"

书生万般感恩，说道："想不到我这一生，走了这么多的路，居然还能遇到一个好人。"书生眼见背篓里还有一瓶黄酒，顺手递给朝云，说道："这是我家乡的黄酒，前日里家里托人送来的，还剩了这一瓶，一时没舍得喝。天下读书人都仰慕大学士的名声，我也不例外，这瓶酒就给大学士品尝品尝京城的味道，权当是与那汴京久别重逢。小小心意，不成敬意。"

朝云奇怪地问道："你怎么知道我家官人是苏大学士？"

书生淳朴地笑道："瞧您这大门上的苏府二字，这小小的惠州城，还能有几个苏府？"

朝云眼见书生情真意切，也就不便推辞，取出二钱银子，说道："既然是读书人的意思，酒我就替我家官人收下了，只是这菜钱与酒钱你是必须收下。你若是不收钱，我官人回来，还不知道会怎么说我呢。"

那书生万般感谢，拿了银两开心地离去。朝云回屋，因自己近日染了风寒，直中胃肠，有些腹中冷痛，就去厨房将那黄酒加上红糖，放了几片姜与数粒花椒，煮了水喝下。这一喝就此倒床，苏轼虽然精通医学，却也束手无策，请了当地许多名医，既不知何病，也不见好转，再托人打听，哪里还有那书生的影子，只是听说那京城来的外地人士，忽然间全都不见了。

苏轼眼看朝云口唇青紫，十指发黑，神志渐渐不清，待到夜里，朝云的病情已经急转直下。半夜时分，朝云忽然醒来，握着苏轼的手说道："妾身再也不能陪伴学士了，大学士一定要爱惜自己。章惇断然不会放过学士，学士万事小心，不可轻信他人。妾身死后，还望学士将妾身安葬于孤山妙法寺旁的松林中，妾身日夜在佛陀前为学士诵经，保佑学士平安喜乐。"苏轼泪如雨下，说道："云儿一心诵经，勿忘西方。"朝云诵持着《金刚经》的四句偈，渐渐撒手人寰。

一切有为法，如梦幻泡影。

如露亦如电，应作如是观。

不合时宜，惟有朝云能识我；独弹古调，每逢暮雨倍思卿。苏轼知道朝云思念杭州西湖，却只能将朝云安葬在惠州西湖的孤山上。从此家门大开，夜不闭户，就在家中等杀手上门。那官场做事，从来都是出其不意，一次失手，绝不会再有二次。刺客没有等到，反倒是等到一道圣旨，再贬儋州。

小舟从此逝，江海寄余生，苏轼乘着一叶孤舟，漂洋过海。儋州海上的孤舟，不是漂泊的渔人，就是漂泊的死人。只因儋州人不用棺材，家中的独木舟，活着放稻米，死了放尸体。儋州病无药，居无室，冬无炭，夏无寒泉，苏轼反而更加坦然自在，修葺茅庐，开馆授学。谁能想那蛮荒之地，竟也能书声琅琅？

公元1100年，哲宗殡天，徽宗即位。书童林灵素离开苏家后，浪迹江湖，求仙问道，渐渐沦为乞丐。一日在漫天风雪中讨了几个铜子，看着身边冻死的野狗，林灵素不由得感叹人生无常，一扭头进了通天宝局，要一试天命，哪知道一把输个精光。这时跳出一个打手，上去就是两耳光，打得林灵素眼冒金花，说道："不要脸的臭叫花子，有何脸来押宝？"林灵素把心一横，仰天大笑，顺手拿起一把匕首，将自己半张脸一刀割了去，往赌桌上一扔，说道："大爷我今天就押这张脸！"坊主冷笑一声，指挥下人："开宝"。不一会儿林灵素就被仍了出来。好在那天雪大，血很快就冻住了。恍惚中只见一群天兵天将，手捧一本《五雷玉书》，送到林灵素面前。死去活来的林灵素从此放下皮囊，苦练五雷神法。大功告成后半脸半骷行走天下，创立神霄派。徽宗赐号通真达灵先生，加号元妙先生、金门羽客、太中大夫、温州应道军节度、玉真教主神霄凝神殿侍宸、蕊珠殿侍宸、冲和殿侍宸，授以金牌，任其非时入内，并筑通真宫以供养林真人。

那日在太清楼下侍宴皇帝，林灵素一眼瞥见了蔡京手书的刻着苏轼、黄庭坚、秦观以及司马光等人的元祐奸党碑，眼含泪珠，稽首下拜，徽宗觉得奇怪，于是问道："真人因何而拜罪臣之碑？"林灵素答道："这碑上的人大多是天上星宿，如何不悲戚？"当即做诗一首：

> 苏黄不作文章客，童蔡翻为社稷臣。
>
> 三十年来无定论，不知奸党是何人。

林灵素见蔡京面不改色地正襟危坐，又见徽宗左右环顾，于是上前一步，慷慨激昂地说道："那苏轼本是天上文曲星下凡，乃我大宋荣光。如今蒙尘，一门三父子，门下六君子，均被列为奸人，永不录用，不许其子孙留在京城，不许参加科考。朝廷又令天下焚烧其书，不得私藏，而苏公诗、词、文、书、画五绝，天下无人不读其文，无人不习其书，所谓'苏文熟，吃羊肉；苏文生，吃菜羹。'君子以同道为朋，小人以同利为朋，天下士人皆喜爱苏公文采，何利之有？今朝中奸人，以蔡京为首，欺君罔上，专权怙宠，蠹财害民，坏法败国。那蔡卞本是王安石的女婿，与其兄蔡京狼狈为奸，以重振变法为名，行结党营私之实，焚书杀士，与暴秦何异？奸人蔡京，倡丰、亨、豫、大之说，视国库钱财如粪土，贪污挥霍，如同掏粪，反倒成了吃苦耐劳之事。这巨奸老恶，视祖宗为无物，玩陛下如婴儿，残害忠良，颠倒纪纲，恣意妄作，挑拨兵端，连起大狱，怨气充塞，上干阴阳，以致彗星蔽日，水旱连年，赤地千里，盗贼遍野，白骨如山，自古人臣之奸，未有如蔡京今日之甚者。如此逆天行事，必招天谴，早晚断送我大宋江山！"

林灵素眼见徽宗面有怒色，不再言语，侧身将左手从右肘之下如行云流水般地向前伸出，虚空取出一碗水立于三清指上，右手在水碗之上凌空画符。林灵素口中念念有词，随即喝上一口符水，向前喷了出去，顿时化出一片五色云朵，飞向大殿上空中。云中星光闪烁，忽明忽暗，突然间大殿之内，电闪雷鸣，殿外暴雨如注。林灵素伏地痛哭，涕泪横流道："文曲星蒙尘，天威难测，大宋危矣，大宋危矣！"徽宗大惊失色，当即下令革去蔡京官职，大赦苏轼，还朝拜相。

苏轼一路北归，路上收到章惇儿子章援的长信。章援曾被苏轼以第一名取中进士，算是苏轼的门生。可叹那落魄之人，性命贱不如狗，章援在信中哀求苏轼：老师一言之微，足以定家父之命。当日苏轼一言之微，竟然被章惇定了日后性命。那悬崖峭壁，和人心相比，哪个更险？章惇的妻子张氏贤惠，章惇拜相前，张氏病重，叮嘱章惇道："夫君拜相之后，切莫挟公权以报私怨。"言毕气绝。章惇扶尸悲痛不已，前来吊唁的陈瓘说道："与其悲伤无益，何不念其临绝之言？"章惇无言以对。

苏轼回信说道：我与章淳相识四十余年，交情不增不减。岭南艰苦，活着不易，章惇年迈，好生照顾。附赠圣散子方，可避瘴气。

　　某与丞相定交四十余年，虽中间出处稍异，交情故无所增损尔。闻其高年寄迹海隅，此怀可知。但已往者，更说何益。所云穆卜反覆究绎，必是误听。纷纷见及已多矣，得安此行为幸。见今病状，生死未可必。自半月来食米不半合，见食却饱。书至此困惫放笔太息而已。

　　苏轼这一路受到无数文人的热情款待，每日也甚是辛苦。那日途经常州，米芾邀苏轼泛舟太湖，苏轼开怀纳凉后旧疾复发。苏轼在御史台留有内伤，在黄州救人时又被传染了寒疫，治愈后脾胃就落下了病根。三日后苏轼又赴米芾盛宴，回到驿馆后倍感疲乏，喉中隐隐作痛。当夜苏轼暴泄如注，恍惚中看见幼时求学的天庆观北极院，师父张易简真人正带领众徒儿颂《老子》："玄之又玄，众妙之门。"苏轼上前一步，对着老师一拜，问道："妙只有一个，哪有什么众妙？"张真人笑着说："世上哪有什么妙？既然所谓的一妙也是无中生有，那么要说众妙也不为过。"

　　苏轼忽然惊醒，唤来苏过说道："老家的彭祖山又将绿了。虽然你爷爷有遗命，苏家子弟百年后入葬山下祖茔的老泉边，但此番路途遥远，不可让子孙为此一贫如洗。再说当年赵捻借为我平反为名，在蜀中起兵谋反，朝廷日后哪有不清算的道理，断不可回川再去牵连父老乡亲。"

苏过含泪问道:"父亲准备再以何处为乡?"

苏轼用力写下"莲花峰下"四字,微微一笑道:"吾生无恶,死必不坠。你慎毋哭泣,就让我安然化去。"

苏过跪在床前,在苏轼耳边哽咽道:"父亲勿忘西方。"

苏轼喃喃地答说:"西方不无,但着力不得。"

苏过大声说:"父亲一生履践,此刻更须着力。"

苏轼轻轻说了一句"着力即过矣",撒手人寰。

次子降生那年,苏轼亲自为其洗三。"洗三"本是婴儿出生第三天后由娘亲为婴儿洗澡。苏轼脱口而出《洗儿》一诗:

> 人皆养子望聪明,我被聪明误一生。
>
> 惟愿孩儿愚且鲁,无灾无难到公卿。

过有千端,唯心所造。吾心不动,过安从生?苏轼当即为子取名苏过。眼见苏轼大限已至,苏过急忙在床头点燃一盏油灯,用水银在苏轼口中灌下家传的化血丹,并取一粒净尘丹化于早已准备好的温水之中,替苏轼擦洗全身。

汝州有山如眉,甚似眉州,山上有峰名莲花峰,苏轼与弟弟苏辙曾秘会于此。此峰迎着朝霞,如一朵红莲,卓然独立于群山之中。《庄子》记黄帝在此峰的钧天台悟道飞升。苏过谨遵父命,葬苏轼于莲花峰下。每当夜深人静,皓月当空,苏坟常常雨声大作。然而风大不鼓衣,雨大不湿襟,人称"苏坟夜雨"。四周的松柏一株株向西南倾斜,同那千里孤坟一道遥望眉州老家。

开宝九年（976年）十月十九日深夜，大雪，太祖急召其弟晋王赵光义入宫。晋王大惊，犹豫不敢行，王继恩、程德玄事前早已赶到王府，二人催促晋王道："事久，将为他人有。"三人来到皇宫，赵光义也没有通报，直接觐见太祖。皇后见王继恩、程德玄入宫，问道："德芳来了吗？"王继恩、程德玄答道："晋王到了。"皇后大惊。太祖斥退旁人，与晋王在寝宫里自酌自饮，御前侍卫都在门外等候。突然间狂风四起，冰雹漫天。侍卫们只见屋内烛光之下刀光斧影，寒气逼人。不久，赵光义走了出来，宣布太祖暴毙。赵光义随后登基，是为北宋第二位皇帝太宗。太祖之子赵德昭、赵德芳与太祖四弟赵廷美相继离奇死亡，太宗长子赵元佐救叔叔赵廷美失败后发狂，日哭夜嚎，疯不识人。次子赵元僖的爱妾张氏下毒酒谋害正室李氏，赵元僖误饮，上朝时死于宫门之外，群臣愕然。后三子赵元侃即位，为真宗。

金太宗完颜晟登基前曾担任金国使节出使汴京，容貌与宋太祖的塑像十分相似，震惊大宋朝野。苏轼辞世二十六年后，金太宗下诏，为苏轼平反，尊苏轼为忠烈，挥师南下。

大宋百万雄师奋起反击，金戈铁马，势如破竹，一个胜利紧接着另一个更大的胜利，朝廷收到捷报不断。钦宗于是大宴群臣，犒劳百官，普天同庆。在一派祥瑞的胜利声中，敌军转眼之间已兵临汴京城下，满朝文武，唯唯诺诺，无一人愿领军迎敌。钦宗无奈，起用妖道郭京为帅，以六甲神兵退敌。郭京在城墙上摆起法坛，用黄纸剪出六个纸人，喷了一口符水，下令打开城门，让天兵天将出城杀敌。金兵蜂拥而入，汴京沦陷，北宋灭亡。

　　南宋开国高宗皇帝为防止金人继续南下并笼络天下士人，追赠苏轼"太师"，谥号"文忠"。《逸周书·谥法解》曰：经纬天地曰文，危身奉上曰忠。高宗无子，绍兴三十二年（1162年）禅位于赵匡胤的七世孙赵昚，是为南宋第二位皇帝孝宗。

　　苏轼死后，蔡京东山再起为相。靖康元年（1126年），金人南下，国库空虚，无饷可发。蔡京置天下于不顾，举家南渡。蔡京安然到达南京，对前来迎接的金陵官员垂泪哀叹："丞相者，承天命而行人事也。如今大宋危在旦夕，天命使然，与我蔡京何干？蔡京一介书生，手无缚鸡之力，留在京城，除增加前方将士负担，更添何益？子曰，'君子不立于危墙之下，人性使然。'人性不存，天理何在？蔡京性好老庄，喜山林而恶政事，为天下苍生，不得已挺身而出，鞠躬尽瘁而已。悲哉，大厦之将倾，举一人之力，何以回天？事已至此，蔡京尤奋勇当先，于金陵先安未战之地，前方将士更无后顾之忧，天下必复祥和安瑞。"此言一出，举国哗然。

　　汴京被困，百姓以树叶为食。前人刚死，后人食之，更有甚者，母食子，子食母。加之疫病流行，死者不计其数。面对十五万金兵，号称八十万的禁军无一出城迎战，反而日夜打劫饥贫交困的汴京百姓。靖康二年，汴京沦陷，二帝被俘，嚎啕大哭。百姓被掳，死伤无数，京城洗劫一空。郑太后和朱皇后被当众脱光上衣，披着羊皮，被人用绳子套在她们的脖子上牵着爬行。朱皇后归第自缢，被人发现救活，随即投水而薨。韦太后及后宫孕者下胎，病者调治，全部为妓。宫廷内外，哭声震天。徽宗爱女茂德帝姬公主肛裂而亡。金兵在大宋土地上杀人如麻，臭闻数百里。

蔡京弃国南逃，举国震怒，八十岁高龄的蔡京被贬到万里之外的国之南极——当年苏轼去的海上儋州。五度拜相的蔡京孤身一人，携带无数金银珍宝，一路上万人唾弃，那狗仗人势，追着蔡京的马车乱咬。出了驿站，一件稀世珍宝竟然换不了民众的一粒米。蔡京当政时，力推居养院救助饥民，安济坊救治病民和漏泽园安葬死民，很快国库被挥霍一空。走到潭州，饥寒交迫的蔡京写词一首：

八十一年往事，三千里外无家。

孤身骨肉各天涯，遥望神州泪下。

金殿五曾拜相，玉堂十度宣麻。

追思往日谩繁华，到此翻成梦话。

眼看天色已暗，蔡京远远看见前方仿佛有一金光闪闪的山门。蔡京心道：今晚的食宿终于有了下落，于是奋力前行。想是那佛陀也厌恶了蔡京的嘴脸，蔡京一口气上不来，倒在了崇教寺的山门前，奇珍异宝散落一地，一炷香的功夫就已被满地恶狗，撕成碎片，吞入腹中。

"栖守道德者，虽寂寞只一时；玩弄权势者，必凄凉而万古。"讲完苏轼的故事，我却不由得对李欣源感叹起来。

"听谢真人说过，苏轼处理完朝云的后事，曾只身来到桃源洞。谢洞主对苏轼说道：世间万物，不外因果。朝霞不出门，晚霞行千里。朝云暮雨，因缘际会而已。说毕谢洞主带着苏轼来到玄光洞，苏轼头也不回地纵身跳入仇池。只见晚霞、红莲、朝云的身影，一一浮起，不觉浮生如梦，泪如泉涌，泣不成声。归去，也无风雨也无晴。离开桃花源后，苏轼写下了荒诞不经的《仇池笔记》。"李欣源若有所思地说道。

"若论人间真情，此词甚为贴切：纤云弄巧，飞星传恨，银汉迢迢暗度。金风玉露一相逢，便胜却人间无数。柔情似水，佳期如梦，忍顾鹊桥归路。两情若是久长时，又岂在朝朝暮暮。"苏门四学士秦观的词我不禁脱口而出。

李欣源缠着我讲人间故事，结果却被我弄得热泪盈眶，楚楚可怜地说："纤云弄巧，正如朝云慧心巧思，终究是飞星传恨；柔情似水，亦如柔奴软玉温香，到头也佳期如梦。"

西江月·梅花

苏轼

玉骨那愁瘴雾？

冰姿自有仙风，

海仙时遣探芳丛，

倒挂绿毛么凤。

素面翻嫌粉涴，

洗妆不褪唇红，

高情已逐晓云空，

不与梨花同梦。

十五

治之以兰

"谢洞主已令陆羽将皎然接到桃花源，让我俩同去桃源洞拜会皎然，我们抓紧去，不要迟了。"李欣源边说边牵我的手。我的手指趁机在李欣源的手心轻轻一划，李欣源芳心暗动，脸色顿时绯红，不觉之中一下放开了我的手。

二人先后走出房来，只见屋外土地平旷，屋舍俨然，有良田美池桑竹之属，时时闻鸟语，处处是泉声。其中往来种作，黄发垂髫，皆怡然自乐。李欣源看我流连忘返的样子说道："你看到的只是桃花源的好。这万事有好就有坏，如同世间有白天就有黑夜。枫林镇派了那么多的人寻找桃花源，全都困死在这深山老林。后来闯王李自成兵败，退守湘北，来到桃花源五雷山，见山势险要，是藏龙卧虎之地，便将从大明皇宫抢来的无数奇珍异宝埋藏在五雷山下，并将运送珍宝的五千士兵全部灭口。枫林镇将李自成宝藏的秘密广为散播，妄想通过凡夫在桃源凡境找到桃源神界的入口。世间不知道多少人为了宝藏互相杀戮，以致横死荒野，后人称之为桃源白骨。"

我不由得感叹道："尘世间人情淡薄，利欲熏心。然而桃花源中，人心淳朴。所以陶渊明说'淳薄既异源，旋复还幽蔽。'再看苏轼所说的凡圣无异居，清浊共此世，确是如此。"

李欣源边走边介绍道："桃源洞谢洞主乃世袭康乐公谢灵运十世孙，谢灵运是谢玄的孙子，谢玄是谢安的侄子。"

"旧时王谢堂前燕，飞入寻常百姓家。"刘禹锡的诗，我脱口而出。

李欣源悄声说道："谢洞主着实厉害。有一年冬天，桃源洞外，碧潭飘雪，我偷偷溜进洞，看见谢洞主端坐洞外潭中，飘于水上，一潭清水，热气腾腾，漫天飘雪，竟然片雪不沾衣。"

"你不说桃源洞是禁区，不能私自闯入吗？"我觉得哪里有些不对劲。

"你不知道规矩就是为你这些人定的，不包括本姑娘吗？"李欣源得意地瞟了我一眼，说道："本姑娘面前，桃花源没有禁区。"

我苦笑着摇了摇头。正说着不一刻便到一山洞，洞口一副对联：

> 洞天应不夜，
> 桃树只如春。

落款是黄仙师法传弟子大唐武宗宰相李德裕。陆羽一头白发，已经早早候在洞外，李欣源举起指头，放在嘴边"嘘"的一声。洞内一老僧，盘坐在石床上。旁边有二道童，一奉茶，一奉桃。

老僧端起茶来，细细地抿了一口，回味良久，叹道："洞外可是陆羽？"

陆羽跪在洞口，说道："师父，正是徒儿。"

老僧叹道："你天生六指，沏出之茶自然比他人多出一股味道。当日师父离开妙喜寺时，你茶术已达化境。今日为师再品你所沏之茶，又多出一丝禅意。弹指一挥间，一别许多年，这些年你可好？"

陆羽哽咽道："当日师父下山寻，弟子左右想不通，为什么师父为了师姑可以浪迹天涯，却不许弟子与季兰交往。弟子随后也下山去了，四处找寻季兰。"

老僧不禁唏嘘道："在那北斗七星的第四玄冥文曲星与第七天关破军星连线的中心处，有一忽明忽暗之星，名天煞孤星。孤星主命，男为孤辰，女为寡宿。你二人皆是天煞孤星命，自幼远离六亲。天煞孤星不可挡，孤克六亲死爹娘。太乙真人能解救，修身行善是良方。可叹你与季兰，向来缘浅，奈何情深。"

陆家五代单传，到了陆翁，年过半百，仍然无嗣。陆翁于是去龙盖寺请了送子观音，日夜供奉，又广为施舍，终于在花甲之年，四娘有了身孕。请来大夫号脉，说是寸包于尺，左大于右，定是公子。陆翁在观音面前泪流满面，每日放生，祈求母子平安。谁知道陆羽右手天生六指，陆翁不由得老泪纵横道："想我陆家前世不知造了什么孽，让老天如此责罚。此子其身下劣，诸根不具，天生六指，顽愚不灵。不祥之人，留之我陆家危也，还是弃了吧。"四娘躺在产床上，汗水夹着泪水，湿了一床，却拉着陆翁衣袖苦苦哀劝，陆翁回手一掌，四娘就晕了过去。管家将陆羽抱到桥下，找了一块显眼的地方，将包袱裹紧孩子，又偷偷地在包袱里放上四娘的一块玉佩。眼看孩子就将冻死，龙盖寺智积禅师踏雪而至，将孩子抱起，请好友李公收养。

那李公一家，乃是当地望族，声名显赫。李公曾出仕，只因厌倦了官场险恶，就以妻子有了身孕为由，辞官回乡。妻子后来产下一女，叫李治，小名晚霞，一家人倒也生活得怡然自得。

晚霞刚满三岁，李公就又收留了一弃婴。李公以《易》占得《渐》卦，"鸿渐于陆，其羽可用为仪"，于是取名"陆羽"，以"鸿渐"为字。陆羽每天与晚霞同一张桌子吃饭，同一块草甸上玩耍。

那日晚霞和陆羽在院中玩耍，淋了一场秋雨。虽说是初秋，暑天的热浪依然滚滚袭来。夜里晚霞一阵阵的寒战发热，转天就开始胡言乱语，一会儿说什么"蠢货怎不回头，还不随我去了，快去琼台复命"，一会儿又说什么"只待数点菩提水，倾入红莲两瓣中"。李公请得玄真观妙一真人亲临府上。真人将一辟鬼符贴在晚霞床头，口中念道：

　　　　人来隔重纸，
　　　　鬼来隔座山。

千鬼弄不破，

万祟打不开。

真人随即取来一碗无根水，一根桃枝在水里点上三点，一边将水撒向晚霞额头，一边念道：

天罗维网，地阎摩罗。

命由天定，法由心生。

一切灾难化为尘。

妙一真人留下金玉消毒丹药方，飘然而去。

柴胡八钱黄芩三钱金银花九钱连翘九钱

藿香二钱（后下）佩兰二钱菖蒲二钱郁金二钱

茵陈九钱白豆蔻二钱（后下）碧玉散每服二钱

上十味，水六碗，泡时许，煮至香大出，取四碗，日三夜一，饭后微温服，后甘泉水送下碧玉散。

陆羽日夜守在晚霞身边，一边煎药，一边不停地祈求神灵。三天后晚霞终于睁开了眼睛，陆羽不由得念出一声"阿弥陀佛"，心中的一块石头终于落地。

这连日里大汗淋淋，晚霞身上的衣服早已湿透了多次。只是家里人怕她再受风寒，一直没敢为她换下，陆羽倒是每天为晚霞擦洗头手。大病初愈的晚霞汗味自然是重点，体香却也弥浓。晚霞梳洗打扮后，静静的磨了墨，洁白的牙齿轻轻咬着朱唇，写下一首稚嫩的情诗：

经时未架却，心绪乱纵横。

已看云鬟散，更念木枯荣。

"架却"谐音"嫁却"，恰巧李公推门而入，兴致勃勃地进屋看女儿。李公看见桌上的小诗，悲从中来，拂袖而去。夜里趁着晚霞的母亲伺候更衣，李公说道："想我李家，世代积德行善，光明磊落，从无失德之人。小小年纪就知道待嫁女子的心绪凌乱，长大后必成失德荡妇。罪莫大于可欲，祸莫大于不知足，出生富贵之人，嗜欲如猛虎，权势似烈焰，如果身上不能带些清凉气味，其焰火不是焚了他人，便是玩火自焚。就算焚了他人，其实也是祸害自己。别人有多痛苦，日后她必加倍地痛苦。晚霞如火烧天，不如季兰，洁身自好，四季常青。一念清净，烈焰成池。一念惊觉，航登彼岸。就让孩子去道观中清净立命吧。"

李公不顾妻子的劝阻，将晚霞改名季兰，送入玄真观，随后又把陆羽送回龙盖寺。从此陆羽与那季兰僧道两隔，二人唯有各自在那古寺荒观中凭空思念。

数年后智积禅师下山云游，陆羽被人赶出了寺院，再次流落街头，以卖艺为生。作为丑角，陆羽演绎世间百态，苦中取乐，有抛妻弃子者，有谋杀亲夫者；有聚众淫乱者，有鳏寡孤独者；有贪得无厌者，有一贫如洗者；有得而复失者，有失而复得者，千人千貌，不一而足。

一日正午，陆羽在街头卖艺。正三伏天，骄阳似火。陆羽演一恶霸，穿着破棉袄，在寒冬腊月里欺负佃农。只见陆羽头上热气腾腾，脚下汗流如水。愤怒的群众纷纷用垃圾痛打恶霸。这打他的人越多，自然打赏他的人也越多，说不定今天可以吃顿饱饭。陆羽惨白的脸上肌肉都在颤抖，露出一副扭曲的笑容。围观的人群中有一禅师，眼看陆羽摇摇晃晃，站立不稳，禅师快步上去，把陆羽扶好，三两下为他脱去棉袄，拿起随身的水壶，喂他口水喝。这时跳出一个班头，手拿一把劈山大斧，怒声喝道："秃驴，坏我好戏，就不怕我报官吗？"

禅师双手合十，说道："阿弥陀佛！施主难道没有看到他已经中暑，再这样下去，就不怕闹出人命？"

班头冷笑道："一条贱命，有啥可惜？他可是我花了大价钱买的，难得我还给他一个台面。死在戏里，也算是当了一回人上人，不枉到这世上走了一遭。"

禅师心中涌起莫名的怜悯，说道："敢问施主，多少钱能赎了他？"

班头眼见陆羽奄奄一息，心想死了我还得花钱埋，于是说道："今日算我秽气，老爷我花钱消灾，三十两银子便宜了你这和尚。"

禅师拿出随身携带的二十两善款，再将自己化缘用的铜钵折成五两现银，总共也就二十五两。班头本来用五两银子从人贩手里买的陆羽，眼看再也榨不出油水，于是大方地说道："咱江湖中人，讲的就是一个义字，余下的就当我捐了香火。"便任由禅师将陆羽赎了去。

寺庙的后山有一野茶园，一年四季，云雾缭绕。禅师闲下来就传陆羽诗文茶艺，陆羽也是灵巧，渐渐青出于蓝。茶本草木，因人而有价值，陆羽自叹命如草芥，创一"茶"字，牢记师父的栽培之恩。

玄真观离妙喜寺不远。一日季兰听道友说起一奇事，原来是妙喜寺的皎然法师花钱买了一个六指徒弟，这徒弟死活不肯剃度，皎然也不生气，就把他当成居士，让他在寺中做些杂役。季兰又惊又喜，立马下山，一路跑到妙喜寺。季兰气喘嘘嘘地问天王殿的和尚道："请问法师，寺中可是有一人名陆羽？"正说着只见院中一个熟悉的身影放下扫帚，抬起头来，二人的目光瞬间凝结在一起。季兰不管不顾，冲上去就抱着陆羽大哭，用拳头不停地敲打陆羽的背心。这突如其来的一幕惊得寺中的僧人一个个手足无措，皆无言以对。

季兰此后也就常来寺中探访陆羽。陆羽对季兰说道："你那玄真观的观名甚为不妥。玄字上面一点为发结，一横为发簪，下面为发丝。男子成年之日，方开始盘发，可见玄即少男，如何能作坤道的观名，不如就叫玉真观，改天我讨得师父墨宝，请人重新刻了去。"

季兰严肃地看着陆羽说道："不如我们去长安吧！你才华横溢，何必埋没在这深山？只要我们能筹到五十两黄金，再找到父亲的旧日同僚相助，同舟共济，长安定有我们的大好前程。"

"你到哪里，我到哪里。"陆羽这话，显然在乎的不是前程。

季兰轻声说道："你可要看好了我，有一天我要是离开了你，天涯海角，你都找不见我。"

陆羽笃定地回答道："我待你自是真心。你就是躲到天涯海角，我也会把你找回来。"

季兰捧着陆羽淳朴的脸，问道："哪一张才是你真的脸？"

陆羽深情地握着季兰的手，说道："我就这一张脸。"

那日知道季兰要来妙喜寺，陆羽一大早就翻山越岭去采那带着露水的茉莉花，准备煮上一壶上好的"碧潭飘雪"给季兰清心润喉。季兰冰雪聪明，见得此情此景，自然会明白陆羽"壶里乾坤大，杯中日月长"的深意。万千绿叶在碧波之下，托举那漂浮在水面洁白如雪的茉莉。此情此景，天地为证，日月可鉴。

天色大亮，陆羽方回到寺庙，禅房里只见季兰留下的一张便签，上面写着寥寥数字：

流水落花春去也。

勿念。

兰

陆羽心中感觉不妙，放下茶叶，飞奔到玉真观前，只见观门紧闭。陆羽再三呼唤，无人开门。直觉告诉陆羽，季兰就在观内。陆羽拼命地拍打观门，呼喊季兰，就是不见动静。两个人，一个在门内，一个在门外。一道门，活生生地分出两个世界来。

陆羽在玉真观门前足足守候了三日三夜，又饿又困，不知不觉打了个盹。朦胧中只觉观门缓缓打开，季兰站在自己面前，心痛地看着自己憔悴的脸，依依不舍地离开，边走边回头。陆羽哭着喊着"不要离开我，不要离开我"，只是梦中的身体不听大脑使唤，动弹不得，眼睁睁看着季兰的身影慢慢消失在自己的眼前。

陆羽猛地一点头，睁开了眼睛，泪水已经遮蔽了双目，陆羽迷糊中看见观门已经打开。陆羽冲进了玉真观，找遍了每一个房间，哪里还有季兰的影子？原来片刻之前，分明不是做梦。陆羽在玉真观里来回找了很多遍，也没有看见那块刻着"镜心"二字的玉珮。

夫以铜为镜，可以正衣冠；以史为镜，可以知兴替；以人为镜，可以明得失；以心为镜，可以见天地。陆羽把母亲留给自己的这块玉佩送给季兰作为订情礼物，只待中秋节后禀明师父，二人就还俗结婚。想到此处，陆羽不由得在真武殿放声痛哭。忽地一阵凉风吹来，天尊面前的油灯竟然被吹灭。大殿之上，漆黑一片。

陆羽很晚才回到妙喜寺。师父皎然已经盘坐在山门等候了多时。皎然远远地看着憔悴的陆羽摇摇晃晃地走在山门的台阶上。皎然并没有去扶陆羽，只是默默地带着陆羽来到禅房。

皎然对陆羽说道："地藏菩萨言，'吾于五浊恶世，教化如是刚强众生，令心调伏，舍邪归正。或有利根，闻即信受。或有善果，勤劝成就。或有暗钝，久化方归。或有业重，不生敬仰。'季兰业力深重，你既度她不得，反而深陷其中。一沙一界，一尘一劫，你的世界与季兰的世界不同，她的劫数也非你能承受。父子至亲，歧路各别，纵然相逢，无肯代受，更何况你与她是来自两个世界的人。你当在寺中，精研茶道，好生修行，勤求解脱。"

当晚皎然带上《地藏经》，右手持着一个禅杖，左手托着一个紫铜钵，趁着月明星稀，下山云游去了。

师父下山后，陆羽也下山去了。到了城中，遇见一街头摆摊画画的老先生，陆羽径直坐下，说道："请先生替我画一幅画。"

老先生说道："活人还是死人？活人一钱，死人三钱，路费另算。"

陆羽说道："梦中人。"

老先生头也不抬，说道："画画需见本人，梦中人，画不了。你赶快走吧，莫要耽误了我做生意。"

陆羽掏出一两银子来，放到桌上，说道："一两够不够？"

老先生笑道："看在白花花的银子份上，你说，想画啥样？都说当今圣上宠信的贵妃娘娘貌绝天下，老夫当年倒是有幸一见真容，要不我琢磨着替您画一幅？"

陆羽神情恍惚地摇摇头，说："不用。我说，你画。"

老先生无奈地摇摇头，叹道："这年头，生女比生男矜贵，只是这红颜祸水，误人终生，否则我吴道子也不至于落得街头卖画。"

陆羽也不理会老者之言，闭上眼睛，述说着季兰的样子。一炷香的工夫，老先生说道："画好了，你睁开眼睛看看。都说画龙画虎难画骨，我画了一辈子，就今天画出了一个人的风骨，你这一两银子值了！"

陆羽痴痴地对着画中人来回端详，感觉季兰如跃纸上，清纯可爱，提笔写上"季兰"二字，把画卷了起来。从此陆羽带着此画浪迹天涯，寻找季兰。这一找就是七年。

那日陆羽来到姑苏城外寒山寺借宿。寺庙的阵阵钟声，穿破万里长空。看着窗外银河如链，繁星满天，陆羽翻来覆去，怎么也睡不着，耳边突然响起一阵吟诗声：

> 人道海水深，不抵相思半。
>
> 海水尚有涯，相思渺无畔。

陆羽的眼泪"唰"地涌了出来。这些年陆羽一直责怪自己，当初就是不明白季兰所思所想，后悔没有能在玉真观把季兰留下来。陆羽也想不明白，为什么他与季兰明明相爱，到最后还是要分开？人海茫茫，是否还有再见之时，再见时是否一切都已桑田沧海？命运如此捉弄，这诗里的每一句分明都是季兰的心声。

陆羽跳下床来，在黑暗中四下寻找，摔了好几跤，才看见前方亮着一盏灯。原来是一借宿的书生对景生情，在房里独自吟诗。书生由衷赞叹道："此诗名《相思怨》，乃扬州常真观主持玉真人所作，小生肖叔子路过扬州，与真人有一面之缘，故而知悉此人间绝唱。"

陆羽冲回房间，拿上包袱，跳上马，连夜出发。赶到常真观已是黄昏，观门紧闭，隐约可见门口一副对联：

> 有常无常，常亦无常；
>
> 是真非真，真也不真。

人这一颗心，究其实有真心和妄心的区分。真心如玉，温润清净，恒常不坏，佛家名如来藏，道家曰元神。妄心则起念分别，虚妄无常，无有真实，如梦所见，种种境界，皆依无明妄识。倘若肉身为妄心控制，能造种种业，受生死苦。常保真心，不起妄心，是谓常真。

　　陆羽用力敲门，出来一道姑，说道："无量天尊。家师知道你要来，今日清晨一早下山，云游去了。家师已将本观交于弟子打理，不再回来。家师劝你也不要再找她了，若非海枯石烂，不必再见。"

　　陆羽根本不信道姑的话，说道："我昨日半夜离开姑苏，你师父怎么可能今晨就知道我要来？"

　　道姑说道："本观所有房间均未上锁，公子若是不信，可以进去一探究竟。"

　　陆羽不由分说，冲进常真观，挨个房间拍打着房门，大声呼唤季兰，一会儿嗓子就说不出话来，哪里还有季兰的影子？

　　陆羽万般无奈，沙哑地问道："你师父可是有什么物件或信函托你转交给我？"

　　道姑淡漠地摇摇头。

　　陆羽既恨季兰绝情，又恨天不给机缘，还恨自己痴心，下山后却又继续寻找季兰下落。陆羽一路向西，又经七年，辗转打听到季兰隐居终南山妙真观。是年普天大旱，江湖枯竭，大地干裂，庄稼颗粒无收，流民四起。

　　陆羽在那逃荒的茫茫人海之中，白日赶路，入夜则啃食树皮。陆羽逆着人潮，一路来到子午峪，峪中唯一的归来客栈已在多年前毁于一场大火，眼前只剩一地焦炭，两处断壁。陆羽只得在一堆白骨之中靠墙露宿了一晚。望着满天繁星，陆羽怎么也睡不着，天还没亮就准备上山，一大早终于来到了妙真观。

这妙真观号称终南第一观，几年前由长安城内众多名士贵胄捐资兴建。妙真观建得金碧辉煌，气宇非凡，规模之宏大，甚至超过了太真宫。昔日玄宗为了迎娶自己的儿媳寿王妃杨玉环，令玉环奉道出家在太真宫以掩人耳目，而后堂而皇之地迎娶入大明宫。

陆羽看那山门牌楼，气势恢宏，山门后数不清的台阶之上，妙真观更是金碧辉煌，高耸入云。仔细看那"妙真观"三字，竟然是怀素的亲笔。怀素俗姓钱，钱家姓钱无钱，父母养不活他，很小就把他送到"绿天庵"当了和尚。寺庙周围的山上栽了一万多株芭蕉，每到夏秋两季，绿荫蔽日。怀素无钱，就在蕉叶上练就绝世草书，其势如黄河之水，一泻千里，给人以登山临海之感。这"妙真观"三字，观字笔墨干净，妙字由"少"、"女"二字构成，笔法婀娜多姿，三字合起来，宛然有"看见真少女"之意。当日怀素一路化缘，步行数千里，路过妙真观，酒后肆意挥毫，故笔法如此洒脱。

陆羽进了山门，并无人阻拦，只见那妙真观果真是非同寻常，金碧辉煌胜过那玉帝的凌霄宝殿，芝兰玉树好似那王母的瑶池别窟，好一个天上人间！观内阵阵清香，既非花草香味，亦非脂粉气息，倒是有几分令人痴迷沉醉。陆羽深吸一口气，将那心神往丹田里一放，顿时心定气闲。陆羽沿着回廊，经三清大殿、老律堂、回望阁、慈航殿、斗姆殿共五进大殿，见一高墙，墙上是一不起眼的贴壁小门，过门豁然开朗。亭台楼阁，碧水环绕，别有洞天。穿过假山，一大片草地围绕着一栋别致小楼，上有一匾，书"会月楼"。

当日季兰正在会月楼飞鸿厅中大宴宾客。飞鸿厅上书"鸿渐于陆"，陆羽一看就知道是季兰的亲笔，一时间泪眼婆娑。再看席间高朋满座，一个个酒气扑鼻，醉眼迷蒙。朱放、崔焕、肖叔子、阎士和、刘长卿皆是天下名士，陆羽只好在末位就坐。众人见这陌生男子进得了妙真观，大家心照不宣，也无人搭理陆羽。也许是连日赶路，连带脱水，陆羽容貌憔悴，季兰并未留意，似乎已经认不出眼前之人了，倒是肖叔子若有所思。

桌上摆满了西域的葡萄、岭南的荔枝和塘栖的枇杷等各色瓜果。一桌一个紫铜汤锅，热气腾腾，旁边一个鎏金掐丝宝莲纹大银碗，盛满了跳跃的活虾和吱吱作声的乳鼠。白玉杯中的美酒是那么的清澈透明，倒映着一个个得意的面孔。中间一群下人忙得不可开交，有的在开猴头、有的在生抠鹅肠、也有的在活烤鹅掌。一只即将临产的母羊已经烤熟，两个下人正兴高采烈地忙着开膛破腹，把乳羊取出来献上，母羊则赏给下人们饱吃一餐。

大家看得兴奋，吃得味美，一个个兴致高昂，纷纷在席间吟诗作对。季兰眼看刘长卿一手放在桌下，眉头紧锁，拿起一根香蕉，剥去了皮，洁白的牙齿轻轻地咬上一口，含在嘴里对着刘长卿半娇半嗔地说道："山气日夕佳。"

季兰此句，来自陶渊明的《饮酒》诗。"山气日夕佳"又暗合"日暮苍山远"，原来刘长卿的成名之作正是"日暮苍山远，天寒白屋贫。柴门闻犬吠，风雪夜归人。"

这疝气（山气）在中医本属于中气下陷之症，太阳下山前为日晡，阳明当令，气虚之人倘若中午没有睡觉，此刻容易中气下陷，疝气每多复发。陆羽看刘长卿面有苦楚，知他疝气犯了。只可惜其面白无毛，定是个软蛋，没有多大的用处。鼻梁不正，嘴角右斜，可知其内心何其扭曲。

果然那刘长卿应手拿起一串葡萄，捧在手里，摘下一颗，放入嘴中，口齿不清地应声回答道："众鸟欣有托。"

陆羽听了，心如刀绞：夕阳西下，众鸟归巢。难道季兰甘愿做一只给刘长卿取乐的小鸟？

朱放大笑道："采菊东篱下，妙！妙！"朱放此句，同样取自陶渊明《饮酒》一诗，原本是"采菊东篱下，悠然见南山"，南山又暗合今日终南山妙真观之会。只是这"采菊东篱下"在朱放口中，多了一番别样的淫荡放浪。肖叔子也不示弱，当即吟出一句诗来："三峡流泉几千里，一时流入幽闺里。"季兰脱口而出："巨石崩崖指下生，飞泉走浪弦中起。"阎士和竟然也含笑不语。

季兰原本是要将自己托付与朱放，可惜朱放外任，难得回京一次。季兰便与阎士和定下婚约，哪知阎士和随后外任剡县，季兰提笔写道：

妾梦经吴苑，君行到剡溪。
归来重相访，莫学阮郎迷。

《幽明录》载：汉明帝五年，会稽郡剡县阮肇入天台山采药，迷途难返，见溪边桃林，有妙绝仙女，于是抛妻弃子，应招为婿。半年后回家，子孙已过七代，人称"阮郎迷"。阎士和握紧季兰的手，跪在江边，指天为誓。可叹那阎郎到任不久，随即娶进豪门。谁料他回京之后，也来赴今日盛宴。

陆羽自幼在妙喜寺的大桃树下听师父趁着月光下为自己反复讲解陶渊明的《饮酒》诗：

> 结庐在人境，而无车马喧。
>
> 问君何能尔？心远地自偏。
>
> 采菊东篱下，悠然见南山。
>
> 山气日夕佳，飞鸟相与还。
>
> 此中有真意，欲辨已忘言。

"结庐在人境，心远地自偏"，说的是凡圣无二境，闭门即是深山，修行处处净土。"此中有真意，欲辨已忘言"，说佛家以色、身、香、味、触、法为六识，意根为第七识，阿赖耶识为第八识。明心见性即是定中一念不起而阿赖耶识显现。道家以欲、情、意、神相区别。色、声、香、味、触、贪为六欲，引发喜、怒、忧、思、悲、恐、惊七情，凡夫虚情假意，动摇元神，漏落生死。修道之人，需得常守天真，凭那一点真意，以意引气。恬淡虚无，则真气从之。以气引神，气凝神驻而河车自转，金丹自结。但这一点真意，自虚无而生，首先须得舍去那七情六欲与虚情假意，故而

"欲辨已忘言"。故佛、道二境，一为无意识的觉醒状态，一为真意引导下的窈冥状态。

陆羽心中愤然不平，站起身来，走出席间，对着大家一拱手，自个吟了起来：

> 人吃人，钱买钱，
>
> 官做贼来贼做官。
>
> 心渊莫测深万丈，
>
> 万丈红尘浪滔天。
>
> 良人呵，
>
> 你作甚留恋？

一时间四下无声，静得可以听得见室外的风吹叶落。陆羽想起远在天边的师父，再看近在眼前的季兰，强忍心中痛楚，远远地对着季兰一拜，轻声说道："经时未架却，心绪乱纵横。"

季兰看着陆羽，一言不发。陆羽快步上前，说道："真人可否借一步说话？"

陆羽拉着季兰，来到屏风后面。季兰含泪说道："一别许多年，我早已不是女儿身。你走吧，我回不去了。"

陆羽握紧季兰的手说道："当日你清纯如出水芙蓉，我爱你；而今你浪迹风尘，我爱你如初。从前种种，譬如昨日死；此后种种，譬如今日生。兰儿你跟我走吧。"

季兰把自己的手从陆羽手中抽了出来，说道："怎么离开？你看外面哪一个不是王公贵胄，如何能放弃未来？"

"那外面躺着的哪一个不是豺狼虎豹，为何不远离险境？"

季兰指着观门外说道："山下二十里，就是长安城。不出两三载，我必应召入宫。天下女人，谁敢对我有半分不敬，一句流言？今生游戏人间，放荡形骸，不就是为了今天！女人本是男人交易的最佳中介。男人们玩了同一个女人，睡了同一张床，才算交了投名状。这世间男儿，几个不是贱人？那些食肉者哪一个不是心甘情愿地把自己的女人让那给自己肉吃的人玩弄糟蹋？这些人以为可以把季兰玩弄于股掌之间，季兰又何尝不是在玩弄这些贱人？事已至此，怎么放弃？"

"天地有万古，此身不再有；人生只百年，此生最易过。万古名利，转瞬就逝；而一生幸福，就在眼前。何不放下那物外物，回眸这身后身？"陆羽指着自己的胸口说道，"你若放弃，任何时候都不为晚，陆羽在这里等着你！"

"贫贱夫妻百事哀。大唐开国至今，崔家宰相就有十数人之多。前些天崔焕之子崔地介和一众纨绔子弟酒后将一歌妓轮奸至死，京兆尹竟判此歌妓勾引显贵，短命猝死！你若没有权势，自己的命运不能掌握在自己手里，命如草芥，何来幸福？你就不想想，你如何进得了这妙真观的大门？鱼得水而游，鱼不知有水；鸟得风而飞，鸟不知有风。长安就是一张大网，所有的人都在这网中，几个能掌控自己的命运？每个人背后都有一双看不见的眼睛在监视着你，推着你往前。就算有路，也是人家早就修好的路，普通人只能身不由己地前行。默默无闻，一生混吃混喝等死，像只蝼蚁一样，有你不多，无你不少，谈何幸福？人和人的差距，比人和狗都大，说什么众生平等？我本是富家千金，万千宠爱，眼前之人无不众星拱月，百般迁就。就因为写给羽儿的一句诗，亲生父母就把我送进道观，寂寥孤苦度此残生，老天对我何其不公？既然给了我富贵，为何我才十岁就又夺走原本属于我的一切？我恨我父母，我要拿回属于我的一切！仅凭一句诗，他们就断定我长大后必定成为荡妇，既然如此，我就是荡妇，我要淫荡给天下人看看，看我李季兰如何玩弄天下的男人。外面那些男人，哪个能和我相提并论？我恨就恨老天给了我一个女儿身！我若是男人，躺在外面又何尝不会是万千女子？这些人全都有把柄在我手里，别看他们平日里斗来斗去，进了妙真观，就是一股绳。你若是愿意等我，有朝一日这大唐的大好江山全都是我和羽儿的！"

陆羽悲愤不已，大笑着说道："好，好！当今圣上，宠信贵妃玉环，大唐后宫，三千佳丽无颜色。你想入宫，无疑于飞蛾扑火！"

季兰冷冷地说："玉奴进宫前不也曾出家为道吗？她能做到的事，我怎么会做不到？我每天在镜子里看自己，这么漂亮的脸庞，这么美丽的身材，难道就该一生埋没在这深山古观？我时时为自己的美丽而陶醉，又每日为命运的不公而愤怒。杨玉环她哪点比得上我？她狐气熏人，成天泡在华清池里，而我遍体生香，呼气如兰，凭什么老天对她如此眷顾？"

陆羽痛苦地说道："一骑红尘妃子笑，无人知是荔枝来。圣上用子午峪军道八百里加急为玉奴运送荔枝，军道本是传送国家军事绝密专用，尘土飞扬，安得太平？这红粉一笑，究竟需要多少人的鲜血来染红？世人都说皇帝与玉奴海枯石烂，天下父母不重生男重生女，家家都恨不得再出一个杨玉环。可依我看来，一个强娶自己儿媳的人，对爱情能有多专一？一个为了嫁给自己公公伤害自己丈夫的女人，未来会有什么结局？既然你心意已决，你我今生，就此别过。今生不欠，来生不见。生生世世，永不纠缠。若非海枯石烂，永不相见。你好自为之。"

陆羽看见季兰腰间的玉佩，伸手就要去摘，季兰用手抓紧玉佩，对着陆羽不停地摇头。陆羽痛苦地说道："人你都不要，还要此物件做甚？"

季兰含泪说道："人道海水深，不抵相思半。海水尚有涯，相思渺无畔。让我留个念想吧！"

陆羽不再言语，转身走出屏风，只见厅中男子早已脱去衣服，一群人醉熏熏地乱成一团。陆羽心中苦楚，也不知道走了多久，只觉得路越来越陡绝，两旁泉声淙淙，前方有一石桥，两崖危峰峭壁，陆羽万念俱灰，纵身一跳，只听得耳边尽是呼呼风声。忽然间脖子被拂尘缠绕，身子缓缓地落在地上。睁开眼睛已是桃花源中，芳草萋萋，落英缤纷。

迎仙客·混元珠

云龛子

水深清，山色好，

天下是非全不到。

竹窗幽，茅屋小，

　个中真乐，

　莫向人间道。

柳阴边，松影下，

竖起脊梁诸缘罢。

锁心猿，擒意马，

　明月清风，

　共谁说长生话。

十六

归去来兮

大唐入仕，分科考与举荐。科考不分贵贱，然非官宦弟子，原则上不得以孝廉举荐。于是平民子弟，寒窗十载，悬梁刺股。而官宦人家，白天嚼菜根，夜半吃鲍鱼，此为廉；更有甚者，用棉被捂死爹娘，再风光大葬，呼天抢地，此为孝。天宝四年，寒窗十载的杜甫从奉先老家来到长安，准备参加科考。也是那杜甫没有富贵的命，赶上了前无古人，后无来者的权相李林甫。毕竟当官的名额有限，李林甫为了让亲信以孝廉入仕，竟然让参加考试的士子破天荒地全部落选。杜甫悲愤无奈，只得隐居终南山，多方结交权贵。这一待就是十年，却仍然连妙真观的门都进去不得。一日无事，郁郁寡欢的杜甫独自一人在子午峪中闲逛。

杜甫无聊地四处张望，忽然看见前面一棵李子树，树上挂着一副画，画中女子奇美无比。原来是那日陆羽跳崖时，那随身携带了十多年的画挂在了山崖下。这画上溅了几滴陆羽的鲜血，又经日晒雨淋，鲜血弥散纸上，宛如片片桃花，雨水和着墨迹扩散，画面只觉烟雨朦胧之中，落英满地，一女子独立远眺，凄美无比。

杜甫在终南山中节衣缩食，常常大半年闻不到肉味，对外则称尘心已了，早已断绝荤腥。转身杜甫就回到长安，一跺脚当了全部家当，加上平日里节省下来的数百两现银，凑足一千两，将此画连带自己的几首新作小诗托人送与高力士。

青莲居士李白字太白，号谪仙人。李白之父，曾为山东任城尉，后举家迁往四川。走到河北沙丘时，黄沙漫天，炎热难耐。正好路边有一块天外飞石，灰溜溜地躺在地上。李夫人坐在顽石上休息了片刻，只觉一道白光，嗖地一下从下身钻进肚子，腹中顿时一阵清凉，来回转动。李夫人也不好对旁人言语，叫下人过来扶起身子继续赶路，到达川西就产下了李白。忽一日，正值青年的李白在墙上写下：

人生得意须尽欢，莫使金樽空对月。

天生我材必有用，千金散尽还复来。

李白仰天大笑出门而去，至襄阳入赘前朝丞相许家，未能出仕。许氏过世后，李白经山东辗转来到终南山，却始终不曾去妙真观，只在玉真观与师妹无上真人玉真公主日夜把酒言欢。也是公主垂爱，以献诗为名将李白引荐给玄宗。李白大笑着入宫，到了殿外却昂首不入。高力士知道李白是玄宗的妹妹玉真公主举荐，微笑着走出殿来，对李白说道："居士留步，留步。"高力士费力地蹲下微胖的身子，亲自为李白脱去长靴。

李白阔步进入金銮大殿，御前侍卫韦应物瞟了一眼李白脚下，宛如有一薄如轻纱的气垫，随着李白步伐起伏向前，四周竟然一尘不起。韦应物握紧配剑，站在玄宗身旁，心道：好厉害的轻功，果真是踏雪无痕。二人目光如炬，瞬间对峙，倒是玄宗一语打破了凝结的空气："朕常听玉真公主说起爱卿好文采，爱卿不如就在翰林院安心做学问吧。"玄宗草草打发走李白，对着高力士冷笑道："持才自傲，得志猖狂。"高力士微微一弯腰，低头答道："宠辱不惊，已非常人。只是前贤有言'疏狂非高人，高人不疏狂。'"高力士同时将季兰的画像与杜甫的新诗献上。

不日仆人来报，说是宫中传出消息，圣上授杜甫右卫率府胄曹参军，令其即刻进京面圣。当月杜甫衣锦还乡，刚进到家门就听到一屋子的哭声，竟然是小儿子刚刚饿死了。

玄宗看见此画，龙颜大喜，忽然想起来京中多位贵胄早已推荐过李季兰，只是碍于玉奴情面，未置可否。玄宗日日与玉奴独处，日久自然也觉得些许乏味。想这满园春光，百花齐放，虽然独爱一枝，但这玄宗自来心胸宽广，未免有些空旷。只是玉环心如明镜，谁别想接近玄宗，连当年的死敌公孙大娘，自己也设法暗地放她出宫。

当日公孙大娘被迫奉召前往大明宫舞剑，却被玄宗软禁在拾翠殿中。无论高力士怎么劝说，公孙大娘就是不从。眼看公孙大娘绝粒不食，玄宗一筹莫展，坐立不安，玉环于是说道："这女儿家的心思，还是女人最知道。大娘想必早有了心上人，如今即便心里想着从了圣上，这嘴里如何说得？不如就让奴家去替圣上办得妥帖了。"这杨玉环果真是玄宗肚里的蛔虫，直说得玄宗龙颜大悦。

杨玉环来到拾翠殿，公孙大娘正在擦拭着随身的佩剑。大娘看见贵妃进了殿，径直就跪下。天下舞者，柔舞玉奴技绝天下，无出其右；而剑舞则是公孙大娘游刃有余，前无古人。杨玉环扶起公孙大娘，既怜爱，又心痛地说道："妹妹你就是不愿意待在宫中，又何必这般折磨自己！"

公孙大娘毅然说道："文王、武王相承，其明德日以广大，故曰大明。而今这宫中，龌龊不堪，岂是人待的地方。不出宫，毋宁死。"

杨玉环听了也不生气，万般无奈地感叹道："都说大明宫有昊天镜，能照见你缘定三生的心上人，我也是一时好奇，进得宫中，却无缘见得。"

公孙大娘含泪哀求道："大娘心在江湖，不在深宫，求娘娘救命。"

杨玉环牵着公孙大娘的手，说道："姐姐我本也是个舞者，待在这深宫中多年，如同一只笼里关久了的鸟，就算想飞出去，也不知道该飞到哪里。如今即便我想了法子放你出宫，可这普天之下，莫非王土，你还能飞到哪里去？"

公孙大娘说道："云影剑于真大侠是大娘心上之人，我一出宫，他收到消息立刻就会赶来接应。我们从此归隐江湖，不再抛头露面，断然不会再有任何人知道我们的行踪。"

杨玉环看着公孙大娘，满眼的羡慕，轻声说道："你这就收拾好行李，吃一点东西，不要惹恼了圣上。三天后亥时，会有御前侍卫在殿外等候。"

公孙大娘满眼是泪，对着杨玉环磕了三个头，哭道："娘娘救命之恩，大娘没齿难忘。"

三天后公孙大娘果真趁着月黑风高偷偷从玄武门离开大明宫，直奔子午峪。准确地说是离开人间，只因那公孙大娘悄无声息地被劫杀在子午峪中的归来客栈。

那一战，死伤了一百多个死士。暗中有一个绝世高手，万千剑花，如天女散花一般漫天飞舞。公孙大娘没有短剑护卫，身中数十剑，从天黑一直杀到天亮，终究没有等到于真。公孙大娘仰天长笑道："于真，来生我还等你！"眼见公孙大娘血流如注，难以支撑，上百死士一哄而上，公孙大娘就此死于乱剑之下。众人打来几十桶清水，仔细冲刷，清理完血迹，收拾好兵器，将尸体与砸碎的桌椅在大堂一一重新摆放，去厨房堆满干柴、枯草，煮了一大锅饭，切上一案板的肉，在灶前、锅前与案前各放上一死尸，将锅里倒上一瓶菜油，点上火烧了归来客栈。

那日清晨，朝霞满天，季兰起床后漫步。季兰在妙真观山门前呼了口长气，伸了伸腰，忽见山下子午峪内火光冲天。季兰也没有在意，只因这终南山内，隐藏着无数的奇人异士，又隐藏了多少大唐盛世下的魑魅魍魉？

眼看玄宗心中不悦，玉奴安慰玄宗道："奴家入宫已许多年，却从未回过蜀中老家。家中三位姐姐，国色天香，奴家每日，思念姐姐，独自垂泪。奴家恳请圣上下旨，迎奴家三位姐姐入京，一解奴家相思之情。"玄宗怜惜地点点头，想到玉奴如此体贴，也就不好意思再生气，随即迎玉奴三位姐姐入京，分别封为虢国夫人、韩国夫人和秦国夫人。从此杨家四女，将玄宗团团围住。

不曾想玄宗今日一见这画中之人，烟云蒙蒙之中独立远眺，分外可怜，好一个北方有佳人，绝世而独立！此画妙趣天成，已非人力所为，玄宗看后按捺不住地怦然心动，当即下旨，召季兰即刻赴京入宫。

为钳制太子李亨在军中的势力，玄宗扶植安禄山，统帅三镇，执掌天下三分之一的兵马。天宝十年，正月三日是安禄山的生日，三天后干妈杨玉环召安禄山觐见，替他举行"洗三"仪式。杨玉环让人把安禄山当作婴儿，脱光了放在漂满桃花的大澡盆中，自己身着粉红色的薄纱，为安禄山一点点地轻轻擦洗全身，玄宗则在幕后偷偷观看，暗自心动不已。洗完澡，杨玉环用锦绣料子的特制大襁褓包裹住安禄山，让宫女们把安禄山抬起来放在彩轿上，宫女们推着轿车在后宫的花园中转来转去，杨玉环则在后面追赶，娇喘嘘嘘，口里还不停地呼唤着："禄儿、禄儿"。二人正在相互追赶，嬉戏取乐，一不小心，杨玉环扑倒在了安禄山身上，安禄山的手竟然抓伤了玉环的胸部。杨玉环平静地拿出胭脂，将伤口画成一朵桃花，娇艳欲滴。四年后安禄山"只为一人，不为天下"，发动了安史之乱。

玄宗依宰相杨国忠之策，为了不耗国库而筹集军饷，朝廷派御史崔众于河东地区收钱度僧尼道姑，旬日间得钱百万。就在季兰到达长安的当天，安禄山大军直逼长安，玄宗仓惶西逃，国库反倒尽为安禄山所有。

那夜马嵬坡的天空上太白星尤其闪亮。太白金星清晨升于东方，人称启明；傍晚落于西方，人称长庚。《汉书·天文志》载："太白经天，乃天下革，民更王。"是夜太子李享策动金吾卫兵变。韩国夫人和杨国忠随后被叛兵乱刀砍死。韦应物奉旨赐玉奴三尺白绫，目睹玉奴在佛堂的李树下香消玉殒，自缢而死。昔日花容月貌的玉奴双睛上翻，眼球布满血丝，大小便一齐喷出，臭不可闻，鼻涕和涎液沿着嘴角下垂了一地。

秦国夫人在安史之乱前夕病逝，虢国夫人逃出长安，与其一子一女一起逃到陈仓，却被县令薛景仙率人追杀。虢国夫人仓惶中逃入一片竹林之中，手起刀落，利落地杀死了自己儿女，然后举剑自刎。薛景仙飞起一剑，正中虢国夫人手腕，虢国夫人竟然未能割断自己喉咙，被薛景仙关入狱中。当夜刎伤出血，凝结喉中，虢国夫人面色青紫，倒地挣扎，一手捏着咽喉，一手自刎伤处伸入喉咙之中，慌乱之中两手用力竟然一下拧断了自己的脖子。虢国夫人两目瞪圆，眼睛外突，舌头长长伸出，身体扭曲如麻花状，窒息惨死。

御前侍卫韦应物出身豪门，深得玄宗皇帝信任，更加放荡跋扈，终日与亡命之徒厮混，京中死士，大多与韦应物相识。

少事武皇帝，无赖恃恩私。

身作里中横，家藏亡命儿。

朝持樗蒲局，暮窃东邻姬。

司隶不敢捕，立在白玉墀。

那日在子午峪，韦应物骑在马上，手握长剑，走在玄宗銮车前，面无表情地瞟了一眼路边那大火烧过之后的归来客栈，一地残垣，几堆白骨。抬头前看，只见群峰之上，隐隐可见一道观，金光闪烁。马嵬坡如同一个噩梦，时时浮现。韦应物只待銮驾回京，立志发奋读书，痛改前非。

杜甫的芝麻官也做不成了，随着难民，四处流亡。杜甫原本打算从子午峪入川尽忠，刚到峪口就听说太子自立为肃宗，杜甫当即调转方向，火速投奔肃宗。可惜还没走到半路，叛军蜂拥而至，转眼成了俘虏。杜甫官职太小，不配斩杀，押送长安。所幸犯人太多，监狱太少，实在管不过来，杜甫就此被放了生。经此一吓，杜甫一夜白头，慌乱中写下了感人至深的《春望》。

> 国破山河在，城春草木深。
>
> 感时花溅泪，恨别鸟惊心。
>
> 烽火连三月，家书抵万金。
>
> 白头搔更短，浑欲不胜簪。

这安史之乱，转眼八年。安禄山的儿子安庆绪为当皇帝，造反杀了安禄山。安禄山的爱将史思明后来为圣上报仇，杀了安庆绪，自立大燕皇帝，年号顺天。史思明的部下甚为残暴，每攻陷一城，一律杀光老弱病残，以壮丁为挑夫，把妇女先奸后杀。魏州一役，史思明军队一日之内杀掉三万多人，血流数日不止，染红了苍茫大地。乾元二年（759年）史朝义兵败，退守永宁，史思明怒道："朝义胆怯，不能成我事！"召史朝义、骆悦等大将至大帐前，威慑众将说道："尔等不卖命，我即杀绝尔等。"当夜骆悦与史朝义商议对策，史朝义哭着说："我父亲睡眠不好，夜间多梦，诸位好好处理这件事，千万不要惊吓了我的父亲！"骆悦等夜闯大帐，用绳子勒死了史思明，然后回去报告史朝义："大事已经完成。"史朝义悲痛地说道："诸位没有惊吓到我父亲吗？"骆悦回答说："臣等没有。"众人随即伪造了史思明诏书，史朝义即刻继位，同时派遣使臣杀掉弟弟史朝清及母亲辛氏。后史朝义部下内讧不断，时常火并，史朝义兵败自尽。

当日安禄山攻入长安，直奔大明宫。安禄山在大明宫里翻天覆地，搜寻了数日，哪里有昊天镜的影子？安禄山气得连砍十数人，拉开嗓门破口大骂："骗子，骗子，骗子！"大唐随后却陷入藩镇割据，人心莫测，战乱不断。

李白在长安为翰林时，玄宗命李白为贵妃作新乐章。那日在华清池，贵妃出浴，洗尽凝脂，一身薄纱。贵妃丰乳肥臀，婀娜多姿，脖子天生洁白无瑕，宛如玉环绕颈。好一个贵妃出浴索人扶，露出一颈白雪肤，看得李白两眼发直，口水直咽。

贵妃回眸一笑，口齿模糊地问道："帐外可识（是）里（李）白？"

李白答道："正视（是）里（李）白。"

贵妃凝视着李白，嗔道："李白莫非是江郎才尽，今日这诗是作还是不作了？

李白恍然惊醒，诚惶诚恐地说道："娘娘之美，除了天上的牡丹仙子，人间无可比拟。"当即提笔写下：

云想衣裳花想容，春风拂槛露华浓。

若非群玉山头见，会向瑶台月下逢。

贵妃笑道："牡丹又如何？"

李白赞叹道："娘娘之美，美在雍容华贵，百花姹紫嫣红，皆不如娘娘之国色天香，超凡出尘。世间万物，但凡有情，无不对娘娘在兹念兹。"

贵妃嗔道："这世间万物，可有翰林在？"

李白沉吟道："双燕复双燕，双飞令人羡。"

门帘后面传出一阵贵妃半娇半嗔的声音："坊间传说公孙大娘舞姿翩翩，可似飞燕？"

李白心中一惊，答道："李白心中只知有娘娘，不知有大娘。公孙大娘舞姿虽然雄浑，然全无女儿气息。娘娘玉楼珠阁不独栖，金窗绣户长相见。并非凡鸟可比。"李白随即写道：

一枝红艳露凝香，云雨巫山枉断肠。

借问汉宫谁得似？可怜飞燕倚新妆。

汉成帝之后赵飞燕舞姿轻盈，如掌上飞舞，勾魂夺魄。赵飞燕最终废为庶民，自缢身亡。李白以赵飞燕比拟杨玉环，一语成谶。李白离开长安后，二度入赘前宰相宗家，听闻玄宗赐死玉环，宛如晴天霹雳，昔日芙蓉花，今成断根草。李白随即怂恿永王李璘谋反，并写下反诗，广传天下：

永王正月东出师，天子遥分龙虎旗。

楼船一举风波静，江汉翻为燕鹜池。

好一个江汉翻为燕鹜池。数月后李璘兵败被诛，李白流放夜郎（今贵州省桐梓县），朝廷传下秘令：天下人皆可杀之。从此李白亡命江湖，夜行昼伏，躲避追杀。

长短剑公孙大娘、云影剑于真、流星剑李白与无心剑韦应物人称江湖四大剑客。李白在江湖上排名第三，想杀李白谈何容易？长短剑与云影剑已失踪多年，谁杀了李白，谁便是天下第一。杜甫感叹道：

不见李生久，佯狂真可哀。

世人皆欲杀，吾意独怜才。

李白南下到达夜郎，随后又持剑北上。满头白发的李白杀出一条血路，在雷雨之中冲进九霄观。李白扔下手上的云舒剑，剑身满是缺口，剑柄因为李白的虎口被震裂，也染满鲜血。满身是血的李白长跪在灵宝天尊像前，嚎啕大哭。李白握紧长剑，站起身来，身后那人进殿，了无声息，好一个踏雪无痕。

李白转过身子，与韦应物目光再次对峙。韦应物的无心剑以幻闻名，软剑出鞘，化作万千剑花，令人不知道哪一剑是真，哪一剑是假。无心应物，则应物不迷，可又有几个剑客不被韦应物的剑光惊心动魄，命丧剑下？那李白的流星剑却以快闻名，十步一杀，甚少与人过第二招，正是无心剑的克星。

李白只觉得剑影如天女散花一般漫天飞来。李白纹丝不动，忽然间朝着剑花中的人影一剑刺去。李白只觉手腕一麻，长剑落地，无心剑的剑柄正中李白手腕正中的内关穴。原来那韦应物已经练成移步换影，谁能分清哪一个影是真，哪一个影是假？

韦应物在案上放下一坛美酒，点起三炷香插进香炉里，对着灵宝天尊喃喃自语道："今朝豪杰非昨日，由他醉者由他睡。侠，任你为。魈，也任你为！"说毕，吟着诗转身离去：

> 可怜白雪曲，未遇知音人。
> 恓惶戎旅下，蹉跎淮海滨。
> 涧树含朝雨，山鸟哢馀春。
> 我有一瓢酒，可以慰风尘。

殿外已是雨过天晴。太白金星今夜尤其闪亮，一颗流星划破长空。失魂落魄的李白抱着酒坛来到采石矶悬崖下的江边，李白抬一会儿头望着天上的太白金星，一会儿又低头凝视水中的圆月，公孙大娘、玉真公主与杨玉环的身影在月影中时隐时现。

疲惫不堪的李白眼见天上金星的光芒逐渐暗淡，恍惚之中埋头走入江中，水中捉月。只见那月影之中公孙大娘呼唤着："太白，你还好吗？"李白边划着水，边说着："公孙大娘，等等我。"转眼间月影中又出现了玉真公主的身影，对着李白娇嗔道："青莲师兄，你这是要去哪里？"李白边着急地往水里走着，边说："公主，等等我"。突然间杨玉环的身影浮现在月影中，玉环含情脉脉地笑道："翰林这是江郎才尽了么，要往水中走？"李白双手捧着水里的月影，哭着说："玉奴，你在哪里？"李白就在那江中越走越远，江水渐渐没过头顶，了无踪影，江面水月空华，风光无限。

大历二年（767年）杜甫流落四川，在朋友夔州别驾元持的家中观看侠女李十二娘剑舞，与公孙大娘隐约有几分神似，杜甫吃惊地问道："姑娘的剑术是向谁学的？"李十二娘答道："吾师乃公孙大娘，可惜我仅侍奉师尊三年，尚未得师尊精髓，师尊即北上长安，再未见得。"杜甫一时间往事历历在目，黯然说道："公孙大娘的绝学乃是长短剑，长剑寒光拂面，短剑出其不意。你单剑独舞，能得公孙大娘一二，已是甚为难得。故人张旭，善草书帖，狂逸不羁，人称张颠，与怀素并称颠张醉素。张颠每喝得伶仃大醉，呼叫狂走，手舞足蹈，然后落笔成书。喜悦、愤怒、忧伤、怨恨、思慕、穷困，有动于心，张颠必于草书发之。张旭落笔走龙蛇，只因常观公孙大娘舞剑，得其神韵。楚人每道张旭奇，心藏风云世莫知，张颠这世间豪情，只怕唯有公孙大娘可知。昔日我与张旭、怀素、李白、于真、吴道子六人，同观公孙大娘舞剑，年过花甲的张旭起身对你师父说道，'不贪那貌美如花，不羡那似锦繁华，看这颗不二真心，谁共我浪迹无涯。'这岁月如刀，转眼间张旭已不在人世。"杜甫沉思片刻，说道："老夫寻访多年，也未能得知你师父下落。或许曾经有人知道，此人天下人皆欲杀之。你不用问，老夫也不会说。"说罢杜甫提笔写道：

> 昔有佳人公孙氏，一舞剑器动四方。
>
> 观者如山色沮丧，天地为之久低昂。
>
> 霍如羿射九日落，矫如群帝骖龙翔。
>
> 来如雷霆收震怒，罢如江海凝清光。
>
> 先帝侍女八千人，公孙剑器初第一。
>
> 老夫不知其所往，足茧荒山转愁疾。

兵荒马乱之中，季兰竟连玄宗皇帝都没能见上一眼。昔日无比繁华奢靡的大唐，瞬间就在这战火之中土崩瓦解，成为那过眼云烟。有道是风流得遇鸾凤配，生不逢时奈何谁？一日没一日，一年老一年，岁月就在这兵荒马乱之中转瞬即逝，一眨眼玄宗、肃宗、代宗相继驾崩。感慨之余，季兰提笔写下《八至》，以明心志：

> 至近至远东西，
>
> 至深至浅清溪。
>
> 至高至明日月，
>
> 至亲至疏夫妻。

圣上与圣母犹如日月，至高至明，而夫妻却尤为疏远。贵妃被圣上赐死在马嵬坡，谁才是真正母仪天下的人？可叹自己从近在咫尺的终南山来到长安，玄宗却已远去西蜀，此情深，此情浅，清溪可解？圣神文武皇帝德宗生性文雅，工于诗赋，一日读到季兰此诗，不觉怦然心动，佳句脱口而出：

雨霁霜气肃，天高云日明。

繁林已坠叶，寒菊仍舒荣。

德宗当即封季兰为"俊妪"，却并不召见。季兰回想起多年的红颜失志，只觉得朝如青丝暮成雪，明镜白发空悲切，刹那想起故人的那一张诚挚的脸。季兰每日在终南山上远眺那曾经和陆羽在漫山茉莉之中牵手奔跑的地方。昔日在广陵常真观外远远地望着陆羽的情景历历在目，季兰忍痛提笔写下《恩命追入，留别广陵故人》：

无才多病分龙钟，不料虚名达九重。

仰愧弹冠上华发，多惭拂镜理衰容。

驰心北阙随芳草，极目南山望旧峰。

桂树不能留野客，沙鸥出浦谩相逢。

当你已经老了，累了，你是否还愿意回到过去，像孩子一样学会如何去爱？儿时大病初愈，用心写诗给陆羽的场景历历在目。孤身一人的季兰踌躇再三，在妙真观里徘徊了好几日，终究是没有将诗寄给陆羽。自沉吟，莫追寻。亲，也在您，疏，也在您。

经时未架却，心绪乱纵横。

已看云鬟散，更念木枯荣。

人之有志，譬如树之有根。枝叶虽枯槁，根本将自生。都道是命由天造，也曾闻命自我立，老树尚有发芽时，枯木只待逢春日。

建中四年（783年），朱泚兵变，占据长安，自立为帝，年号应天，迎那百年不遇的传奇坤道季兰入宫，令季兰写诗歌颂新朝：

> 故朝何事谢承朝，木德□天火□消。
>
> 九有徒□归夏禹，八方神气助神尧。
>
> 紫云捧入团霄汉，赤雀衔书渡雁桥。
>
> 闻道乾坤再含育，生灵何处不逍遥。

三个月后李晟攻克长安。季兰的诗被查抄发现，德宗召季兰上殿。德宗一声叹息，责备季兰道："你为何就不能学学严巨川？"想那严巨川逃跑不及时，失身贼廷后写下一诗：

> 烟尘忽起犯中原，自古临危贵道存。
>
> 手持礼器空垂泪，心忆明君不敢言。

李适在为郡王时，担任天下兵马元帅征讨史朝义。大军路过虢州，德宗在寺庙的墙壁上题诗道：

> 高僧居净域，客子恋皇宫。试访毗耶室，旋游方丈中。
>
> 禅林吹梵响，忍草散香风。妙说三元义，能谈不二宗。
>
> 色空双已灭，内外两缘同。识尽无生理，乃觉出凡笼。

安史之乱后李适被立为太子，在王承升家遇见其妹妹王珠，国色天香而无一丝造作，可惜王珠死活不愿嫁入皇室，登基后德宗终于强纳王珠为妃。王氏不恋宫室，喜着布衣，常与宫女一同洗衣舂米，浇花种菜。德宗无奈叹道："穷相女子。"乃逐出宫中，并令其母兄：王珠不得嫁进士朝官。中书舍人元士会暗恋王珠已久，当即脱了朝服，挂冠而去，与王珠浪迹天涯。德宗此后绝嗜欲，工诗句，臣下莫可及，但对季兰的诗，却赞口不绝。

　　季兰凝视着德宗，轻声说道："勿以千里遥，而云无己知。"德宗听见自己的诗句，一语不发，转身离殿。严巨川因"心忆明君"不与追究，季兰却因谋逆大罪而身陷囹圄。

　　牢里牢外两重天，一个数米见方的牢房关押十几个女囚。只见草席在地上一字排开，人与人之间仅有一个拳头大小的距离。睡在季兰左边的是一年青的尼姑，虽然形容憔悴，难掩平日里的貌美。右边是一刚满十四岁的姑娘，原本是袁姓大户人家的千金小姐，只因家道中落，从河北千里投亲来此，寻访那进京赶考的未婚夫，不想被狠心的娘舅卖到官家做丫鬟，哪知不到一月，主家大逆不道，重罪抄斩，下人秋后处决，可怜那未婚夫与远在河北的父母尚不知道她的下落。

　　每天到点狱吏送来一盆狗食，瞬间就被抢光。房里有两个木桶，晨起依次在第一个桶里洗漱，然后排队在第二个桶里排便。过了这个点，多少屎都得憋回肚子去，重新消化。为了不影响后面的人排便，免得被人群殴，女犯们每天清晨都分外努力。金砖银水来得太快，常常溅得一屁股都是，也难免都有痔疮、肛裂。晚上由女囚轮流值守，防止本房其他囚犯自杀。季兰进去的当晚，就被几个女囚按在地上一阵痛打，为首那个扒光季兰衣服，将那季兰活生生玷污了。

半夜里季兰只觉的有一双手温柔地抚摸着自己额头，耳边响起一阵轻柔的声音：“所有一切众生之类，若胎生、若卵生、若湿生、若化生，若有色、若无色，若有情、若无情、若非有情非无情，我皆待之以卑下心、恭敬心、平等心、空观心、无为心、无杂乱心、无染着心、无见取心、大慈悲心、无上菩提心。身在狱中，活下不易，何不放下心结，对菩萨许下心愿？从今以后，不再吃那胎生的有情众生，菩萨对你之心必有感应。”季兰挣扎着睁开眼睛一看，原来是睡在自己身边的尼姑。女尼对季兰说道：“心中有菩萨，你自有活下去的勇气。”季兰满含泪水地对尼姑点了点头。

睡在袁姑娘旁边的是一气宇非凡的老妇人。早上狱吏敲牢门，递进来一双布鞋，老妇人把鞋捧在胸口，蹲在地上嚎啕大哭，旁边的几个女囚跟着一起哭成了泪人。袁姑娘泪眼婆娑地对季兰说道：“你人刚进来还不知道。只要鞋子能进来，那就说明亲人已经知道了你的下落。这世上还有人对你未曾放弃，此生已经知足了，至于能不能活着出去，只得听天由命。”袁姑娘偷偷凑近季兰，小声说道：“奇就奇在她儿子三月前逃往扶桑，据说死在海上，家中早已无人。”

季兰悄悄问道：“听说大牢里供奉的都是狱神皋陶，这大门边偏供着一个阎罗王，内中有何奥妙？”

袁姑娘满脸佩服，神秘地说：“里面的人要想出去，需得外面有人给足了银两，上中下打点。上面好说，求神拜佛，靠的是心诚。还需平时攒得有功德，要不神仙也不待见，这临时抱佛脚，没太大用处。中间也就是钱买命，命换钱。官家自有一杆秤，看一眼就知道你的斤两，日后才好狮子开口，大秤分金。这下面嘛，就靠狱吏在阎王面前为你上一炷香，烧几张冥界通行的纸票。要是没人上香，出去就是砍头，黑白无常等在外面。"

季兰叹道："难怪狱吏都恨天无眼，一年生四季。这秋后问斩，断了多少人的财路，又开了多少人的门路？"

袁姑娘一脸幽怨地说道："虽说是秋后问斩，可又有多少人捱得到秋后？"

季兰轻轻地把袁姑娘的手放到自己大腿上。牢里一个月洗一回澡，遍地是跳蚤，少不了需要个交心朋友，相互捉虱子。女尼心如死灰，虱子只怕是咬不动她，季兰于是有意与袁姑娘交好。袁姑娘看季兰谈吐不凡，更是主动抱上了季兰的大腿。

不几日的一个清晨，狱吏唤尼姑名字。尼姑平静地整理了一下衣衫和脸庞，把一本经书放到季兰手里，对季兰说道："昨夜我梦到菩萨了，知道今天我就要去见他了。这本《千手千眼观世音菩萨广大圆满无碍大悲心陀罗尼经》我就送给你了，你若精诚用心，一心诵持，菩萨必会如你所愿。"季兰跪在地上，尼姑以手摩季兰顶上，说道："从前是非人，皈依大悲主。今作菩提因，远离是非门。制心一处，更莫异缘。惟除不善，除不至诚。"说毕就被狱吏拖出天牢。

朝廷不断抓捕从叛者。御史台迅速抓捕了朱泚的党羽，刑部随后将党羽的党羽一网打尽。根据御史台查抄的犯官笔记，由大理寺的督办，各地法曹参军紧接着对与朱泚党羽的党羽认识的人逐一排查，力争定案。昔日妙真观的座上宾眼见季兰已经落水，营救无异于飞蛾扑火，纷纷上书死谏，红颜祸水，当仿太真例，杀之绝后患。那刘长卿虽然不在京师，依然上书，声泪俱下地痛斥季兰之过。阎士和更是历数季兰放荡淫乱，勾引官员，扰乱朝纲，自己断然毁婚，另娶良女。原本止于欣赏而没想诛杀季兰的德宗眼见这些风流名士们雪片般的奏表，妒火中烧，当即下旨："杖毙！杖毙！杖毙！"

狱吏进屋押季兰出去时，阎王阁并无香火。袁姑娘见有宦官站在门口，依然抱着季兰的腿大哭道："姐姐出去后，一定要找到我未婚夫，告诉他我的下落。我未婚夫叫贾馨，我舅舅叫甄善，家在广德门。"季兰看了一眼面色冷峻的宦官，含着眼泪，扶起袁姑娘，哽咽道："你放心，一定会有人来救你，这世上一定还有人对你永不放弃。如果能出去，换一身衣服，马上离开长安，有多远，走多远，不要回头，也别再回来，永远不要和长安的人有任何联系。"

宦官比正常人少了一个物件，眼见那季兰已成白发魔女还如此妖娆，真是"人与人的差别，比人与狗都大"，个个心中怒火中烧，以为人生分外不平。宦官们平日里气力并不大，可如今全都使出了吃奶的力气，在宫廷门口专挑季兰的脸庞与下身一阵疯狂地发泄。"南无喝啰怛那哆啰夜耶，南无阿唎耶。婆卢羯帝烁钵啰耶，菩提萨埵婆耶。摩诃萨埵婆耶，摩诃迦卢尼迦耶……"在季兰虔诚的诵经声中，太监们挥汗如雨，打得季兰血肉横飞。

　　陆羽在那朝云峰上，攀岩走壁，背来砖瓦，自己盖起一座小庙。随后陆羽又用绳索拉来一块巨石，双肩都磨出了深深的血痕。陆羽在殿中潜心雕刻出一尊观自在菩萨。那观自在菩萨像雕刻得美貌脱尘，十分传神，想是季兰最美的一面在陆羽心中时时浮现，雕刻之时自然流露而已。陆羽从此在朝云峰上白日盖庙，夜里在星光之下为季兰诵持大悲咒，洗脱罪孽，一晃十载，风雨不改。寺庙盖成后，陆羽又在观世音菩萨面前为季兰点燃了一盏长明灯，每日祈福。

　　那日陆羽为菩萨上完香，忽然看见菩萨的眼角一滴水珠。陆羽抬头看了看屋顶，并无漏水之处。再看殿外，满天繁星。一阵秋风刮入大殿，在菩萨像前回旋了一圈，吹灭了长明灯，供养菩萨的莲子也被风吹落，一粒粒掉在地上，散落了一地。陆羽重新点燃了长明灯，并把莲子拾起来默然数了一数，正好七粒。

　　陆羽跪在菩萨像前，一宿不停地磕头，祈求菩萨，愿以此生性命，一世修行，换季兰一生平安。眼看东方即将发白，陆羽依然在一心祈祷，忽然间一道金光笼罩大殿，陆羽瞬间觉得自己变得无比渺小，跪在那顶天立地的观世音菩萨面前。菩萨说道："不要你性命，不取你修行，从是以后，皈依于我，制心一处，普渡众生，可是愿意？"

　　"从是以后，皈依菩萨，制心一处，普渡众生。"

　　菩萨又说道："见此一面，人天永隔，从此放下，见是不见？"

　　陆羽说道："弟子恳请菩萨许我见季兰最后一面，不见季兰，永远思念。"

　　菩萨说道："即刻起身，七日内赶到长安大明宫，见她去吧。"

陆羽飞奔出庙门，在山崖前纵身一跳，握紧盖庙时留下的通天绳，飞下朝云峰。那白马也十分通人情，早就候在山下，跪下前腿，驮了陆羽，往长安星夜兼程，疾驰而去。

到得大明宫外，已是黄昏，陆羽见季兰血肉模糊地躺在宫门口，不禁扶尸大哭。二十年来，季兰一直活在陆羽心里，未曾有片刻离开。陆羽见季兰右手紧紧握着拳头，轻轻扳开季兰的手指，手心是那陆羽家传的白玉佩件。此佩当中本有一缕石花，原本正好巧妙地将"镜""心"二字上下分开，如今玉佩沿着那石纹碎为两块。陆羽在雷雨中紧紧抱着季兰，来到长安城外的乱坟岗。

长安物价奇高，普通的异乡客别说活着有个立身之所是个迷梦，死后有个安身之处更是妄想。那些暴尸街头的人就被拉到乱坟岗草草掩埋了事。长安就像那无底洞，死死地拽着每一个追梦的人，一直将他们拉入万丈深渊。长安是季兰心中永恒的梦想，陆羽无论如何也不忍心带着她离开。

乱坟岗的中心有一棵大槐树。陆羽见这棵百年老树，遮天蔽日，树下阴风惨惨，树根四处蔓延，想必许多棺椁已被树根缠绕侵食，尸骨无存。再有十来年就满两轮甲子，老树必定吸尸成魔，成为缠尸老妖。可叹长安多少冤魂，生似风吹絮，死后无尸骸。陆羽走到槐树下，往正北方向走七步，扒出佩剑，往地上一插，右手一个五雷掌，剑身全部没入土中。只见一股污水，弥漫着尸臭，喷射而出。陆羽手持灵官诀，口中念念有词：

太上敕令，超汝孤魂，鬼魅一切，四生沾恩。

有头者超，无头者升，枪诛刀杀，跳水悬绳。

明死暗死，冤曲屈亡，债主冤家，讨命儿郎。

跪吾台前，八卦放光，站坎而出，超生他方。

为男为女，自身承当，富贵贫穷，由汝自招。

敕救等众，急急超生，敕救等众，急急超生。

只见恶臭污水，越喷越低，渐渐消失无踪。陆羽找了一块开阔的地方，亲手为季兰挖了一个坑，直到双手鲜血淋淋，白骨外露。陆羽将玉佩捧在手心，用雨水洗去血迹，再把玉石合拢，放进季兰的手心，一捧又一捧的土掩埋了季兰。陆羽找来一块枯木，用流血的手指在上面颤颤巍巍地写下"爱妻季兰之墓"。

常言道"狗咬三生恶，牛报一世恩"，狗若是前世与你结下恶缘，今生死也不会放过你。一群恶狗日夜就守在那乱坟岗中觅食，常有新埋的浅坟被饥饿的野狗刨开撕食。陆羽点上返魂香，守在季兰墓前，七日七夜，不吃不喝，神志渐渐有些模糊。季兰站在陆羽面前，捧着这张许久没见的脸，泪如雨下，说道："羽儿，那日我在大明宫，一心祈求菩萨，许我见你最后一面。漫天落下的法杖，每一杖都是在替我赎罪，一点也不觉得疼。临了前菩萨许了我，你若能守我七天七夜，就让我在这还魂夜见你最后一眼。羽儿，你是我一生唯一爱过的人，让我再多看一眼你的脸……"眼看东方渐渐发白，一阵鸡鸣声响起，陆羽只觉一阵头晕，昏死在墓地中。

陆羽醒来时已经躺在桃花源。谢自然煮了一壶热茶，只可惜陆羽口中泛甜，已经品不出茶味。谢自然摘下几尾兰草，进屋煮了喂陆羽喝下，对陆羽说道："你这是脾瘅之病，为情伤了心脾，当治之以兰，除陈气也。此兰又名省头草，可令你头脑清醒，不至于迷惑，忘了前路。"

谢自然又带陆羽来到玄光洞，品忘忧泉水，陆羽渐渐悟出一些道理，原谅自己没有保护好季兰，从此放下，于是有了今日的味道。一个从来没有见过黑暗的人，怎么会知道光明的可贵？历经劫难的陆羽终于释怀，在桃花源潜心修行，撰写《茶经》：

茶乃草木中人，最宜精行俭德之人，野者上，园者次。其用水，用山水上，江水中，井水下。不羡黄金罍（léi，盛水器），不羡白玉杯。不羡朝入省，不羡暮入台。千羡万羡西江水，曾向竟陵城下来。

七笔勾

莲池大师

独占鳌头，谩说男儿得意秋。

金印悬如斗，声势非常久。

嗟，

多少枉驰求，童颜皓首。

梦觉黄粱，一笑无何有。

因此把富贵功名一笔勾。

十七

皎然独立

陆羽哽咽道："十八年来，若非谢师叔，只怕徒儿今生也无缘再见到师父了。"

皎然点头说道："为师不许你与季兰交往，你心中可恨为师？"

陆羽长跪不起，五体投地，说道："徒儿起初心中是有不解，可是从未曾对师尊有半点不敬之心。"

皎然点头说道："季兰天生尤物，妖艳异常，若非至德，不足以胜妖孽。"皎然缓缓说起一段自己和季兰的经历。

一日清晨，陆羽上山采茶去了，季兰来到妙喜寺，说是要寻陆羽，却私自闯入后院，穿过丛林花径，来到皎然的禅房，皎然正好在屋内禅定。季兰偷偷在窗外窥视，见皎然年轻貌美，一时间红霞双飞，把持不住。皎然出定后，只见窗外扔进一纸团，拾起来打开一看，字迹隽永，原是胭脂沾了露水写成的一首诗：

尺素如残雪，结为双鲤鱼。

欲知心里事，看取腹中书。

正在此刻，季兰身着薄纱，推门而入，轻声说道："都说皎然师父是天下闻名的高僧，季兰仰慕多年，世人皆说大师禅心不动，季兰愿意不耻献身，不知季兰如水之身，能否让大师一试风情，定不会辜负大师的这颗皎洁禅心。"

季兰目光荡漾，柔情似水，可惜皎然心如止水，不生涟漪，合掌说道：

天女来相试，将花欲染衣。

禅心竟不起，还捧旧花归。

皎然转身飘然而去，出门后看见一身道袍挂在禅房外的桃树上，心中五味杂陈，去了大雄宝殿，一心诵持《大悲咒》。季兰听罢皎然的诗，冷笑道："人道是禅心不起，谁知道心捧旧花。如此装模作样，可见天下男人，皆是一般的虚伪，竟无一个是好东西。"

并未等陆羽回来，季兰已经离开了妙喜寺，收拾了行李，正烟花三月，下到扬州常真观隐居。

"为师可以断言，季兰此诗，非独为为师一人所作。有一等女子，专以一诗以试天下，看世间男子，各自不同反应，又有多少上钩。季兰心中，没有对错，没有是非，只有利益。究其本质，没有众生，只有自我，自私而已。如果说她心里还有别人，那就是你了。"

"为师虽然拒绝了季兰，不曾想并未令她悔悟，反而让她更加厌倦了出家人的生活，增添了许多入世的妄念。季兰虽然爱你，可她心胸广阔，装得下天下的男人，你天性淳朴，用情专一，如何接受得了？为师见季兰春心荡漾，又贪名逐利，一怕你迷惑，失去了本真，二怕你受伤，心碎不可再生，于是不许你与季兰往来。季兰原名晚霞，俗语说得好：'朝霞不出门，晚霞行千里。'命里注定季兰一生追名逐利，人在旅途。她心虽然安放在你这里，身却在人肉堆里打滚。也许正因为你是她心中最干净的人，她才不愿意玷污了你，宁愿独自沉沦，也要此生都远离你。"

陆羽含泪说道："世上有一种花，名水性杨花，漂浮在湖面，随风起舞，娇小妩媚。婊子虽然卖身，却并不卖心。只是这水性杨花之人，身心皆卖。徒儿从小和季兰一起长大，自然知道季兰并非常人眼里的水性杨花。只是她十岁就由富家千金变成了孤独坤道，内心却被这花花世界迷失了本性，徒儿只望能用自己的这颗真心，带她脱离仇池欲海。"

皎然叹道："度人易，度心难。难道你不知道自己活成了季兰的负担吗？你看这先天八卦，乾在上而坤在下，但后天八卦却离在上而坎在下。一坠红尘，朗朗乾坤便成了离天恨海。季兰既想以姿色换取富贵，又痛恨自己有负于你，你若早早放手离开，她也不至于如此痛苦。人生最痛苦的事，莫过于看见彼岸，却不能上岸。若是看见自己心爱的人在岸上漫步，该是喜是悲？宦海如苦海，本不是你待的地方，季兰放下了你，而你却为何放不下她？"

"你为季兰所做的这一切，原本是为了感动她，让她远离那名利场、是非地。结果你感动了自己，深陷其中，不能自拔，你又何尝不是活在自己的小世界里？外面的世界又何尝是你看到的愁云苦雨？究其实，云何时愁过，雨又何时苦过？一花一世界，一叶一菩提，外在世界不外乎是我们内心的投影而已。"

皎然问道："你可曾恨过季兰？"

陆羽沉默片刻，说道："徒儿也不知道，或许曾经恨过。"

"恨即是爱，恨说明你心里还挂念着她，没有放下。放下才能遗忘，遗忘才能治愈伤痛。"

皎然又问道："你可是还爱着季兰？"

陆羽说道："曾经爱过。"

皎然叹道："也曾爱过，也曾恨过。不爱了，自然不恨。不恨了，也就不爱了。"

陆羽沉默不语。皎然凝视着陆羽说道："世人皆道为师心如止水，如如不动，不知道为师心中永远安放着你师叔，再也容不下别人。为师一生都在寻找你师叔，自然不愿你步我后尘。"

皎然自幼父母双亡，在其伯父家与自然一同长大。自然自出生起就闻不得肉味，从小茹素。七岁时大伯将自然交给日朗师太，皎然也自愿随表妹出家。十四岁时自然天目已开，见碗中米饭，尽是微细蛆虫，自此辟谷，绝粒不食。随后自然拜别师父，到开元观绝粒道长程太虚处受《灵宝箓》，然后隐居深山，独自修行。

那日季兰离开后，皎然只觉禅心动摇。对师妹的万般思念，如
滔滔江水，汹涌而出。皎然连夜下山，从此游于名山大川，一生寻
找师妹。

自然自得程太虚真传后，改吃柏叶，每天一枝。七年之后，唯
饮金泉清水。九年之后，汤水不入。再历九年，谢真人在金泉道场
白日升天，几千仕女一起瞻仰。剑南西川节度使与果州刺史奏报朝
廷，德宗下《敕果州女道士谢自然白日飞升书》，令韩愈作《谢自
然诗》。

皎然听闻德宗诏书后方知师妹已经成仙。二十年来，虽然明知
师妹已经飞升，皎然依然披星戴月，跋山涉水，寻找师妹的踪迹。
皎然先去了开元观，环顾自然的丹房，简洁、朴素，无多余一物。
皎然来回地抚摸着师妹用过的物件，一宿无眠。接着，皎然又去了
金泉道场。道姑带领皎然来到丹房，房中仅有一床一桌，桌上见一
拂尘，拂尘下有一本尘封已久的《地藏菩萨本愿经》。皎然从此一
心专修地藏法门。每逢十五，月光皎洁，皎然便在一轮圆月之下，
诵持《地藏经》。

后来皎然又去了商山，寻访隐居在此的太虚真人。程太虚正在
洞中绝粒坐忘，皎然等了三个多月，从季春等到了初秋，太虚真人
方才出关。太虚真人座前跪一猛虎，真人一边轻抚虎毛，一边吟诗
一首。诗成闭目垂帘，不再言语。

　　　　瀑布横飞翠壑间，

　　　　泉声入耳送清寒。

自然一曲非凡响，

万颗明珠落玉盘。

皎然反复把玩，不得其意。后来听有道友说在终南山见过自然，便又去到终南山。皎然双手合十，凝视前方，眼前的妙真观已是一地残垣。皎然径直走到离观不远处的山崖，攀下崖底，看见一个小小的木质茶罐。皎然一看就知道陆羽来过，原来这茶罐是皎然在妙喜寺临别时送给陆羽的礼物，盼望他在妙喜寺专研茶道，完成自己的旷世奇书《茶经》。皎然收起茶罐，在山谷之中，孤身一人走了三天，虽一无所获，久久不肯离开。眼看已经绝粮两天了，皎然方依依不舍地离去。

皎然看见自己岁月已逝，只恐年迈，时日不多，于是又再度回到金泉道场。躺在自然的丹床上，皎然彻夜不眠，起身连续诵了两个时辰的《地藏经》。刚放下经书，皎然觉得有些困倦，情不自禁地打了一个盹。恍惚之中，一下就进入了梦境。梦中一片桃林，落英满地。林中有一道清泉，翠如碧玉。林尽有山，山上有一瀑布，飞流直下，溅起水花，如万颗明珠，落入玉盘之中。醒来床边有诗一首：

东风昨夜落奇葩，

散作春江万顷霞。

从此渔郎得消息，

溯流直是到仙家。

皎然读毕此诗，依据梦境一路追寻而来。皎然从怀里拿出茶罐，放在石桌上，然后问道："谢洞主可是你自然师叔？"

陆羽看见茶罐，强忍泪水，回答道："师叔说，'过去法已灭，当来法未生，现在法不住，仁者问谁名？'"

皎然一声长叹，说道："百亩庭中半是苔，桃花净尽菜花开。种桃道士归何处，前度谢郎今又来。替我感谢谢洞主款待之情。我本佛家之人，不便在此洞天久留。"

陆羽轻声道："谢洞主说师父修行甚深，桃花源玄光洞有忘忧泉，饮后可忘却前世今生，有助于师父道行，或可得大阿罗汉金身。"

皎然沉默片刻道："我找了你师叔一生，而今大限将至，何须再忘。"

陆羽又说道："谢洞主托徒儿做了一包青茶，取名忘忧，请桃花源吴长老的后人吴明献上。"

李欣源塞给我一个巴掌大小的明黄色布包，示意我进去。我进得洞里，对着皎然一鞠躬，轻轻将茶放在石几上，站在一旁。皎然闭上眼睛，深吸了一口气，叹道：

好茶，

香叶，嫩芽。

茶禅一味，

慕诗客，爱僧家。

凭此茶，

夜后邀明月，

晨前对朝霞。

茶到浓时味转苦，

洗尽古今叹铅华。

皎然沉默片刻，问道："谢洞主可有留言？"

陆羽说道："谢洞主说吴明与师父有缘，日后因缘聚汇，还请关照一二。"

皎然一声长叹："原来如此，原来如此！师妹心意，我已明了。你把此诗带与谢洞主，就说洞主所托之事，皎然已安放心中。"

皎然随即吟诗一首：

黄河几度浊复清，此水如今未曾改。

西寻仙人渚，误入桃花穴。

风吹花片使我迷，时时问山惊踏雪。

石梁丹灶意更奇，春草不生多故辙。

我来隐道非隐身，如今世上无风尘。

路是武陵路，人非当日人。

饭松得高侣，濯足偶清津。

数片昔贤磐石在，几回并坐戴纶巾。

只见皎然老泪纵横，盘腿枯坐，不再言语。一炷香的工夫，皎然撒开双手，垂下头来。陆羽轻轻走进洞中，用手指一探，已然没了气息。

李欣源随之进入洞内，沉默良久，叹道："可惜了老和尚一生修为，至死都不愿喝下忘忧泉水，失去大好的升天机会，他的魂魄只能从鬼谷洞离开了。"

我沉默半晌，问道："谢洞主请皎然来到玄光洞，那她究竟是想皎然大师喝下忘忧泉水呢，还是不想让皎然大师喝下忘忧泉水呢？"

李欣源反问道："你说呢？"

我并不回答，继续追问李欣源："如果是你，会喝忘忧泉水吗？"

李欣源扭过头去，眼里含着泪花，不再言语。

折桂令·春情

徐再思

平生不会相思，

才会相思，便害相思。

身似浮云，心如飞絮，气若游丝，

空一缕馀香在此，

盼千金游子何之。

证候来时，正是何时？

灯半昏时，月半明时。

十八

如海一沤发

我与李欣源从桃源洞回到房里时，黄长老已经等候多时。

黄石公眉头一皱，说："你二人随我到雷鸣金殿。"

黄石公带着我和李欣源赶到金顶雷鸣殿时，只见周、唐二位长老与四位洞主均已神情严肃地端坐在大殿之上。

黄石公缓缓说道："你可知为何你一定要找到她？"

我含泪说道："没有李思源，世间再无明。"

黄石公点头说道："李思源投胎时十神少了一神，难免有时会犯傻，只有你可以帮到她。"

李欣源听到此言，泪水在眼眶里打旋，说道："与清修相比，双修乃是成道的捷径，很多得道高人，并不出家住观。"

男为阳而女为阴，阴阳者，万物之纲纪，变化之父母，生杀之本始。张三丰曾经说过：

> 无根树，花正孤，借问阴阳得类无。
>
> 雌鸡卵，难抱雏，背了阴阳造化炉。
>
> 女子无夫为怨女，男子无妻是旷夫。
>
> 叹迷途，太模糊；静坐孤修气转枯。

移花接木的秘密就在双修。只可惜普通人找不到转世天女，双修多堕入淫欲。

谢自然说道："你与李思源历经三世，本该缘了，了犹未了，今生成道，正好了了。桃花源正当三百年大劫即将来临之时，离不了你和李思源，否则人间又是一场浩劫，生灵涂炭。"

黄长老说道："人生于地，悬命于天，天覆地载，万物始成。天有淫水浇灌大地，雨水而已。人欲成道，离不开此甘露，唯有真命天女可以此甘露浇灌于你，不坠黄泉。今日我传你追魂大法，可以自己的元神本尊造梦，进入李思源的梦境，日后好找到她。"

黄石公接着说道："人的梦境有三层。一层为意梦，即眼耳鼻舌身意，心有所思，夜有所梦，此皆由六根不净所致。二层为潜梦，源自灵魂深处，意识之下，白天被意识覆盖而不自觉，夜里时时浮现。三层为源梦，是刻在你元神中的前世今生，在梦境之中浮现。"

我不解地问道："弟子有一困惑，想了多日没能明白。敢问谢洞主，你又如何得知自己，此时此刻，不是在自己的梦境之中？我又如何知道你不是在我的梦境之中，与我梦中说梦？"

谢自然答道："只有身陷梦境之人，才希望明白是真是梦。倘若是恶梦，人人都恨不得尽快从梦中醒来。若是美梦，又恨不得永远活在梦中，舍不得离开。你若是能醒来，梦已经消失，与过去没有两样。你若是不能醒来，那就永远生活在梦境之中，梦不就成了你的真实世界？既然如此，你又何必执着于是梦非梦？"

黄石公说道："今日我就传你陈抟老祖的睡梦罗汉功，让你知道真幻不二，幻即是真，真亦是幻。睡梦罗汉功也分三层。第一层为观梦，在梦境之中做一个旁观者，时刻不忘自己是在梦中。第二层为造梦，用你的元神制造出一个虚幻的时空，进入你想要的梦境。第三层为控梦，让梦境写入别人的元神，成为你想要的结果。具体功法又分摄魂大法与追魂大法两种。当日钟离祖师趁吕祖不留神，惊其元神，白日造梦，然后让吕祖观梦，实即摄魂大法。"

黄长老继续说道："你天资聪慧，我直接教你造梦，利用梦境找到李思源。入梦后你虽可观李思源之梦，切不可在梦境中流连忘返。否则李思源醒后，你的元神无法回到自己的身体，你将困于李思源的梦境之中。除非李思源死了，你永无出期。"

"《维摩诘经》说：启建水月道场，大作空花佛事；降服镜里魔军，成就梦中佛果。"黄长老停顿一下，说，"其实人的肉体每天都在欺骗自己的思想，眼、耳、鼻、舌、身带来物欲横流，意识反而被外界的六根、六尘、六境所控制。而意识、意根作为识神，又每每欺骗作为元神的阿赖耶识，搞不清楚哪个是假我，哪个是真我。人的面具去了一层又一层，每日活在自己建造的梦境中，妄想一个接着一个，不知生命本是无常，反而以妄为常。世事如同一盘棋，人在局中，又有几人不惑，远离颠倒梦想？千万不可留恋梦境，困于虚幻。时辰一到，知幻即离，离幻即觉。你准备好了吗？"

我看一眼李欣源，李欣源一言不发，静静地站在那里，我转身对黄长老点点头。

黄长老说道："你先盘腿坐下，闭上眼睛，集中精神，由我先帮你造梦。你听好了。

觉海性澄圆，圆澄觉元妙。

元明照生所，所立照性亡。

迷妄有虚空，依空立世界。

有漏微尘国，皆依空所生。

空生大觉中，如海一沤发。

沤灭空本无，况复诸三有。

现在把注意力放在下身会阴穴处，用意念让你的海底波浪翻腾，一股冰凉之气冲破尾骨天玑穴，上到天门百会穴，进入祖窍穴，此刻你已精神相抟，身心合一。用心体会。

蛰法无声却有声，

声声说与内心听。

神默默，气冥冥，

蛰龙虽睡睡还醒。

半空之中，月光皎洁，大海之上，风平浪静。海面上慢慢升起一个个水泡，水泡里光影变幻。一花一世界，一叶一菩提，每一个水泡就是一个梦境。你有一炷香的工夫，用心去找那个内有一朵桃花的水泡，那就是李思源的梦境。"

茫茫大海，无数水泡，哪里有李思源的影子？大海的中心是一个巨大的漩涡，爱、恨、情、仇各种水泡在大海中心不断涌现，漂向大海周边，漩涡的引力正牢牢抓紧大海上的一切，企图将其吞噬。

找不到李思源，我焦急地嘶喊着："思源，你在哪里？"

眼看离漩涡中心越来越近，我心痛不已，将手按在胸口不断地哭喊。

李欣源看见我痛苦的表情，泪水瞬间涌了出来，对黄长老说道："长老您让他出来吧，他快受不了了。"

黄长老摇摇头，轻声说道："他若此时出来，日后必将困于此处，再也无法进入到李思源的梦境之中。"

忽然觉得身后飘来一阵淡淡的清香，我欣喜地转过身子，只见一个水泡之中，一朵桃花静静地在大海中飘荡。我奋力向水泡游去，水泡却随着海浪起伏，怎么也无法靠近。身边涌来一个巨浪，李欣源看见我并不躲避，就知道我想利用巨浪的力量抓紧李思源。李欣源担心我的元神被巨浪打碎，咬着嘴唇，含泪望着黄石公，却只见黄石公对她摇头，示意她不要干预，否则前功尽弃。

一个巨浪打来，我顿时天旋地转，不停地告诉自己，保持清醒，永不放弃。眼前一个巨大水泡，里面躺着一朵桃花，我用力一下就钻了进去。

　　只见一片桃林，芳草萋萋，落英缤纷，阵阵琴声，似有还无。李思源于一地落英之中抚一古琴，琴声悠悠，扣人心弦。我激动地上前拥抱，却发现李思源就像幻影一般，怎么也抱不着。我焦急地呼喊李思源，李思源却一点反应都没有。只听得空中传来黄长老一声"时间到"，一阵大风，把已在漩涡边上的我瞬间吹了出来。

　　不知道过了多久，我醒了过来，痛苦地问黄石公："为什么我抓不着她？为什么她不回答我？"

　　黄石公叹道："睡梦罗汉功的第三层境界就是控梦。梦境本是虚幻，可是你若能控梦，自然可以在你的精神深处抓紧李思源。至于真实不真实，一旦梦境进入你的元神，外面的世界已经与你无关，既谈不上真实，也无所谓虚幻。李思源与你已经三生三世，情缘已了，她就算再投胎，也未必会爱你。除非你进入她的梦境，造一个你和她生死相依的梦，再将此梦写入她的记忆。要记着，写入她记忆的是梦境，而非梦本身。常人对梦的记忆，都在后天的识神里，所以很容易区分梦境与现实。可是如果你能把梦境写入她的元神，梦就是真，真才是假。如此李思源醒来后就会把梦境当成已经发生过的事实，她的这段记忆就永远停留在梦境之中。"

　　黄石公停顿了片刻，吞吞吐吐地说道："可惜常人阳气过重，很难做到把梦境写入别人的元神，除非……"

　　"除非什么？"我焦急地问道。

　　"梦境多在深夜，阴气沉重。你虽然习得控梦之术，但还缺少纯阴之气的配合。"李欣源解释道。

"如何才能有纯阴之气呢？"

"三界之内，阴气最重的地方，不外乎阴曹地府了。"黄石公叹道，"记不记得你从小就做的那个与生俱来的梦？在一个漆黑无明的夜里，你在漫天冥币中奔跑，追赶着一个女孩？唯有地府，才可以在你的元神里随意写下记忆。"

李欣源忍了我很久，可是我偏偏装作一副不知道的样子，什么也不说。李欣源当然知道谁先开口，谁就输了，可终究还是忍不住问我："你准备往姐姐心里写入什么样的梦境？"

我反问道："你说呢？"转身头也不回地回房去了，只留下李欣源在那里气得跺脚。

一剪梅

李清照

红藕香残玉簟秋。

轻解罗裳，独上兰舟。

云中谁寄锦书来，

雁字回时，月满西楼。

花自飘零水自流。

一种相思，两处闲愁。

此情无计可消除，

才下眉头，却上心头。

十九

移花接木

人道是"枯木逢春犹再发，人无两度再少年"，又说那"岷江之水天上走，东流到海不回头"，苏轼偏偏有词云：

> 山下兰芽短浸溪，松间沙路净无泥，潇潇暮雨子规啼。
> 谁道人生无再少？门前流水尚能西！休将白发唱黄鸡。

桃花源的移花接木术恰好就能让时间倒流，枯木逢春，白发再黑。上乘功法为《金锁玉关诀》，功成返老还童，可成地仙。《周易参同契》曰：

> 关关雎鸠，在河之洲。

窈窕淑子，君子好逑。

雄不独处，雌不孤居。

玄武龟蛇，纠盘相扶。

以明牝牡，毕竟相胥。

龟蛇纠盘即移花接木，阴阳双修。世人都羡慕桃花源的移花接木术，但都不知其秘。嘉靖皇帝笃行道教，着道服上朝，每到黄道吉日，率百官斋醮，令大臣撰写青词，向各路神仙表达敬意。嘉靖以女子为花，男人为木，以经血为癸水，大量遴选民间十四岁面若桃花的秀女入宫，饮用她们的经血。为了保证女子的身心洁净，不能沾染食物的不洁之气，嘉靖皇帝严禁女子进食，靠喝凌晨收集的花露为生。秀女饿死、病死不计其数。民间有女者，昼夜仓惶，纷纷嫁娶，乃至花轿盈街，锣鼓震天。有一人家嫁女颇从容，居然找了匠人缝嫁衣。嫁衣缝好，女婿已为别家抢去，举家无措，拉了裁缝拜堂。下至十二三四，上至七老八十，男人炙手可热，昼夜不敢独自出门。

嘉靖食用以秀女经血炼制的仙丹后，精力异常，寝宫之内，可谓一步一个鬼门关。嘉靖长着两颗虎牙，又喜用丝帛、绳鞭助兴，好一个金口撕开桃花蕊，玉鞭落下百花残。嫔妃们被折磨得死去活来，可叹那雨前初见花间蕊，雨后全无叶底花。那日十六个秀女眼见嘉靖把自己折腾得筋疲力尽，倒头大睡，偷偷进屋用丝帛将他团团困住，将绳子套了他的脖子，用力一拉，嘉靖就开始抽搐。嘉靖面目狰狞，两眼凶光迸射，死死地盯着眼前的秀女。秀女吓得一声尖叫，热腾腾的小便浇了嘉靖一身。太监与侍卫闻声冲了进来，数十秀女全部拿下，一律凌迟处死，王宁嫔和曹端妃秘密处死。宫内哭喊之声，震彻天地，御花园满园桃花，一夜之间，全部凋零。嘉靖从此心生阴影，长居玉溪宫，终生不再回去。

嘉靖宅心仁厚，放任成千上万只猫在宫里乱窜，被皇帝和后妃宠幸的猫常被加官进爵。猫根本不把人放在眼里，有皇子竟因得罪了帝猫而惊搐成疾。帝猫一死，满朝同悲，国礼葬之。嘉靖四十四年，圣上病重，太医徐伟奉旨诊治，见嘉靖龙袍垂地，徐伟噗通一声跪下，战战兢兢地说道："皇上龙袍在地上，臣不敢进"。嘉靖当即下旨褒奖：地上，人也；地下，鬼也。地上者忠君，地下者凌迟。转年，嘉靖命归黄泉。

"所以慈悲乃是成道的第一捷径啊！"黄石公长叹道。

"可是观世音菩萨却曾说我不慈悲。"我自责道，"我曾经做过一个梦，梦见自己在岷江边，忽然听见江中有人呼唤求救。我飞快地跑过去，趴在江边，伸直了手无论如何也够不着落水之人。我因为小时候在岷江溺过水，对水很畏惧，再也没有下过岷江，也不会游泳。我站起来边跑边大声喊救命，好不容易看到一群渔夫。我们一起扛起划船的竹竿，这小小竹竿竟然觉得有千斤之重，十几个壮汉费尽全力才抬到落水处，将那人救起。一行人上岸后走着走着就到了一金碧辉煌的宫殿门口，宫殿内竟然端坐着观世音菩萨，宝相庄严。众人依次进入，论功行赏，唯有我在门外等候。大家问菩萨，'此番救人，皆因他善心而起，我等受他感召，理应他功劳最大，何故独自候在门外？'菩萨只说了我三个字，'不慈悲。'"

"你可知落水之人，正是菩萨化身？"黄长老说道："梦里其实是淹不死人的。况且你有二郎神君斩妖剑护体，遇水开道。菩萨分身进入你的梦境，就是点化你放下自己。你要明白梦是假醒，醒是真梦，这梦就是考验你的一块试金石。小小一梦就能将你困着，人生若是一场大梦，你又如何能在大梦之中大觉？"

"弟子明白了，放下才能解脱。弟子执着于自身相，未能忘我，所以不敢跳入江中。《金刚经》说：'须菩提，若菩萨有我相、人相、众生相、寿者相，即非菩萨。'"我顿时豁然开朗。

想那观世音菩萨，本是金光狮子王如来，为诸众生得安乐故，灭除一切恶业重罪故，离障难故，成就一切诸善根故，远离一切诸怖畏故，自愿化身菩萨，来到此娑婆世界，普度众生，何曾有我？千光王静住如来，怜念菩萨，普为未来恶世一切众生，以金色手，摩菩萨顶上，传菩萨广大圆满无碍大悲心陀罗尼。观世音菩萨心欢喜故，即发誓言：若我当来，堪能利益安乐一切众生者，令我即时身生千手千眼具足。发是愿已，十方千佛，齐放光明，如是成就观世音菩萨千手千眼，照见世间无边黑暗。从是以后，皈依观自在者，再也不会伸手不见五指。

"弟子想请教黄长老我溺水时的一个场景，一直不知道我水下看见的是否是我溺水时的幻觉。"我不禁问起小时候的一段经历。

我虽然生在岷江边，但父母不许我下水，从小就不会游泳。奶奶常说我家后门正对响水凼，每年都有小孩子淹死在那里。那日我和一群小朋友偷偷在岷江里游泳，我把手趴在岸边，两只脚在水里玩。大一些的小孩子也在离岸不远的地方玩潜水，看见一双脚就把我往水里拉，我挣扎几下就没了动静，隐隐约约到了水底，水底立着一把宝剑，剑身满是奇怪的文字，宝剑直奔我额头而来，我躲闪不及，被那宝剑插中眉心。当大家发现不对时，几个大孩子往下一潜，只见我漂在二层水里，赶快把我抱上岸。一群人又按又压，好不容易让我吐出几口水来，我这才醒过来，从此我就能看见许多别人看不见的东西。

"那是二郎神君的斩妖剑，第三只眼的秘密就在这宝剑里。宝剑会自动寻找它的主人，替他打开第三只眼。溺水不是让你放不下自己，而是要让你看穿自己。一旦你放下后天的自我，斩妖剑就可以用你自身的先天先地气，为你点开透地通天眼。"黄长老说道。

"可是二郎神君的斩妖剑您不说是在三江口的江底吗？"三江口江面风平浪静，而水下暗流汹涌。无数的寻宝人跳入江中，皆有去无回。

"斩妖剑本是有灵性的神物，早就逆流而上，飘去了响水凼镇压那江底的无数冤魂。宝剑插在三江口，逼得岷江水倒流，那倒流不就是回水吗？可叹那些贪婪愚昧的凡夫，猜不透口诀，口口声声称自己是修行之人，转身就奋不顾身地跳入江中寻宝。"黄长老叹道。

原来二郎神君的斩妖剑本有雌、雄二剑。雄剑早已游到了响水凼等待它的主人。响水凼原名回水凼，在张坎的岷江九江合流处。由于九江合流，回水激荡作响，故后人又名响水凼。张坎正应了易经"坎"卦，属北方真武大帝治下。这"坎"卦水中一阳，即是那斩妖雄剑。此剑遇水自安，不论水流如何湍急，皆定于水中，纹丝不动，周围的水流自然平缓。

斩妖雌剑仍然在三江口水下。三江口由弥勒三经日夜香火镇守，属易经之"离"卦，斩妖雌剑正是"离"中之阴，此剑就在水下暗流之中四处飞行，寻宝之人遇之多一剑穿心，亡命江底。

$$\equiv\equiv \qquad \equiv\equiv$$
坎　　　离

"如此说来日后思源要取那雌剑岂不十分地危险？"我忐忑不安地问道。

"你落水之江即是岷江，可你梦中之江看是岷江，与苦海并无二致。那落水之人，与众生苦海挣扎何异？菩萨让你救人上岸，难道不是度自己上岸吗？既无大悲心，何来般若舟？既有大悲之心，又何来生死畏惧？"黄长老诡异地看了我一眼，说道，"难道你就不想知道你先祖远成公最后的结局？"

原来吴远成就盘坐在响水凼底的泉眼之上，泉水从吴远成的身下涌出，宛如天然的莲台。斩妖剑悬垂在距离吴远成头顶三尺高的地方，正对着吴远成的百会穴。那悬棺和万千亡灵围绕着吴远成日夜旋转，因吴远成有斩妖剑护体，悬棺也近不得吴远成的身子。吴远成四周皆是鬼哭狼嚎，惊怖惨状，远成公皆视之不见，听之不闻，一心诵持《地藏菩萨本愿经》。在吴远成的诵经声中，不断有亡灵离开，却又不断有新的亡灵加入到响水凼中。因那悬棺需要亡灵的魂魄供养，否则自己也将魂飞魄散，而吴远成日夜超度亡灵，自然与悬棺成为死敌。吴远成无奈地对悬棺叹道:"这么多年过去了,你还不放下,这是何苦?"

悬棺里面突然发出诡异的声音:"这么多年过去了,你还不放下,这又是何苦?"竟然是吴远成的声音!只见棺盖慢慢打开,里面躺着一个吴远成,就那么冷冷地看着远成公,说道:"都说悬棺杀人,可谁知道没有你吴远成,哪来悬棺?杀人的你,度人的你,哪个才是真的你?悬棺就是吴远成,这才是你啊!"

吴远成不由得心中大惊。这身心一动摇,眼看就难以安坐在泉眼之上,那悬棺里面传出一阵银铃般的诱人笑声:"来吧,拥抱我吧,拥抱那个真实的自己吧!"悬棺径直向吴远成飞来。说时迟,那时快,吴远成头顶的斩妖剑发出一道眩目的白光,射入吴远成的百会穴,直达水底的会阴穴,照得吴远成全身透亮,身如琉璃,心似虚空,就像一面镜子回光自照。吴远成瞬间醒悟,眼前看到的幻象无非是那颗从未放下的愧疚之心,自己差点就被悬棺控制了元神。

吴远成双手合十,对着眼前的悬棺说道:"这些年感谢你陪我。我以为我在度你,哪知道冥冥之中却是你在度我,让我今日悟透玄关的秘密。原来玄关不在人身,不离人身,不在梦中,不离梦中。那生机就在死处,可惜几人能够明了。当年我一心要你活下去,酿成大错,今日我就陪你一同赴死,带着你永远解脱。"

说毕吴远成站起身子,上前一步抱紧了悬棺,用自己的元神将悬棺包裹得密不透风,斩妖剑向悬棺飞去,响水凼里一声尖叫,波涛汹涌,电光闪烁,吴远成与那悬棺玉石俱焚,灰飞烟灭。

"每个人头上都悬着一把剑，这把剑随时护佑你的生命，又瞬间置你于死地。若非你先祖与那悬棺同归于尽，斩妖剑如何能离开响水凼？"黄长老沉默片刻，一字一字地缓缓说道，"有朝一日，你可愿为众生，舍下这生命之剑？"

"弟子早已不惧生死。"

"你三生三世，斩妖除魔，桃花源今传你移花接木，为你打通天门。"黄长老边说边点起一炷香，走到殿外，对着虚空三拜，然后插入正中间最大一个鼎前面的香炉中。我这才留意到殿外大鼎，正好九个。黄长老退步进殿，转身从衣袖里取出一根金针，对着我的中指一针扎下，在香案前的水碗里滴上三滴鲜血，随即用剑指对着我的眉心下咒：

> 今日正阳，歃血传方。
> 敢背此言，必受其殃。

接着黄长老对我说道："世人皆以为春宵一刻值千金，喜洞房之事，不知道人身本有真命洞房，在祖窍穴后，泥丸宫前，斜月三星洞内，方寸灵台山中，就在那无影峰后，映月湖边。月是水中月，花是镜中花，有朝一日，看破那灵台山上百花镜，三星洞内水中月，即是真人活神仙。"

雷鸣殿上，钟鼓齐鸣，三位长老与四位洞主围着我，端坐于大殿之上，齐声颂起《大洞灵飞真经》：

导引神津，通彻灵源。

保固紫房，洁明泥丸。

摄养太一，开释三关。

守镇七转，凝和元神。

混化三五，万化九玄。

念毕只见黄石公从袖里取出一对巴掌大的明黄色符纸来，上有朱砂写就的天符，弯弯曲曲，一如行云，又似龙腾，端的是天书。黄石公用香火点燃符纸，灰烬化于清水之中，然后端起水碗，围绕着我踏着罡步走了一圈，大声说道："吉时已到。"然后对我说道："快快吞下这道阴阳天符。"

待我吞下符水后，黄石公又说道："现在你开始胎息内视，由我为你打通开阳穴。"瞬间我看到一个火球在额前旋转，越来越大，如火周身，身诸毛孔，流出金光。一粒玄珠，光彩皎然，旁边有一颗很亮的辅星，照耀着我的身体。

周长老说道："我为你打通摇光穴。识神退位，元神主事。你先默念口诀。"

黄帝玉真，总御四方。

周流无极，号曰文梁。

五彩交焕，锦帔罗裳。

上游玉清，徘徊常阳。

九曲华关，流看琼堂。

乘云驰辔，下降我房。

授我玉符，玉女扶将。

通灵致真，洞达无方。

八景同舆，五帝齐光。

唐长老说道："现在我为你打通九窍关门天玑穴。"

九窍原在尾闾穴，先从脚底涌泉冲。

过膝徐徐至尾闾，有如硬物来相抵。

顿时我觉得脚心如火球焚烧，直冲尾骨，沿督脉而上，与额前火球合二为一，奔向胸前膻中穴。我只觉得额上汗如雨下，胸中烈火焚身，突然间心痛彻背，痛不可忍，耳边隐约听见李欣源的声音："他先人为情所困，心碎而亡，其后世子孙，世代皆有心痛之疾。如此下去，他坚持不住的。"只听得黄长老轻声说道："他心有千千结，心腔之上，大血管是迂曲的，挺过来，成仙成佛；挺不过来，就让他乘愿再来。生死关头，岂能放弃。"

"我来为你解开心结。"忽然间耳边呼气如兰，我只觉得一阵清凉从膻中穴钻入胸中，心中如有一双温柔的纤手在轻轻抚摸，渐渐地觉得胸中越来越开阔。一道亮光，如同一盏明灯，在我心中点燃。法界身心，犹如琉璃，朗澈无碍。两手如烈火焚烧，一个火球在手心凝聚，一道神秘的天符出现在火球之中，然后慢慢消失在劳宫穴，我渐渐苏醒过来。

"你累世修行，天赋异禀。只可惜你先人为情所伤，遗传结胸一病。现李欣源牺牲自己，为你打开心中死结。唯有一事，我不得不告诉你。当日李若水在封魔洞前，知道自己与韩湘三生三世，情缘已尽，她怕日后投胎与你再无缘分，于是将自己的一缕精魂留在无弦琴上，只望桃花源的人能明了她的心意。李欣源就是那李思源的一缕精魂，由谢洞主再造虚影，并非人身，只待你来到桃花源，为你与李思源种下情种。凡人有三魂七魄，合而为十神。一天十二个时辰，十神周天。唯有日元主管巳、午、未三个时辰，其余九神各管一个时辰。李思源十神少了一神，一天之内，难免有一个时辰会犯傻。至于李欣源已化为一枚冰魄，永驻你心中，生生世世，追随着你。日后李思源若是再见到你，她对自己的精魂必有感应。你若能找到李思源，自然也可以将这一缕精魂再还给她，了此情缘。"黄长老一面感慨，一面欣慰地说，"桃花源上通天门，下通地府。现天门洞开，上天入地，选择在你。"只见雷鸣殿钟鼓自鸣，电光闪烁，一道七彩光芒从天而降，笼罩着雷鸣殿前的升仙台。

我平静地说："道德天尊说过，'天门开合，能无雌乎？'我岂能丢下李思源，独自升天？阴曹地府，若非有大罗金身者，生魂不得进入。吴明感谢各位长老替我打通天门，让我能去地府寻找李思源。我定向阎王要得生死簿，把李思源带回桃花源来。"说完一转身，奔向鬼谷洞。

洞口石壁上一个相貌奇特的人影慢慢显了出来，说道："鬼谷洞府，生魂不得入内。天门已开，你不抓紧升天，来我鬼谷洞，你可是不会后悔？"

"此生不悔，来生也不后悔。"

鬼谷子点头说道："鬼谷洞下有清流，直通黄泉。过了黄泉，便是地府。"

我头也不回，纵身一跳，飞入暗无天日的鬼谷洞中。

临江仙·梦后楼台高锁

晏几道

梦后楼台高锁，

酒醒帘幕低垂。

去年春恨却来时。

落花人独立，

微雨燕双飞。

记得小苹初见，

两重心字罗衣。

琵琶弦上说相思。

当时明月在，

曾照彩云归。

二十

吾心安处

"来者何人？胆敢擅闯鬼门关？看你金光护体，已是得道之人，入得鬼门关，只怕桃林尽毁，万劫不复。"只见高矮二人，一胖一瘦，头戴高帽，着黑白二装，拦在前方。

想必这就是地府了，我毕恭毕敬地上前一作揖，对黑白无常说道："在下吴明，来地府寻人，想借生死簿一用。恳请二位阴神，带我拜见阎王。"

"纵然你有大罗金身，入得地府，自毁桃林，革去三花，解押诛仙台，万年之后，重回生死簿。命由天定，岂是你想去哪里就能去到哪里的，更别想偷看生死簿了。我倒是劝你回头是岸，莫要做那让自己伤心万年之事。"黑白无常的话音未落，两条巨大的铁链向我飞来。

"二位无常，手下留情。"只见一位高僧，脚踩七彩莲花，拦在无常面前。高僧双手合十道："贫僧皎然，乃地藏王菩萨座下，在此等候多时。今奉菩萨之命，将其接引入地藏殿。"

黑白无常左右一个眼神，让了开来。皎然对着我神秘地一笑，示意我跟着他前行。我心道：难怪当日在桃花源，谢洞主要我向他献茶。原来这地府之中，也是有了熟人好办事，可见古话"做事留一线，日后好见面"，真实不虚。

皎然回头狡黠地对我说道："下来之前你也没让人替你烧点什么？"

我反问道："难道地府之中还需要买路钱？我自愿下来的，谁会替我烧这些东西！再说了，桃花源除了思源下来过，谁也没有来过，哪个懂得你们的这些规矩。"

皎然不悦，一本正经地说道："话不能这么说。人有人路，鬼有鬼道。人间有情，那地府就这么无情吗？你看这地府之中，多是些孤魂野鬼，无人照看，许多鬼就在这暗无天日的地方，永无出期，难道不可怜吗？你若是有些天地钱庄的冥币，岂不是可以布施一些给他们，这也是一种慈悲。"皎然说着，衣袖一挥，眼前漫天冥币。一群恶鬼，鬼踩着鬼，拥挤着伸手去抓。

我不由得叹道："这人呐，活着抢钱，死了还得抢钱！"

皎然笑道："人活着赚阳间的钱，倘若花不掉，死了也带不走。人一死，老婆也成了别人家的老婆，钱也就是别人家的钱。前日里地府来了一恶鬼喊冤。他一生巧取豪夺，恶贯满盈，谁知不到三十就暴毙而亡，这人还没有出头七，还魂之夜就看见老婆和他三月前新招的管家睡在了一起。三月前还是管家替他做事赚钱，谁知道他这一生都在替管家做事赚钱。"

皎然这话，说得我哭笑不得。转头看看左右两边，只觉得阴风怒号，哭声震地。皎然在前面脚不沾地地走着，身上发出金色光芒，两旁恶鬼，自动为我们让出一条道来。我只见这地府，恶鬼满地，鬼上踩鬼，堆积如山，哪里还有立锥之地，于是说道："这是哪个小气的神仙设计的地府，规模这么小，如何装得下这许多的鬼？"

皎然叹道："地府何时小过？十里黄泉，百里血池，千里刀山，万里火海，如此还是不够，那何者为大？可叹这末法年代，五浊恶世，小人当道，民不畏死，地府才有了今日之拥挤。你看这地府到处是恶鬼，可那世间人人心如死灰，面无表情，个个为物欲所控制，为利益而熏心，难道不也是行尸遍地，与地府何异？"

说着来到一金色大殿，大殿正中是一巨大的莲花形金色大讲台。皎然叹道："阎王爷你是见不着了。没有革去你顶上三花，毁了你十里桃林，已是法外开恩。不见更好，见了反而让人难做。正所谓话不可说尽，事不可做绝。我奉命带你来到菩萨道场，好生修行，待你功德圆满之日，菩萨定会给你一个答复。"

我知道自己被引入了地藏殿。除了佛光，地府无明，暗无天日。地藏王菩萨入于定中，光芒万丈之时，即是讲经说法之时。座下十八弟子围在两边，我正巧与皎然相对而坐。四周是万千恶鬼，数不胜数，为佛光所引，蜂拥而至。地藏王菩萨讲经之声，周遍地府，无处不在，深彻十八层地狱。闻声光至，那恶鬼心中，种种绝望，种种怨恨，种种邪恶，一时间消散无影。

尘世间斗转星移，五百年转瞬即逝。地藏王菩萨叹道："你与李思源的情缘，历经三生三世，情缘已尽，为何此心，还不放下？"

"菩萨，我心无处安放。"

地藏王菩萨说道："修行之人，应无所住，而生其心，心无所住，处处皆可安心。"

皎然说道："当日达摩祖师在水月楼悟道后，南下少林寺。二祖慧可禅师屹立于漫天大雪之中，一夜积雪没过了膝盖。二祖用刀自断左臂，奉献达摩座前，祈求达摩开示，说道，'我心无处安放，求师父安放我心。'达摩祖师回答道，'把你的心拿来，我为你安放。'慧可禅师沉吟许久，说道，'找不到心在何方。'达摩祖师答道，'无心自安。'"

"当日你在桃花源，曾经背着李欣源，偷看百花镜，你看到了什么？"地藏王菩萨问道。

"菩萨，当日我心中默念李思源，果然在百花镜中看到李思源，只可惜不一刻，李思源的身影便慢慢淡去，只看见一朵桃花，孤零零地飘落在漫无边际的大海之中。"

"你既然如此深爱李思源，又为何对李欣源心生情愫？"地藏王菩萨追问道。

"菩萨，我每每想到李欣源，便觉欢喜，一觉欢喜，心中自有一道皎洁的白光，照得我心晶莹剔透。我既然如此深爱李思源，又为何对李欣源心生情愫？"

"你看花欢喜，将花儿摘下，花儿无端丧命，何曾欢喜？得到之时，你快乐所以我快乐；失去之后，她在别人怀里欢喜，你为何不为她的欢喜而欢喜，反而会有心痛的感觉？"皎然叹道。

"人从梦中醒，梦中之事，是有是无？"地藏王菩萨问道。

皎然合掌上前，答道："贫僧以为似有还无，只因李欣源就是李思源，李思源就是李欣源。"

地藏王菩萨道："当日白马迎娶李思源，李思源可有孪生姐妹？究其实，在桃都山李若水为你牺牲，谢洞主赶到后，便以无弦琴上李若水的一缕精魂与韩湘留下的桃源令，再造人身，带回桃花源。李若水于玄光洞，喝下忘忧泉，抹去前世今生记忆，取名李欣源。你虽与李欣源牵过手，可惜当时你春心荡漾，在她手心一划，全然无心体会她的手冷如冰，并无生魂应有的阳气。"

地藏王菩萨继续问道："你既然见过百花昊天镜，可知道昊天镜未磨之前是何颜色？"

我答道："昊天镜本是九天玄女用天外玄铁制成，未磨之前，想必漆黑如墨。"

"那昊天镜已磨之后，又是何颜色？"

"皎洁明亮，照见天地。"

地藏王菩萨又问道："一面镜子，大不过方丈，为何能照见天地？"

皎然答道："凡夫顺则苦海为乐境，逆则乐境成苦海。实则无论顺逆，这世界何曾有变？凡夫境随心变，智者对境无心。影像无主则天地万物，彰然若揭。"

地藏王菩萨叹道："凡夫无明，愚人执着。陶渊明所谓武陵渔人者，愚人也。世人贪婪执着，熙熙攘攘，利来利往，唯恐遗漏分毫机遇，星夜兼程，只争朝夕。谁知阎王殿前，黑白无常，瞬间便至。至于无明，譬如千年幽谷，一灯才照，则千年之暗俱除。可见这燃灯佛所，即在世人心中，何需他处寻求？静心光明起，这暗室之中自有青天；执念邪恶生，那白日之下遍地厉鬼。人生百年，一场大梦，离此无明与执着二病，方能出离梦境。故修行之人，不宜太勤，不宜懈怠。勤勉者近于执着，懈怠者落入无明。天地一轮镜，这昊天镜，照的就是那无明与执着二病。"

地藏王菩萨问皎然道："你可知道那季兰今生为何如此？"

皎然合掌答道："弟子不知。"

地藏王菩萨于是说道："季兰原是莲花仙子下凡。清净莲花，本该一尘不染，上苍却让她在这淤泥之中打滚，受尽红尘之苦，看穿繁华如梦，故季兰淫荡如是，绝情如此。"

感叹之余，我不禁问道："弟子在红尘之日，常见女子因男人痛苦而兴奋者。凡夫识人不多，伤害不了别人，伤害自己最亲近的人倒是十分地容易。只是这般相互伤害，彼此纠缠，如何是个尽头？敢问菩萨，凡夫于离天恨海之中，仇恨无边，乃至地狱万千鬼怪，拥挤不堪，如此地狱岂有空时？"

地藏王菩萨答道："何为时，何为空，又何为不空之时？时间若不存在，你何须在地府修行五百年？时间若是存在，为何看不见，抓不着？世人若能制心一处，精诚用心，境随心变，时随境迁。众生无穷愿无穷，无穷之中，瞬间超越百千亿劫，无数微细生死，则瞬间短矣，还是无穷长矣？如是地狱岂有空时，岂有不空之时？"

我合掌向前一步，恳求道："既然瞬间不短，百年不长，佛

源 梦 记

陀大弟子阿难不也说，'我愿化身一座石桥，愿雨打五百年，风吹五百年，只愿她从桥上经过吗？'我愿以五百年修行，十里桃林，请菩萨换来与她瞬间擦肩而过。"

地藏王菩萨道："你愿以五百年换一瞬之间，即是无我，也是执着。你是吴长老后人，吴氏后人数百年前已离开桃花源，移居巴蜀。李思源已投胎湖南，你们终究还是难得一见。况且你二人已历经三世，情缘已了，纵使相逢，理应不识。相见不如不见，何必再见？既无需再见，又何需挂念？"

我回答道："我与李思源纵然历经三世，即使来生抹去了记忆，我们也必定会似曾相识。我在桃花源黄长老传我控梦之术，已在李思源的记忆中植入我们一生一世的爱恋，我与她制心一处，精诚用心，生生世世，生死相依。"

地藏王菩萨叹道："你可知桃花源为何传你移花接木，选你为封魔人？"

"弟子不知。"

地藏王菩萨说道："你是吴实后人，身藏封魔印，天命所归，转世后必定会回到桃花源。再有地府五百年修行，一人之身，拥有阴阳二股神气，自可压制诸魔。倘若你放弃转世，天下又将会有一场浩劫。所幸当日你放弃天门升仙，甘愿下到地府，正因如此，我派皎然前去接应，省得你被革去三花，解押诛仙台。"

我长跪菩萨之前，恳求道："菩萨曾发愿，'众生度尽，方证菩提；地狱未空，誓不成佛。'弟子也甘愿为桃花源再投胎五浊恶世，携手李思源，共渡此劫。"

262

　　皎然叹道："相传女娲补天剩一巨石，此石因其始于天地初开，受日月精华，灵性渐通。不知历经多少岁月，海枯石烂，断为三块。三块巨石却拥抱纠缠，合为一体。女娲见世间男女，分离聚合，纠缠不休，便封巨石为三生石，将其三段命名为前世、今生、来世，赐三生诀，上书早登彼岸四个血色大字，放于鬼门关口，忘川河边，掌管三世姻缘轮回。忘川河上有一座奈何桥，奈何桥上有个孟婆守候在那里，给每个经过的人递上一碗汤。孟婆汤本是人一生的眼泪熬成，喝下此汤，就喝下了你一生的爱恨情仇。眼中最后一抹记忆便是你今生最爱的人，当眼中的人影慢慢淡去，眸子便如初生婴儿般清澈。今生已知前生事，不知来生他是谁。"皎然娓娓道来若水在地府的当日往事。

　　当日李若水魂归地府，不肯喝下孟婆汤，只怕投胎后再也找寻不到吴明，于是跪在三生石前，彼岸花旁，祈求姻缘轮回。三生石上，一滴泪痕，深入石骨。想是李若水的泪水，若水滴石，水滴石穿。黄泉路中，忘川河边，彼岸的曼殊沙华遍地盛开，红白相间。红花为爱而生，白花为恨而开。可惜彼岸花，花开一千年，花落一千年，有花无叶，有叶无花，花叶生生两不见，相念相惜永相失。叹那水性杨花，心无处安放，身却在肉里打滚，笑中带泪；惜这彼岸花，心在爱人身上，身却在黄泉等待，泪里含笑。

　　那日皎然奉菩萨之命点化李若水，皎然对李若水说道："世上有一种草叫龙蜒草，它能使垂死之人不死，但却不能活人。世上还有一种草叫断肠草，它会让人恢复记忆，却让人肝肠寸断、暴毙身亡。有一种汤叫孟婆汤，它能使人还阳，却令人忘却过去。菩萨让贫僧带你去不高山，示你与吴明三生三世的爱恨情仇。"

三十三重天上有不高山，山上有映月湖，湖边有妙音阁，阁中住着一位花音天女，掌管天女命籍。映月湖心有无影峰，上有一巨大的明镜，耸立于天地之间。皎然对着妙音阁中半坐半卧的花音天女稽首一拜，拉着李若水在湖中坐下。

镜中四位花仙子，被贬下凡间。一朵莲花，污泥不染，花叶滴水成珠，水珠带走风尘，大珠小珠滚落玉盘。一个小姑娘咬着朱唇，写下一首稚嫩的诗：经时未架却，心绪乱纵横。已看云鬟散，更念木枯荣。下有一诗注曰：人道海水深，不抵相思半。海水尚有涯，相思渺无畔。

转眼一位妙龄少女捧着禅师的脸庞痛哭不已。诗曰：一池秋水浸明月，一朵金花似红莲。可怜数点菩提水，倾入红莲两瓣中。注曰：老僧已死成新塔，坏壁无由见旧题。往日崎岖还记否，路长人困蹇驴嘶。

再看已是一女子抱着孩子失声痛哭。诗曰：苗而不秀岂其天，不使童乌与我玄。驻景恨无千岁药，赠行惟有小乘禅。注曰：人生如逆旅，我亦是行人。

镜中又是一朵梨花，雨中盛开。一绝色女子，满身是伤，裹着破布，投入滚滚岷江。诗曰：坠落风尘化作尘，只怨豺狼误此生。注曰：东山有虎，西山有狼，谁吃肉来谁喝汤？敲骨吸髓不尽性，疯狂，疯狂，真疯狂！

转眼岷江中一尾红鲤，借着月光，出神地看着江心一男子。诗曰：此心洁如雪，留爱在江湖。注曰：岷江之水天上走，奔流到海不回头。

再看一女子躺在一片血泊中，手上拿着一块碎瓷片。诗曰：人间四月芳菲尽，山寺桃花始盛开。注曰：从今打破是非门，翻身跳出红尘外。拍手打掌笑呵呵，自在自在真自在。

镜中显现一朵牡丹，国色天香，卓然怒放。一童子在瑶池边吟诗歌唱。诗曰：云想衣裳花想容，春风拂槛露华浓。若非群玉山头见，会向瑶台月下逢。注曰：不见李生久，佯狂真可哀。世人皆欲杀，吾意独怜才。

转眼一对男女牵着手奔跑，一只狗在后面追咬，二人跑了好远才停下来相视而笑。诗曰：神仙只在花里眠，花蕊层层是牡丹。时人不达花中醒，一诀天机金不换。注曰：抛却行囊踏碎琴，飘然拂袖出儒林。自从一觉黄粱后，始知从前用错心。

镜中一个巨大的水泡之中，一朵桃花静静地在大海中飘荡。一女子在绣花手绢上写下情话：朝思桃源山，暮思桃源山。日日思山不见山，山在水云间。注曰：你锁你心猿，我擒我意马。吾非卿不娶，卿非吾不嫁。

转眼一道姑冰颜雪肤，于一地落英之中抚一无弦古琴。诗曰：早知如此绊人心，莫如当初不相识。注曰：纵有豪宅无人住，尽是鬼居处。良田万顷有何用，永绝人耕种。大路长满青青草，只剩空街道。苍天如今要杀人，管你富与贫。

再看三生石上，一滴泪痕，深入石骨。诗曰：天不生吴明，万古如长夜。注曰：桃源洞前，吹箫之时，有明月清风知此音。知音，自有相寻，休踏破铁鞋折断琴。

四位花仙子光影浮动，一一掠过，镜中又现一词：

> 有恩的，报恩，
>
> 有怨的，报怨。
>
> 有情的，情重如青山，
>
> 有缘的，缘来自相见。
>
> 放下的，随人走了，
>
> 痴迷的，浪里弄潮。
>
> 可叹那，
>
> 谁家蝶衣常入梦，
>
> 谁人寻梦在天涯？

皎然继续说道："李若水看完花音命籍，早已泪眼婆娑，对贫僧说，'我若无吴明，万古如长夜。'李若水知道她与吴明历经三世，情缘已尽后，更是坚决不肯过奈何桥投胎去。若水对贫僧说道，'感恩地藏王菩萨点化，若水永世不忘，只是没有吴明，我心无处安放。'说完纵身一跳，投入忘川河中。"

跳入忘川河，那便须等上千年才能投胎。千年之中，你或许会看到桥上走过今生最爱的人，但是言语不能相通，你看得见他，他看不见你。千年之中，你看见他一遍又一遍走过奈何桥，一碗又一碗喝过孟婆汤。你盼他不喝那孟婆汤，又怕他受不得忘川河中千年煎熬之苦。千年之后，若心念不灭，还能记得前生事，便可重入人间，去寻找那前生最爱之人。

李若水在冰冷的忘川河水中等待着有朝一日吴明来到奈何桥，呼唤吴明的名字。忘川河水里全是血水，里面尽是不得投胎的孤魂野鬼，虫蛇满布，腥风扑面，却丝毫不能动摇李若水那颗等待吴明的心。

皎然双手合十道："三百年后，我奉菩萨之命救李若水出忘川河。菩萨亲自前往阎王殿，请阎王开恩免去李若水孟婆汤。我奉菩萨之命，许其来生与吴明相遇，送她过奈何桥，投胎去了。"

地藏王菩萨对我说道："太乙天尊执掌天符，定人生死命格，送入地府，众生依此投胎。此番你投胎人间，太乙天尊引天医星入命，道德天尊以太极、华盖护体。此去度化十万众生，广种杏林。一来恕你私闯地府之罪，二来切身体会红尘之苦，不至沉沦。"

"此刻正是七月初一午时三刻，地府阳气最盛，鬼门关已开，投胎去吧。"地藏王菩萨说完一掌向我胸前击来，顿时把我推入一个深不见底的光圈之中，我在流光世界中旋转飞行，一切都恍如梦中。

庄子·大宗师

泉涸，

鱼相与处于陆，

相呴以湿，

相濡以沫，

不如相忘于江湖。

二十一

知与谁共

我晕晕地抬起头来，发现鼻涕虫居然坐到了我的后面，我不解地问道："你咋跑后面去了？"

鼻涕虫神经兮兮地说："老大你忘啦？昨天老师就让我和小马马同桌了，说是今天来了一个新同学，人家会间隙性地发呆，唐老师因此非得让我和她换位置，要让班长你好好关照她。"鼻涕虫做了个鬼脸，说："要好好关照呀……"

正说着唐老师牵着一个女生的手走了进来。唐老师走到讲台中央，对着大家说："同学们，今天给大家介绍一位新同学。她叫李思源，是湖南桃源人，父母支援四川建设来到我们县里的505厂，县里领导特别批准她转学到我们学校，请大家以后多多关照。"唐老师转头对女孩说："以后你就和吴明同桌吧，大家鼓掌欢迎！"

在雷鸣般的掌声中，我的女神走到我面前，伸出手来，说："我叫李思源，请多关照！"

我惊讶地张大嘴巴，不知道如何回答。李思源看见我桌上一个打开的纸团，里面有一个微微发青，光润如玉的棋子，像一只可爱的小龟，她拿起来看了看，说："真有趣，我们交换礼物吧。你送我这个棋子，我送你一本苏轼的书，我刚在学校门口的地摊上淘的，还没来得及看呢。"说着她从书包里掏出一本书来，放到我手里。我摊开手一看——《仇池笔记》。此时李思源正玩着小灵龟，小灵龟在桌上旋转着，惊、开、伤、死、杜、景、休、生，不知会指向哪里。操场里一阵熟悉的歌声从学校的喇叭里渐渐传来……

常常责怪自己

当初不应该

常常后悔没有把你留下来

为什么明明相爱

到最后还是要分开

是否我们总是

徘徊在心门之外

谁知道又和你相遇在人海

命运如此安排

总叫人无奈

这些年过得不好不坏

只是好像少了一个人存在

而我渐渐明白

你仍然是我不变的关怀

有多少爱可以重来

有多少人愿意等待

当懂得珍惜以后回来

却不知那份爱

会不会还在

有多少爱可以重来

有多少人值得等待

当爱情已经桑田沧海

是否还有勇气去爱

……

附

桃花源记

陶渊明

晋太元中，武陵人捕鱼为业。缘溪行，忘路之远近。忽逢桃花林，夹岸数百步，中无杂树，芳草鲜美，落英缤纷。渔人甚异之。复前行，欲穷其林。

林尽水源，便得一山，山有小口，仿佛若有光。便舍船，从口入。初极狭，才通人。复行数十步，豁然开朗。土地平旷，屋舍俨然，有良田美池桑竹之属。阡陌交通，鸡犬相闻。其中往来种作，男女衣着，悉如外人。黄发垂髫，并怡然自乐。

见渔人，乃大惊，问所从来。具答之。便要还家，设酒杀鸡作食。村中闻有此人，咸来问讯。自云先世避秦时乱，率妻子邑人来此绝境，不复出焉，遂与外人间隔。问今是何世，乃不知有汉，无论魏晋。此人一一为具言所闻，皆叹惋。余人各复延至其家，皆出酒食。停数日，辞去。此中人语云："不足为外人道也。"

既出，得其船，便扶向路，处处志之。及郡下，诣太守，说如此。太守即遣人随其往，寻向所志，遂迷，不复得路。

南阳刘子骥，高尚士也，闻之，欣然规往。未果，寻病终，后遂无问津者。

桃花源诗

陶渊明

嬴氏乱天纪，贤者避其世。

黄绮之商山，伊人亦云逝。

往迹浸复湮，来径遂芜废。

相命肆农耕，日入从所憩。

桑竹垂余荫，菽稷随时艺；

春蚕收长丝，秋熟靡王税。

荒路暖交通，鸡犬互鸣吠。

俎豆犹古法，衣裳无新制。

童孺纵行歌，班白欢游诣。

草荣识节和，木衰知风厉。

虽无纪历志，四时自成岁。

怡然有余乐，于何劳智慧？

奇踪隐五百，一朝敞神界。

淳薄既异源，旋复还幽蔽。

借问游方士，焉测尘嚣外。

愿言蹑清风，高举寻吾契。

《源梦记·兰羽传》寻宝图【敬请期待】

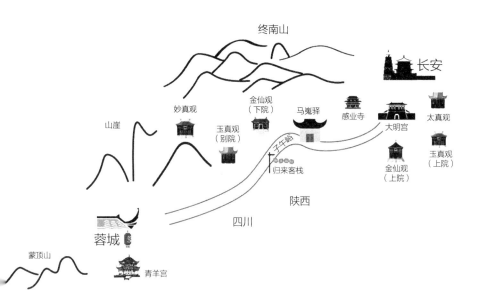

《源梦记·兰羽传》引

话说那大千世界，有一大陆，名南瞻部州，南瞻部州有一山，名终南山。那山终日雾气沉沉，云烟袅袅，端的一个修仙的好去处。那红尘之间有一个出家之人，名曰云阳子，寻觅仙踪，一路走来。不曾想在这终南山内越走越远，渐渐迷了来路。云阳子眼见一曲折小溪，缘溪前行，慢慢来到一山谷之中。抬头看天，前面是一悬崖。道人便舍了一身的包袱，攀岩而上。眼前杂草丛生，一地的残垣断壁。那半壁坍塌的牌楼上还可以隐隐看见金粉题写的"妙真观"三字。云阳子想那妙真观，当年是何等的辉煌。这短短数十载，昔日的荣光，全都隐没在那瑟瑟秋风之中。

也曾碧瓦红砖，
也曾把酒言欢。
怎料得兄与弟相残，
妻与子离散。

叹一身情债，

看满地残垣。

一朝酒醒梦断，

端的个难，难，难！

　　云阳子见那一地残垣之中，躺着一块石碑，已经从中断为两截，上前拂去尘土，端详起来。原来此碑名《兰羽碑》，写的是那大唐才女季兰与一代茶圣陆羽的悲欢离合，爱恨情仇。落款：皎然和尚。云阳子读罢，涕泪交加，将那残碑拓了下来，传与好事者，名曰《兰羽传》。

致　谢

审　　读：孙迎春　莫艳芳　徐　霏　董　爽　周　楠
　　　　　韦莉莉　李明星

校　　对：孙迎春　莫艳芳　董　爽　周　楠　韦莉莉
　　　　　沈　佳　袁　平　闫大志　牛永宁　陈家惠
　　　　　白俊毅　孙成力　李明星　徐　霏　陈夏凉

配图/封面：王艺晓　沈　佳